Cuentos de Navidad

O'Henry, Charles Dickens, Alphonse Daudet, Leopoldo Alas Clarín, Fiodor Dostoievski, Grazia Deledda, Guy de Maupassant, Jacinto Benavente, Francis Scott Fitzgerald, Georges Lenôtre, Emilia Pardo Bazán, Colette, Jaroslav Seifert, Antón Chéjov, Rubén Darío, Frédéric Mistral, Ramón del Valle-Inclán

Cuentos de Navidad

selección y prólogo
Marta Rivera de la Cruz

ESPASA

RELECTURAS NARRATIVA

La cesión de derechos de autoría y traducción
se especifica en la Nota Bibliográfica
que cierra el volumen

Espasa Calpe agradece a los propietarios de los derechos
la cesión de los mismos para esta antología y queda a disposición
de aquellos con los que no ha podido contactar

Diseño de colección y cubierta: Estudio Joaquín Gallego
Ilustraciones de interior: *La Ilustración Española y Americana.*
La Ilustración Artística, Archivos Espasa, Oronoz

Depósito legal: M. 37.592-2003
ISBN: 84-670-1057-6

Espasa, en su deseo de mejorar sus publicaciones, agradecerá cualquier sugerencia que los lectores hagan al departamento editorial por correo electrónico: sugerencias@espasa.es

Impreso en España/Printed in Spain
Impresión: Unigraf, S. L.

Editorial Espasa Calpe, S. A.
Complejo Ática - Edificio 4. Vía de las Dos Castillas, 33
28224 Pozuelo de Alarcón, Madrid

ÍNDICE

Prefacio

Una narración navideña debe ser navideña íntegramente. Durante muchos años, ingeniosos escritores han empleado en los relatos de Nochebuena toda clase de sutiles, evasivos, indirectos y estratégicos esquemas para quitar a esta clase de cuentos su sabor pascual. Tan lejos se ha llevado tal práctica, que hoy el único medio de conocer si un cuento es de Navidad o no consiste en poner una nota al pie donde se diga:

Los hechos aquí narrados se produjeron el día 25 de diciembre.

Lo cual podrá ser muy progresivo, pero resulta muy triste. Claro que en realidad hay tantas historias de Navidad como antes y todo se reduce a saber buscarlas. En lo que a mí respecta, me adhiero al tipo de cuentos de Scrooge y de Marley, y también a los del hijo descarriado que vuelve al hogar precisamente la noche de Pascua. Ítem más, las narraciones en que son protagonistas Anita y Guillermito. Lo del hijo pródigo es particularmente interesante si vuelve con brazadas de muñecas parlantes y en el momento en que una segunda hipoteca grava la casa familiar, profundamente enterrada en nieve.

Conste, pues, que en esta historia no hay subterfugio alguno y que podéis esperar toda clase de cosas como el espectáculo de los calcetines colgados sobre el hogar, el olor de tartas de ciruela, y campanas, y avaros ricos que dan un penique a un niño cojo para que pueda comprarse un silbato.

(Manuscrito encontrado entre los papeles del cuentista americano O'Henry. Se publicó en *Short Stories* en 1911 con el título «Un inacabado relato de Navidad»)

Introducción

El texto anterior del escritor americano O. Henry, seudónimo de William Sidney Porter (dos de cuyos escritos reproducimos en las próximas páginas), constituye una perfecta introducción para los relatos que componen este libro. Todos ellos son auténticos cuentos de Navidad, donde las Pascuas no son una excusa cronológica para narrar los acontecimientos, sino que cuentan con un particular protagonismo en cada una de las historias. En ellas se encuentran todos los elementos que la cultura occidental ha identificado con las Navidades a lo largo de la historia: nieve, abetos adornados, buenos augurios, prodigios, sorpresas (gratas o no), villancicos, regalos navideños, banquetes familiares, reuniones de amigos y transformaciones milagrosas donde los malos se convierten en buenos.

Recuperar estos cuentos ha sido un auténtico placer. Muchos de ellos estaban desperdigados en distintas antologías. Otros permanecían fuera del alcance del público desde hace muchos años, al pertenecer a volúmenes descatalogados y al margen de los circuitos comerciales. Ponerlos de nuevo a disposición de los lectores es una satisfacción para todos los que hemos trabajado en la elaboración de este libro.

No voy a decir que todos los relatos son el mejor ejemplo de la producción narrativa de los escritores cuyos trabajos componen este volumen, pero sí que cada uno de ellos aporta al conjunto del libro un elemento de interés: unos por su calidad indiscutible, otros por constituir una excepción en el conjunto de la labor literaria de sus autores, otros por las especiales circunstancias en que fueron escritos. Todos ellos tienen su peso específico dentro de esta antología, al igual que sus autores lo tienen dentro de la historia de la literatura universal. Les invitamos a disfrutar de ellos y a recuperar con su lectura lo mejor de la tradición de las letras navideñas.

MARTA RIVERA DE LA CRUZ

O'Henry

William Sydney Porter publicó toda su obra bajo el seudónimo de O'Henry. Nació en Greensboro, Carolina del Norte, en 1862. Tras pasar por diversos oficios comenzó a ejercer como contable en un banco, actividad que compatibilizó con sus primeros trabajos periodísticos en una publicación de Houston. En 1898, cuando ya había abandonado su trabajo en el banco, se le acusó de haber cometido un desfalco. William, que al parecer no era culpable del delito que se le imputaba, cometió el error de huir de Estados Unidos. Vivió casi dos años en Honduras y, al regresar, fue condenado a cinco años de cárcel.

William Sidney Porter fue indultado por buena conducta dos años antes de que se cumpliese el plazo de su condena, que pasó en una prisión de Ohio, desde donde publicó algunos relatos bajo seudónimo. Ya en libertad, se trasladó a Nueva York con la intención de seguir su carrera literaria. En 1903, el *New York World* le encargó un relato semanal que el público del diario acogió con entusiasmo, afianzándose así definitivamente la carrera de Sidney Porter (que ya firmaba con el nombre de O'Henry) como autor de relatos. Todos sus cuentos se recopilaban cada año en un volumen que era ávidamente recibido por el público americano.

Los cuentos de O'Henry están protagonizados por personajes variopintos, de banqueros a hampones, de millonarios a mendigos, de vaqueros a estafadores, y todos ofrecen el particular punto de vista y el sentido del humor de este narrador fecundo y genial, cuya carrera como autor de relatos fue truncada por su temprana muerte a la edad de cuarenta y ocho años en la ciudad de Nueva York.

La obra de O'Henry ha sido sorprendentemente poco difundida en España. Los dos relatos que reproducimos a continuación, «Un regalo navideño en el Chaparral» y «Cumplidos pascuales» son sólo un mínima muestra de la brillantez, el ingenio y la chispa de uno de los mejores cuentistas norteamericanos.

CUMPLIDOS PASCUALES

Cabría decir que ya no se pueden contar nuevas historias de Navidad. La ficción está exhausta y los mejores autores de temas navideños suelen ser, en general, periodistas jóvenes que llevan poco tiempo casados y tienen una conmovedora concepción pesimista de la vida. Por lo tanto, y por cumplir con la costumbre en estas fiestas, nos vemos reducidos a apelar a dos fuentes muy discutibles: los hechos y la filosofía. Empezaremos por...

Por lo que les parezca que merezca llamarse a lo que aquí se escriba.

Los niños son animalillos pestilentes con los que tenemos que entendernos en las más variadas condiciones. En especial, cuando los niños sufren disgustos que les abruman nos ponen literalmente desesperados. Agotamos nuestro escaso almacén de consuelos y al fin aumentamos sus sollozos dándoles una azotaina y mandándoles a dormir. Nos sentimos hundidos en el polvo de un millón de años y preguntamos a Dios por qué. Así nos escapamos moralmente de la trampa en que nos vemos metidos. En cuanto a los niños, no hay quien los comprenda, no siendo las solteronas, los jorobados y los perros pastores.

Ahora expongamos los hechos en el caso de la muñeca de trapo, el vagabundo harapiento y el 25 de diciembre.

El diez del mismo mes, la Hija del Millonario perdió su muñeca de trapo. Había muchos sirvientes en la casa del Millonario, a orillas del Hudson, y todos registraron la casa y el jardín, pero sin encontrar el tesoro perdido. La Niña tenía cinco años y era una de esas bestezuelas perversas que a menudo hieren la sensibilidad de sus padres ricos poniendo su afección en cualquier juguete de valor nulo en vez de en un automóvil incrustado de diamantes o en algún cochecillo con un lindo caballo.

La Hija sufrió un disgusto desgarrador y sincero, ante el pasmo de su padre, para quien el mercado de muñecas de trapo podía tener tanto interés como State Bay, y ante el no menor asombro de su madre, de quien podemos decir que era toda imagen y... Ya saben ustedes lo demás.

La Niña lloró inconsolablemente y empezó a tener ojeras, a no querer comer, a enfurruñarse y a ponerse molesta y desagradable en otros muchos aspectos. El Millonario sonrió y dio unos golpecitos de confianza en las tapas de sus arcones.

Lo más escogido de la producción de las jugueterías francesas y alemanas fue enviado en carros especiales a la mansión, pero Raquel se negó a que la consolasen así. Lloraba por su muñeca de trapo y parecía mostrarse partidaria de un elevado arancel aduanero contra los juguetes de importación.

Llamaron a los médicos y todos acudieron al lado del lecho de la Niña con muchas palabras lisonjeras y muchos estetoscopios. Uno a uno recomendaron estérilmente peptomanganato de hierro, viajes por mar e hipofosfitos, hasta que la realidad les indicó que San Hay-Que-Rendirse les mandaba avisos urgentes.

Entonces, como hombres, aconsejaron que se encontrase lo antes posible la muñeca de trapo y se devolviese a su llorosa madrecita. La Niña rechazaba los medios terapéuticos, se chupaba el pulgar y llamaba a voces a Betty. Y, entretanto, llegaban continuamente noticias de Santa Claus, advirtiendo de que iba a aparecer de un momento a otro y que había que mostrar verdadero espíritu cristiano, para cuyo estímulo convenía acudir a las apuestas, a las pólizas tontinas y a las cooperaciones de grupos a escote: de todo ello podría salir lo necesario para otorgar a Santa Claus la oportuna bienvenida.

Por todas partes se difundía, pues, el espíritu cristiano. Los Bancos rehusaban préstamos, los dueños de casas de empeño doblaban su personal, las gentes chocaban alegremente con las espinillas de uno... Y en las tabernas, Tomás y Jeremías y los demás mozos no hacían más que hablar entre sí, mientras esperaban ante el mostrador. Guirnaldas de hospitalario acebo ornaban los escaparates y entradas de las tiendas, y quienes los tenían empezaban a exhibir sus gabanes de pieles. Volaban por el espacio esferas blancas en tal cantidad que desconcertaban a cualquiera, impidiéndole saber si eran espuma de triple, espuma de doble, bolas de naftalina o pelotas de nieve. No había, por lo tanto, tiempo que perder si se quería encontrar a la muñeca de trapo predilecta de un corazón de niña.

Si el investigador amigo del doctor Watson hubiese sido llamado para solucionar aquella misteriosa desaparición habría observado en uno de los entrepaños de la casa del Millonario una copia de *El vampiro*. Esto le hubiera sugerido rápidamente, por inducción, la idea siguiente: «Un trapo, un hueso y una masa de cabello».

Flip, un perrillo escocés que ocupaba en el alma de la Niña el segundo lugar entre sus afectos, inmediatamente después de la muñeca de trapo, solía andar retozando por los pasillos. Aquello equivalía a la masa de cabellera. ¡Ajá! El final del problema —la cantidad desconocida— consistía en saber el paradero de la muñeca de trapo. Pero ¿y el hueso? Cuando los perros encuentran huesos, ¿no los entierran?

Todo resuelto. Examinar las patas delanteras de *Flip* sería una tarea fácil y fructífera. Sherlock habría dicho:

—Mire, Watson, a ver si el animal tiene tierra seca en la pezuña.

El perro, el perro, desde luego. Pero Sherlock no estaba. Por lo tanto, cuanto se ha hablado hasta ahora es inútil. No obstante, la arquitectura y la topografía habían de intervenir en la solución de aquel enigma.

El palacio del Millonario ocupaba un majestuoso espacio. Frente a la fachada se extendía una pradera tan minuciosamente guadañada como la barba de un irlandés del Sur dos días después de su último afeitado. A un lado del césped se levantaba, mirando a otra calle, un seto cuidadosamente recortado, y, además, las cuadras. Y el garaje. El perrillo escocés había encontrado la muñeca en el cuarto de jugar, escondiéndola en un rincón del jardín, cerca del seto, cavando un agujero y enterrando a la pobre muñeca con ese descuido característico de los empresarios de pompas fúnebres. Con esto quedaba el misterio solucionado, sin el trabajo adicional de firmar cheques para el curandero y dar a los sepultureros una propina. De manera, fatigables lectores, que vamos a pasar al núcleo del asunto, al corazón de su tema pascual.

Fuzzy estaba beodo. No de un modo alborotador, locuaz o plañidero, como nos sucedería a usted, lector, o a mí, sino de forma decente, apropiada e inofensiva, como conviene a un caballero que atraviesa en su vida una desafortunada y mala época.

Fuzzy era un veterano del infortunio. Los capítulos de su historia se distribuían entre el camino real, los pajares, los bancos de los parques, la amarga peregrinación por los albergues de caridad, con baño y ducha obligatorios, y los minúsculos éxitos y la gran extensión, innoblemente festoneada de humillaciones, de las grandes ciudades.

Fuzzy descendía hacia el río, siguiendo una calle a cuyo lado se alzaba el palacio del Millonario, con sus recintos añejos. Y Fuzzy, desde la acera, distinguió una pierna de Betsy, la perdida muñeca de trapo, surgiendo, como la clave de un sangriento misterio liliputiense, de su inadecuada tumba en un rincón del jardín.

El hombre alargó la mano, la hizo pasar por un hueco del seto y sacó a la maltratada muñeca. Se la puso bajo el brazo y siguió por la calle, tarareando una canción de sus hermanos de camino, canción que no habría podido escuchar sin rubor ninguna muñeca acostumbrada a una educación doméstica. Fortuna fue para Betsy carecer de oídos y también de ojos, que se limitaban a dos círculos negros. La faz de Fuzzy y la del perro escocés eran tan semejantes que ningún corazón de muñeca de trapo habría podido resistir dos veces el horror de verse presa entre las garras de tan temibles monstruos.

Aunque ustedes lo ignoren, la taberna de Grogan se halla cerca del río, al final de la calle por la que Fuzzy viajaba. Y en casa de Grogan la alegría navideña estaba en su apogeo.

Fuzzy entró con su muñeca. Imaginaba que, como invitado espontáneo a la saturnal, quizá sobrasen para él unas gotas de la copa de la orgía.

Colocó a Betsy sobre el mostrador y se dirigió a ella en voz alta y términos humorísticos, sazonando sus expresiones con exagerados mimos y cumplidos, como si se dirigiese al amor de su corazón. Los bebedores y algunos ociosos que por allí andaban se dieron cuenta de la gracia del caso y le acogieron con grandes risas y clamores. El tabernero invitó a Fuzzy a una copa. ¡Somos tantos los que consideramos como nuestra una muñeca de trapo!

Fuzzy sugirió, impúdico:

—¿No hay un trago para la dama?

Y otra contribución al arte fue a situarse debajo del chaleco de Fuzzy, que comenzaba a ver posibilidades en Betsy. Su presentación en escena había sido un éxito. Vislumbres de una excursión artística por la ciudad acudían al cerebro del noctámbulo.

En un grupo cercano a la estufa permanecían McCarthy *el Palomo,* Black Riley y Mike *el Desorejado,* bien y desfavorablemente conocidos en el distrito especial que ennegrece la margen izquierda del río. Pasáronse el uno al otro un periódico y lo examinaron.

Cada uno de sus sólidos y rudos dedos señalaba un anuncio encabezado con las palabras «cien dólares de recompensa». Para ganarlos era preciso entregar la muñeca de trapo perdida, extraviada o robada de casa del Millonario. Por lo visto, el dolor, un dolor irreprimible, seguía haciendo estragos en el corazón de la fiel Niña. *Flip*, el perrillo, saltaba y movía sus absurdos bigotes ante ella sin conseguir distraerla. Raquel clamaba por su Betsy ante las francesas Violetas y Mabeles que sabían andar, decir «mamá» y cerrar los ojos. Así, el padre de la Niña apeló al anuncio como recurso postrero.

Black Riley, separándose de la estufa, se aproximó de soslayo, describiendo una curva parabólica a Fuzzy. Éste, engreído con el éxito, había vuelto a ponerse a Betsy bajo el brazo y se disponía a partir, acaso para cumplir improvisados compromisos artísticos en otras regiones.

Black Riley le habló:

—Oiga, compadre, ¿dónde ha encontrado esa muñeca?

—¿Ésta?

Y Fuzzy tocó la frente de Betsy con el dedo índice, como para cerciorarse de que no se referían a otra.

—Sí.

—Esta muñeca me la ha regalado el emperador de Beluchistán. Tengo otras setecientas en mi casa de campo de Newport. Pero la que ve...

—Déjese de tonterías —cortó Riley—. Usted ha encontrado o cogido esa muñeca en la casa de... Pero eso es lo de menos. Va usted a tomar cincuenta centavos por ese juguete y cuanto antes los tome, mejor. Tengo una hermanita a la que puede que le guste jugar con ese espantajo. Vamos, decídase.

Y sacó la moneda.

Fuzzy soltó una risotada de alcohólico ante el rostro de su interpelado. Era como ir al despacho del agente artístico de Sara Bernhardt y proponerle que la artista rescindiese sus contratos por una noche para ir a trabajar en el Liceo de Takytown, o en una tertulia literaria. La risa de Fuzzy fue el duplicado exacto de la que en ese caso se habría producido.

Con sus ojos de azul ciruela, Black Riley midió a Fuzzy del modo en que un luchador lo hace con su adversario. Su mano se sentía dispuesta a, imitando a los romanos, arrancar la sabina del poder del risueño sujeto que, sin saberlo, estaba ejecutando el pa-

pel de un ángel. Pero Riley se refrenó. Fuzzy era alto, ancho y sólido. Tres pulgadas de abundante corpulencia, defendida del viento invernal por sucia ropa interior, mediaban entre sus calzones y su chaleco. Incontables arrugas, pequeñas y circulares, indicaban que bajo las mangas de la chaqueta funcionaban unos músculos robustos. Los ojuelos azules de Fuzzy, bañados con la humedad del altruismo y de la bebida, miraban cuidadosamente, pero sin rebajamiento alguno. Era velloso, venoso y atlético.

Black Riley contemporizó.

—¿Qué pide por la muñeca?

—No hay dinero para comprarla —respondió Fuzzy con firmeza.

Le embriagaba la misma sensación que a los artistas el día de su primer éxito. Presentar a una muñeca de trapo, vestida de un desvaído azul y llena de tierra, en un establecimiento de bebidas, sostener una conversación con ella y encontrar el corazón rebosante por los aplausos obtenidos y la garganta ardiente por las copas gratuitas servidas en su honor, eran conquistas que no podía comprar el vil dinero. Como se ve, Fuzzy tenía temperamento artístico.

Con el andar de un león marino amaestrado, se dirigió a la puerta en busca de otros cafés que conquistar.

Aunque la oscuridad del anochecer no se había condensado todavía, las luces empezaban a encenderse en la ciudad como granos de maíz al estallar en el fondo del buen fuego que los tuesta. La víspera de Navidad, tan ardientemente esperada, se asomaba por encima de la no franqueada cerca de la hora. Millones y millones de personas preparaban su celebración. La ciudad iba a pintarse de vivo color. No existía quien no oyese sonar los cuernos y no viese asomar los gorros de las saturnales.

McCarthy *el Palomo,* Black Riley y Mike *el Desorejado* sostuvieron una presurosa conferencia a la puerta de la casa de Grogan. Eran hombres de pecho angosto y, en cierto modo, unos «flojos», incapaces de combatir en campo abierto, pero más terribles en su especial técnica de lucha que los turcos más peligrosos. Fuzzy, en batalla declarada, se habría deshecho de los tres, mas en un encuentro táctico podía dársele por condenado.

Le alcanzaron cuando se disponía a entrar en el casino de Costigan.

Le apartaron y le colocaron el periódico bajo las narices. Fuzzy sabía leer y, además, algunas cosas más.

—Muchachos —dijo—, os portáis como verdaderos buenos amigos. Dadme una semana para pensar en lo que me conviene.

Porque el alma del verdadero artista está siempre plagada de dificultades.

Los otros le indicaron discretamente que los anuncios no tienen corazón y que las escaseces del día no pueden ser suplidas por las abundancias del mañana.

—¡Cien pavos! —exclamó Fuzzy, pensativo.

Meditó.

—Muchachos —insistió—, sois unos buenos amigos. Voy a reclamar la recompensa. Veo que el asunto de la exhibición que yo proyectaba no será lo que podría haber sido.

Caía ya la noche. Los tres hombres reaparecieron junto a Fuzzy al pie de la colina donde se levantaba la casa del Millonario.

Fuzzy se volvió a ellos airadamente.

—Sois una tanda de insectos indecentes. ¡Fuera de aquí!

Y ellos se apartaron, pero no mucho.

En el bolsillo de McCarthy *el Palomo* había un trozo de tubería de gas, de una pulgada de anchura y ocho de longitud. En una de sus bocas y en el centro estaban embutidos sendos trozos de plomo y, entre ambos, una buena cantidad de compacta viruta metálica.

Black Riley, granuja profesional, iba armado con un tirador; Mike *el Desorejado* llevaba una cachiporra de bronce, herencia de la familia.

—¿Por qué renunciar a eso —dijo Black Riley— cuando, de todos modos, otro se encargará de apropiárselo? Mejor es que nos lo repartamos nosotros. ¿Qué os parece?

—Luego —dijo McCarthy *el Palomo*— podemos tirar al tipo al río, con una piedra en los pies.

Mike *el Desorejado* comentó, casi triste:

—Me da pena oíros. ¿No se os ocurren medios más civilizados? Le rociaremos de gasolina y lo abandonaremos en el camino, ¿eh?

Fuzzy cruzó la verja del Millonario y avanzó en zigzag hacia la entrada de la mansión, bellamente iluminada. Los tres truhanes se acercaron a la verja. Dos de ellos se colocaron a un lado y el tercero se situó en la acera opuesta. Dos de ellos acariciaban el frío metal del que pensaban servirse, y el tercero, el cuero con que se complementaría la hazaña.

Fuzzy tocó el timbre de la puerta, sonriendo de un modo entre tonto y feliz. Un instinto atávico lo hizo llevarse los dedos al lugar donde debería estar el botón del guante. Pero no tenía guante alguno.

El individuo, a cuyo cargo estaba la misión de abrir la puerta al aparecer en ella sedas y encajes, se estremeció al distinguir a Fuzzy. Pero una segunda mirada le hizo rectificar. Aquel sujeto llevaba un pasaporte, una carta de paso y la seguridad de verse bien acogido, esto es, la perdida muñeca de trapo de la hija de la casa, muñeca que oscilaba bajo su brazo.

Fuzzy pasó a un amplio vestíbulo, alumbrado solamente por invisibles luces que lo dejaban en una grata semipenumbra. El hombre de servicio se alejó y volvió con la Niña y una doncella. La muñeca fue restituida a su dolorida propietaria, que apretó contra su pecho a su perdido y recobrado amor. Luego, con el desenfrenado egoísmo y candor de la niñez, dio un golpe con el pie en el suelo y miró con indisimulado odio y temor al hombre estrafalario que le devolvía su desvanecido tesoro, librándola de los abismos del disgusto y la desesperación. Fuzzy se contorsionó en una actitud estúpidamente graciosa y ensayó la tonta sonrisa y la charla pueril que, según él, atraía a los miembros del género humano. La niña prorrumpió en un clamor y fue llevada fuera, siempre con su Betsy estrechamente abrazada.

Apareció el secretario de la casa, hombre pálido, sereno, cortés, bien vestido y, al parecer, amante de la pompa y la ceremonia. Contó y puso en la mano de Fuzzy diez billetes de diez dólares, fijó los ojos en la puerta, después los trasladó a James, el criado, hizo un signo en dirección al evidente ganador de la recompensa y se alejó dignamente hacia el retiro de sus regiones secretariales.

James dirigió a Fuzzy su propia y dominadora organización visual y le encaminó hacia la puerta.

El primer impulso de Fuzzy al recibir el dinero en sus sucias palmas había consistido en girar inmediatamente sobre sus talones y echar a correr, pero un segundo pensamiento le vedó la comisión de aquel delito de etiqueta. El dinero era suyo, se lo habían dado. ¡Y qué elíseo se abría ante su mente! Había rodado hasta el mismo pie de la escalera. Estaba hambriento, sin hogar y sin amigos, además de andrajoso, helado y errabundo. Y ahora tenía en la mano la llave del paraíso y de las mieles que tanto anhelaba. La adorada muñeca había empuñado una varita mágica entre sus dedos de trapo y gracias a ella podía Fuzzy encaminarse a encantados palacios, con recoletos sitios de reposo y embrujados líquidos rojos en relucientes copas. Todo le estaba abierto.

Siguió a James hacia la puerta.

Se detuvo cuando se abría la gran puerta de caoba para permitirle salir.

Más allá de la labrada verja de hierro, en la oscura calle, Black Riley y sus dos compañeros paseaban de un lado a otro, acariciando las mortíferas armas que iban a convertir en suyo el dinero del rescate de la muñeca.

Fuzzy se detuvo en el umbral de la casa del Millonario y reflexionó. Como ramitas de muérdago sobre un árbol seco, ciertos vívidos y frescos pensamientos aparecían entre las confusiones de su memoria. Estaba completamente bebido y el presente se borraba de su conciencia. ¿Dónde había visto antes aquellos festones y guirnaldas de acebo que alegraban el vestíbulo? En algún sitio había conocido suelos pulimentados y colores de flores frescas en pleno invierno. Dentro de la casa alguien cantaba una canción que él creía recordar. Y sonaba un arpa.

«Es Navidad —pensó Fuzzy—. Mucho he debido beber para olvidarlo.»

Y entonces se sintió lejano del presente y acudió a él, llegado de un imposible, desvanecido e irrevocable pasado, un espíritu olvidado, blanco y puro: el de «nobleza obliga». Un caballero siempre siente volver a su alma determinadas cosas.

James abrió la puerta exterior. Un torrente de luz se proyectó desde la entrada hasta la verja, a lo largo del camino de grava. Black Riley, McCarthy y Mike *el Desorejado* repararon en la luz y se acercaron a la salida del jardín.

Con un ademán más imperioso que cuantos el señor James había usado ni usaría nunca, Fuzzy obligó al criado a cerrar la puerta. Un caballero tiene siempre deberes que cumplir. Especialmente el día de Nochebuena.

—Es cos... costumbre —dijo al sorprendido James— que cuando un caballero visita una casa en una noche como hoy no se vaya sin presentar sus respetos a la dueña. ¿Comprende? No me iré de aquí hasta que haya saludado a la señora —y repitió—: ¿Comprende?

No le faltaba razón. James hubo de darse por vencido. Fuzzy, alzando la voz, hacía que resonase en todo el edificio. Y conste que no afirmo que fuera un caballero, sino un mero vagabundo al que visitaba un fantasma.

Sonó una argentina campanilla de plata. James se alejó para contestar a la llamada. Fuzzy se quedó solo en el vestíbulo. James, entretanto, daba explicaciones. Volvió y condujo a Fuzzy a la biblioteca.

La señora de la casa entró un momento después. Era más angelicalmente bella que nada que Fuzzy hubiera visto en su vida, ni siquiera en pintura. Sonrió y pronunció unas palabras acerca de una muñeca. Fuzzy no entendió nada, porque no recordaba muñeca alguna.

Un lacayo entró con dos copas de chispeante vino sobre una maciza bandeja de plata. La mujer tomó una. La otra fue entregada a Fuzzy.

Cuando sus dedos asieron la esbelta copa, las brumas que le envolvían parecieron disiparse por un momento. Se irguió. El tiempo, tan poco amable con nosotros, remontaba sus rutas en favor de Fuzzy.

Olvidados fantasmas de Nochebuena, más blancos que la falsa barba del más opulento Kris Kringle, se levantaban sobre los vapores del whisky de Grogan. ¿Qué tenía de común la casa del Millonario con un alargado y suntuoso salón de Virginia en el que muchos hombres se agrupaban en torno a una ponchera de plata brindando según la antigua fórmula? ¿Y por qué el sonar de las herraduras de los caballos de un fiacre sobre la calle helada evocaba el sonido de los cascos de los corceles al amparo de la saliente techumbre de la galería del jardín? ¿Y qué tenía Fuzzy que ver con ello?

La señora, mirándole por encima de la copa, dejó que su condescendiente sonrisa se desvaneciera con una falsa aurora. Sus ojos se tornaron serios. Bajo los harapos y la pelambrera de aquel hombre atisbaba algo que no comprendía. Ni tampoco importaba.

Fuzzy levantó la copa y sonrió abstraídamente.

—Perdón, señora —dijo—, pero no quería partir sin presentar mis respetos a la dueña de la casa. Iría contra los principios de un caballero.

E inició el antiguo saludo, que era usanza de cierta nobleza, cuando los hombres llevaban encajes y pelucas empolvadas.

—Así las bendiciones del año próximo...

Pero le fallaba la memoria. La dama improvisó:

—Sean sobre este hogar...

—...El huésped... —tartamudeó Fuzzy.

—Y quien... —siguió la mujer, con alentadora sonrisa.

Fuzzy la interrumpió con malos modos:

—Déjelo, déjelo. No me acuerdo. He bebido demasiado.

Fuzzy había disparado su flecha y acertado. Los dos bebieron. La dama volvió a sonreír con la típica expresión de las de su casta. James se hizo cargo de Fuzzy y le condujo otra vez hasta la puerta. La música de arpa seguía sonando suavemente en la casa.

Fuera, Black Riley se frotaba las manos junto a la verja.

«¿Quién será? —meditaba la mujer—. ¡Claro que vienen tantos! No sé si la memoria es una maldición o una bendición para los que caen tan bajo.»

Cuando Fuzzy y su acompañante llegaban al umbral, la dama llamó.

—¡James!

El criado se volvió, servil, mientras Fuzzy, disipada la divina chispa de un instante, se tambaleaba en el umbral.

Black Riley golpeaba el suelo con los ateridos pies y con más firme mano el arma homicida.

—Lleva a este señor —dijo la dama— al jardín y ordene a Louis que le conduzca en el Mercedes adonde él quiera.

UN REGALO NAVIDEÑO EN EL CHAPARRAL

La causa original de aquellas complicaciones tardó veinte años en crecer. Y al fin de ese tiempo valía todas las complicaciones del mundo. Si ha vivido usted a menos de cincuenta millas de distancia del rancho del Sol Poniente tiene que estar enterado de todo. El objeto a que nos referimos tenía el cabello de azabache, unos ojos muy francos y de intenso color pardo y una risa que volaba sobre la pradera como el rumor de las aguas cantarinas de un arroyo. Se llamaba Rosita McMullen y era hija del viejo McMullen, dueño del rancho de ovejas del Sol Poniente.

En cierta ocasión llegaron al rancho dos caballeros en dos corceles roanos —o, para ser más explícitos, en dos caballejos de color indeterminado y comidos de pulgas—, dos galanteadores. Uno era Madison Lane y el otro Frío Kid. Pero como Frío Kid no había ganado entonces el honor de ser conocido por tal nomenclatura, más vale que le designemos por su nombre real: Juanito McRoy.

Aquéllos no eran los únicos pretendientes de Rosita. Era corriente que los broncos de otra docena de pretendientes permaneciesen atados en hilera ante el rancho. Muchos ojos de carnero a medio morir se veían por aquellos contornos sin que por necesidad perteneciesen a los rebaños de MacMullen. Pero como de todos aquellos individuos fueron Juanito McRoy y Madison Lane los más aventajados, sólo a ellos va a referirse esta narración.

Al final fue Madison Lane quien se llevó el gato al agua. Era un joven ganadero de la comarca del Nueces. Y él y Rosita se casaron un día de Navidad. Armados, hilarantes, vociferantes, magnánimos, los vaqueros y los cuidadores de ovejas, olvidando sus odios seculares, unieron sus fuerzas para celebrar la ocasión. El Rancho del Sol Poniente estaba espléndido con el son de las canciones, las chanzas y los revólveres de seis tiros. Brillaban ojos y hebillas, y retumbaban las vivas congratulaciones de los atendedores de ganado.

Mas cuando la fiesta de nupcias se hallaba en su apogeo, se presentó allí Juanito McRoy, devorado por los celos y curioso como un poseído.

Gritó desde la puerta:

—¡Ahí va mi regalo de Navidad!

Tenía en la mano un revólver del cuarenta y cinco. Ya entonces tenía fama de buen tirador.

La primera bala trazó una limpia rozadura en la oreja de Madison Lane. Luego su revólver se movió una pulgada. Era de temer que su próxima bala fuese para Rosita. Pero Carson, un pastor de ovejas que estaba próximo, poseía un cerebro mucho más rápido que los mejores engrasados disparadores. Como una concesión al buen gusto, las armas de los invitados pendían de sus cinturones en clavos donde los colocaron al sentarse a la mesa. Así, Carson, con gran prontitud, lanzó su plato de frijoles y carne de venado a la cara de McRoy, haciéndole fallar el tiro. De modo que la segunda bala no hizo más que derribar el tronco de una planta de adorno que pendía sobre la cabeza de Rosita.

Los invitados, echando atrás las sillas, corrieron en busca de sus armas. Nadie consideraba correcto intentar matar a dos recién casados la noche de su boda. En menos de seis segundos una veintena de balas acosaban a McRoy.

—Tiraré mejor la próxima vez —dijo Juanito—, porque, desde luego, habrá próxima vez.

Carson, estimulado por su éxito anterior, fue el primero en precipitarse hacia la puerta. Pero un tiro de McRoy acabó con él en el suelo.

Ganaderos de todas clases se agruparon a su alrededor pidiendo venganza, porque, si bien matar a un pastor de ovejas no tenía generalmente importancia, las circunstancias que concurrían esta vez convertían el acto en algo verdaderamente censurable. Carson era inocente y no había intervenido para nada en los tratos matrimoniales. Ni siquiera se le había oído decir a los demás invitados eso de «un día es un día».

Pero los que pedían venganza se quedaron sin ella. McRoy, mientras le buscaban, se alejaba al galope por el chaparral, mascullando maldiciones y amenazas.

Esa fue la fecha del nacimiento de Frío Kid. Pronto se convirtió en «el hombre malvado» por antonomasia en aquella región del país. El verse rechazado por la joven McMullen le volvió un hombre peligroso.

La policía lo persiguió para detenerlo por el homicidio de Carson, pero él se defendió con éxito, matando a dos agentes y convirtiéndose desde entonces en un sujeto al margen de la ley. Llegó a ser un maravilloso tirador ambidiestro. Entraba en poblaciones o aldeas, buscaba refriega con el más ligero pretexto, elegía a su víctima y se burlaba de los representantes de la autoridad. Era, además, tan sereno, tan terrible, tan rápido, tan inhumanamente sanguinario, que los intentos que se hicieron para capturarle fueron pocos e inútiles. Cuando al fin le mató de un tiro un mexicano bajito que se sentía medio muerto de miedo, Frío Kid tenía las muertes de dieciocho hombres sobre su conciencia. La mitad aproximada de ellos murieron en duelos correctos, en los que la única ventaja pudo estar en la rapidez de desenfundar. A la otra mitad los asesinó con brutal crueldad y a sangre fría.

Muchos relatos corrían en la frontera sobre su temerario valor y su osadía. Pero no pertenecía a ese tipo de bandidos que a veces exhiben arranques de generosidad y clemencia. Todos coincidían en opinar que nunca tenía piedad con el que suscitaba su saña. Mas ahora que podemos hallarnos en Navidad, o en cualquier otro momento parecido, justo es dar a cada uno pleno crédito por cualquier cosa buena que haga. Y si alguna vez ejecutó Frío Kid un acto bondadoso o sintió un latido de generosidad en el corazón fue precisamente en esas fiestas, y vamos a contar cómo sucedió.

Quien una vez haya sufrido penas amorosas no debe oler jamás las hojas de la retama, porque tal planta excita la memoria en grado muy peligroso.

Cierto mes de diciembre, en la comarca de Frío se encontraban retamas en plena floración, puesto que aquel invierno venía siendo tan caliente como la primavera. Y por aquella región cabalgaban Frío Kid y su satélite y cómplice, Frank *el Mexicano.*

Kid detuvo repentinamente su caballo y, pensativo y adusto, entornó amenazadoramente los ojos. El intenso y dulce aroma de la planta de la retama había llegado a su interior, perforando su coraza de hierro y hielo.

—No sé en qué estaba pensando, Mex —dijo con la voz suave y lenta que usaba siempre—. Pero resulta que había olvidado que debo un regalo de Navidad. Así que mañana voy a ir al rancho del Sol Poniente para matar a Madison Lane en su propia casa. Él me quitó la novia, porque Rosita se habría casado conmigo de no meterse él en medio. ¿Cómo me habré olvidado de eso durante tanto tiempo?

—No digas tonterías, Kid —dijo El Mexicano—. Ya sabes que mañana no podrás acercarte ni a una milla de distancia de la casa de Mad Lane. Vi al viejo Allen anteayer y me dijo que Mad va a dar una fiesta de Navidad en su casa. ¿No recuerdas cómo irrumpiste allí el día de su boda, una Navidad, y prometiste volver en esa misma fecha para darles un disgusto? No supondrás que Mad Lane no va a tener los ojos abiertos por si llega el señor Kid. Ciertas ocurrencias tuyas, Kid, da rabia oírlas.

Frío Kid repitió glacialmente:

—Te digo que voy a ir mañana y que mataré a Madison Lane. Hace tiempo que debí hacerlo. Hace dos semanas, Mex, soñé que estaba casado con Rosita, y vivíamos en una casa y ella me sonreía y... ¡Ah, Mex, quien la tiene es otro! Como se la llevó la víspera de Navidad, ese día me llevaré yo su vida.

—Hay otras maneras de suicidarse —dijo El Mexicano—. ¿Por qué no vas a entregarte al *sheriff?*

—Le mataré —repitió Kid.

La víspera de Navidad reinó una brisa tan embalsamada como la de abril. Acaso hubiese un toque de escarcha en el aire, pero producía un efecto grato, como el picor del *seltz,* y con él se mezclaban los leves perfumes de los prados en flor y de la hierba de los mezquitales.

Al llegar la noche, cinco o seis estancias del Rancho del Sol Poniente esplendían de luz. En un cuarto se alzaba un árbol de Navidad, porque los Lane tenían un hijo de tres años y, además, esperaban a más de una docena de invitados de los ranchos vecinos.

Al anochecer, Madison Lane llamó a Jim Belcher y a otros tres ganaderos a los que empleaba en el rancho.

—Muchachos —dijo Lane—, mantened los ojos bien abiertos. Rondad en torno a la casa y poned atención al camino. Todos conocéis a Frío Kid, como le llaman ahora, de modo que, si le veis, disparadle sin andar con preguntas. Yo no temo que venga, pero Rosita sí. Desde que nos casamos siempre anda temiendo que aparezca una noche de Navidad.

Los invitados, que llegaban en carricoches o a caballo, procuraban instalarse cómodamente.

La velada transcurría de un modo muy placentero. Todos saboreaban y ensalzaban la excelente cena preparada por Rosita. Después los hombres se separaron en grupos, yendo a los cuartos o a la ancha galería para fumar y charlar.

El árbol de Navidad encantó a los pequeños y todavía se sintieron más complacidos cuando Santa Claus, con su barba blanca y sus pieles, apareció en escena y empezó a distribuir regalos.

—Es mi papá —anunció Billy Sampson, que contaba seis años de edad—. Le he visto otras veces vestido así.

Berkly, un pastor que era antiguo amigo de Lane, detuvo a Rosita cuando ésta pasaba por la galería donde él se había sentado a fumar.

—Supongo, señora Lane —dijo—, que esta Navidad habrá olvidado el temor que antes le inspirara McRoy. Mad y yo hemos hablado de ello.

Rosita sonrió.

—Casi lo he olvidado, pero todavía, a veces, me siento nerviosa. ¿Quién olvida aquel momento en que estuvo a punto de matarnos?

—Es el malvado de más endurecido corazón del mundo —dijo Berkly—. Los habitantes de la frontera deberían unirse y darle caza como a un lobo.

—Ha cometido crímenes horribles —convino Rosita—, pero, claro, nunca se sabe nada. Creo que todos tenemos algo bueno. Supongo que McRoy no ha sido siempre malo.

Y, volviéndose, la joven penetró en el pasillo que dividía la casa en dos partes. Por él avanzaba Santa Claus, con su barba y sus pieles.

—He oído por la ventana lo que usted decía, señora Lane —manifestó—. Precisamente traía en el bolsillo un regalo para su marido. Pero, como no se lo he dado, he dejado uno para usted —y precisó—: Aquí, en este cuarto de la derecha.

—Gracias, buen Santa Claus —dijo alegremente Rosita.

Y penetró en el cuarto indicado, mientras Santa Claus salía al fresco aire del patio.

Pero en la estancia no había nada, excepto Madison.

—Santa Claus me dijo que me había dejado aquí un regalo —explicó Rosita—. Y no lo veo.

Su marido rió.

—No ha dejado nada que se parezca a un regalo —dijo—, a no ser que me considere un regalo a mí.

Al día siguiente, Gabriel Radd, mayoral del rancho XO, penetró en la administración de correos de Loma Alta.

—¿Sabes que Frío Kid ha recibido al fin su dosis de plomo? —comunicó al encargado.

—No lo sabía. ¿Cómo ha sido?

—Lo mató uno de los pastores mexicanos que emplea el viejo Sánchez para guardar sus ovejas. ¡Figúrate! ¡Frío Kid muriendo a manos de un pastor de ovejas!

—Pero...

—El mexicano lo vio ayer pasar a eso de las doce por su campamento. Y se llevó tal susto que echó mano a un Winchester y acabó con Kid. Lo más gracioso de todo era que Kid iba vestido con pieles, como un gato de Angora. Todo un Santa Claus de pies a cabeza. Ya ves, ¡Frío Kid haciendo el papel de santo!

CHARLES DICKENS

Dickens nació en la localidad inglesa de Porsmouth en 1812, pero a edad muy temprana se trasladó a vivir a Londres con su familia. La desesperada situación de sus padres le obligó a trabajar en una fábrica de betún. En estas circunstancias Dickens tomaría contacto con el mundo de las clases más desfavorecidas, cuyos tipos protagonizarían muchas de sus obras. Pronto empezó a trabajar como periodista y en 1836 publicaba, en forma de entregas que hacían las delicias del público, la novela *Los papeles póstumos del Club Pickwick.* A este título seguirían otros como *Oliver Twist, Vida y aventuras de Nicholas Nickleby, La tienda de antigüedades, Historia de dos ciudades, Grandes esperanzas, Nuestro común amigo* o *David Copperfield,* entre otros. La obra de Dickens tuvo la virtud de conectar desde el primer momento con el gran público. A su muerte, ocurrida en Rochester en 1870, fue enterrado en el Rincón de los Poetas de la Abadía de Westminster.

Si algún escritor ha sabido retratar como nadie el espíritu navideño, ése es sin duda Charles Dickens. Su *Canción de Navidad,* aparecida en 1853, es seguramente la más famosa de las narraciones navideñas. Traducida y publicada mil y una veces, llevada al cine y al teatro, la conversión navideña del avaro míster Scrooge es uno de los leit motiv de las fiestas pascuales.

El texto que publicamos a continuación es algo anterior a *Canción de Navidad,* y está extraído de la novela *Los papeles póstumos del Club Pickwick.* La historia que en él se cuenta tiene muchos de los ingredientes de *Canción de Navidad:* el personaje asocial, la intervención del mundo sobrenatural y la conversión del protagonista tras entender que ha conducido su vida de forma equivocada. En uno y otro relatos, el milagro de la transformación se realiza precisamente la noche de Nochebuena.

Si hemos incluido también el inicio del cuento «Los siete viajeros pobres» (prescindiendo de la publicación del relato completo, demasiado largo para esta antología) es por haber considerado que retrata perfectamente el espíritu de las navidades dickensianas.

EL SEPULTURERO Y LOS DUENDES

En una antigua ciudad abacial de estas cercanías, hace mucho tiempo, tanto que la historia debe de ser cierta, porque nuestros abuelos la creyeron a pies juntillas, actuaba de enterrador y sepulturero en el cementerio un tal Gabriel Grub. De que un hombre sea sepulturero y de que se encuentre rodeado constantemente por los emblemas de la muerte no se sigue fatalmente que haya de ser una criatura de condición lúgubre y melancólica; los que se encargan de conducirnos a la última morada son las gentes más alegres del mundo, y en cierta ocasión tuve el honor de trabar intimidad con un mudo que, en su vida privada, fuera de su profesión, era el ser más festivo y cómico: chapurreaba una anacreóntica sin un desliz de su memoria y apuraba un buen vaso de ponche sin pararse a tomar resuello. Mas, a pesar de estos precedentes contradictorios, Gabriel Grub era un hombre perverso, adusto, quisquilloso, lúgubre y solitario que no se hallaba bien con nadie salvo consigo mismo y con una cantimplora que guardaba en el amplio bolsillo de su chaleco. Miraba las caras alegres que al paso veía con gesto tan atravesado y malicioso que era difícil cruzarse con él sin presentir algún mal suceso.

Poco antes de anochecer, una víspera de Navidad, se echó al hombro Gabriel Grub su pala, encendió su linterna y se encaminó hacia el viejo cementerio; tenía que acabar de abrir una fosa para la mañana siguiente, y, sintiéndose muy decaído, juzgó que tal vez le reanimaría ponerse a trabajar cuanto antes. Al pasar por la antigua calle, vio brillar las alegres candelas a través de las viejas puertaventanas, y oyó las risas bulliciosas y el vivo griterío de los que estaban reunidos alrededor de sus hogares; atisbó los preparativos para el jolgorio del siguiente día y olfateó los variados aromas, propios de las circunstancias, que se expandían por las ventanas de las cocinas en vaporosas nubes. Todo esto era hiel y acíbar para el corazón de Gabriel Grub, y cuando los grupos de chiquillos salían de sus casas, correteaban por el camino y se topaban, antes de llamar en la puerta opuesta, con otra media docena de rapaces de rizadas cabecitas con los que se mezclaban, subiendo en tropel las escaleras para emplear la tarde en sus juegos de Nochebuena, Gabriel Grub sonreía lúgubremente y oprimía con firme crispación el mástil de su pala, al tiempo que pensaba en el sarampión, la escarlatina, la difteria y la coqueluche, así como en muchos otros manantiales de consuelo.

En tal estado de ánimo siguió su camino Gabriel Grub, contestando con bruscos gruñidos a los risueños saludos de los vecinos que hallaba a su paso, hasta que penetró en la oscura callejuela que conducía al camposanto. Gabriel se complacía anticipadamente con la idea de llegar al oscuro callejón, que se le hacía un paraje deliciosamente lóbrego y macabro y por el que no solían aventurarse los vecinos, como no fuera en pleno día y cuando el sol brillaba con toda su fuerza. No fue poco, pues, lo que hubo de contrariarle oír a un rapaz cantar a voz en grito una alegre canción de Pascua en aquel temido santuario conocido como «el callejón del sepulcro» desde los tiempos de la antigua abadía y de los monjes tonsurados. Al avanzar Gabriel y acercarse la voz, advirtió que procedía de un chiquillo que marchaba veloz para incorporarse a uno de los grupos que discurrían por la calle vieja, y que, tanto para ahuyentar el miedo a la soledad como para ponerse a tono con las circunstancias, había roto a cantar con toda la energía de sus pulmones. Aguardó Gabriel el paso del chico y, apostándose en una rinconada, le golpeó la cabeza repetidas veces con una linterna para enseñarle a modular la voz. Cuando el muchacho escapaba con las manos en la cabeza, entonando otro canto muy diferente, se regodeó Gabriel Grub y entró en el cementerio, cerrando la puerta tras de sí.

Se quitó el sombrero, puso en el suelo su linterna y, metiéndose en la inacabada fosa, trabajó en ella alrededor de una hora con gran ahínco. Pero la tierra estaba endurecida por la helada; costaba trabajo abrirla y arrojarla con la pala; y, aunque había luna, como era muy nueva, derramaba poca luz sobre la fosa, que se perdía en la sombra proyectada por la iglesia. En cualquier otro momento estos obstáculos habrían hecho a Gabriel Grub refunfuñar y entristecerse, pero era tal el contento que le había producido la canción del pequeñuelo, que no se cuidó del escaso progreso de su labor y miró al fondo de la fosa con sombría complacencia al dar por terminado su trabajo. Mientras recogía sus instrumentos, murmuraba:

> Buenas posadas, muy buenas, cuando es la vida acabada, un par de varas de tierra, una piedra por almohada y otra de escabel; jugosa y suculenta pitanza con que, ávidos, los gusanos gustan llenarse la panza; hierba exuberante arriba y húmeda arcilla por manto. Buenas posadas son estas que nos brinda el camposanto.

—¡Ja, ja! —rió Gabriel Grub, sentándose sobre la losa de una tumba que era su lugar de reposo favorito, mientras sacaba su cantimplora—. Sarcófago de Pascua. Una caja de Pascua.

—¡Ja, ja, ja! —repitió una voz que sonó junto a él.

Quedó Gabriel inmóvil por el miedo en el momento de acercar a sus labios la cantimplora y miró a su alrededor. La base de la tumba más vieja que allí había no estaba más inmóvil que el cementerio bajo el claro de la pálida luna. La helada escarcha brillaba sobre las tumbas y chispeaba como sartas de gemas entre las esculpidas lápidas de la vieja iglesia. La nieve, endurecida y rígida, cubría el suelo y extendía sobre los montones de tierra tan pulido y blanco cendal, que no parecía sino que los cadáveres yacían cubiertos solamente por sus mortajas. Ni el más leve rumor rompía la calma profunda del solemne escenario. Tan frío y tranquilo se hallaba todo, que hasta el sonido parecía haberse helado.

—Fue el eco —dijo Gabriel Grub, acercando de nuevo la botella a sus labios.

—No fue el eco —dijo una voz profunda.

Gabriel se estremeció y se quedó clavado en su sitio por la sorpresa y el terror al posar sus ojos en una figura que hizo congelarse su sangre. Sentada sobre una tumba enhiesta que tenía al lado, había una figura extraña y sobrenatural que Gabriel juzgó no ser de este mundo. Sus largas y fantásticas piernas, que podían llegar hasta el suelo, estaban encogidas y cruzadas en elegante y caprichosa postura; sus nervudos brazos se veían desnudos y sus manos descansaban en sus rodillas. Envolvía su cuerpo breve un ceñido ropaje, adornado con menudo acuchillado; una corta esclavina caía por su espalda; el cuello, recortado en curiosos picos, servía al duende de bufanda o corbata, y sus zapatos se prolongaban formando revueltas puntas. Llevaba en la cabeza un amplio sombrero abarquillado, con una sola pluma. El sombrero se hallaba cubierto de blanca escarcha, y el fantasma parecía llevar doscientos o trescientos años cómodamente sentado en la tumba. Estaba completamente inmóvil; tenía la lengua fuera, como si luciera una mueca burlesca, y contemplaba a Gabriel Grub con un gesto que sólo puede adoptar un aparecido.

—No fue el eco —dijo el aparecido.

Gabriel Grub estaba paralizado y no pudo replicar.

—¿Qué hace usted aquí, en víspera de Navidad? —dijo el aparecido con severidad.

—Vine a abrir una fosa, señor —balbució Gabriel Grub.

—¿Qué hombre puede vagar entre las tumbas en una noche como ésta? —exclamó el aparecido.

—¡Gabriel Grub! ¡Gabriel Grub! —gritó furiosamente un coro de voces que parecía llenar el cementerio.

Gabriel miró a su alrededor con espanto, pero nada vio.

—¿Qué lleva en esa botella? —preguntó el aparecido.

—Ginebra, señor —respondió el enterrador, temblando más que nunca, porque la había comprado a unos matuteros y recelaba de que el preguntón formase parte del fisco entre los duendes.

—¿Quién bebe ginebra a solas y en un cementerio en una noche como ésta? —dijo el fantasma.

—¡Gabriel Grub! ¡Gabriel Grub! —contestó de nuevo el coro.

Sonrió el aparecido maliciosamente al aterrado sepulturero y, levantando la voz, exclamó:

—¿Y quién será entonces nuestra hermosa y obligada presa?

A esta pregunta respondió el eco misterioso en un tono que resonó como las voces de un coro nutridísimo que cantase acompañado por el más poderoso resoplido del viejo órgano de la iglesia; un tono que pareció envolver los oídos del enterrador con un viento furioso y apagarse en la distancia. Pero el estribillo de la réplica era siempre él: «¡Gabriel Grub! ¡Gabriel Grub!».

El aparecido hizo una mueca más pronunciada que las anteriores y dijo:

—Gabriel, ¿qué dices a eso?

El enterrador se detuvo para tomar resuello.

—¿Qué piensas de esto, Gabriel? —dijo el aparecido, volteando sus pies en el aire a uno y otro lado de la tumba y contemplando las puntas curvas de sus zapatos con la misma complacencia de quien tuviera ante sus ojos el más elegante modelo Wellington de Bond Street.

—Que es... que es muy curioso, señor —replicó el sepulturero muerto de miedo—; muy curioso y muy bonito; pero voy a terminar mi trabajo, si le parece, señor.

—¡Trabajo! —exclamó el fantasma—. ¿Qué trabajo?

—La fosa, señor; abrir la fosa —balbució el sepulturero.

—¿La fosa, eh? —dijo el aparecido—. ¿Quién se ocupa de abrir fosas y encuentra placer en ello cuando todos los hombres están llenos de alegría?

De nuevo respondieron las voces misteriosas:

—¡Gabriel Grub! ¡Gabriel Grub!

—Presumo que mis amigos te necesitan, Gabriel —dijo el duende, hundiendo la lengua más que nunca en el carrillo, y era una lengua verdaderamente asombrosa—. Presumo que mis amigos te necesitan, Gabriel —repitió el aparecido.

—¡Por favor, señor! —replicó aterrado el sepulturero—: no puede ser; no me conocen, señor, yo creo que esos señores no me han visto nunca, señor.

—¡Oh, sí! —replicó el aparecido—. Conocemos al hombre de cara fosca y ceño maligno que venía esta noche por la calle dirigiendo a los chiquillos miradas funestas y acariciando su fúnebre pala. Conocemos al hombre que golpeó al chico, con envidioso coraje, porque estaba alegre y él no podía estarlo. Le conocemos, le conocemos...

Entonces soltó el aparecido una horrible carcajada que el eco devolvió centuplicada. Levantando sus piernas en el aire, apoyó la cabeza, o mejor dicho, el vértice del abarquillado sombrero, sobre la estrecha cornisa de la tumba y dio un salto mortal con agilidad extraordinaria, cayendo a los pies del enterrador y plantándose ante él en la postura que adoptan para trabajar generalmente los sastres.

—Siento... siento tener que dejarle, señor —dijo el enterrador, haciendo un esfuerzo supremo para levantarse

—¡Dejarnos! —dijo el aparecido—. ¿Dejarnos Gabriel Grub? ¡Ja, ja, ja!

Mientras reía el duende, vio el enterrador por un momento iluminarse el exterior de la iglesia, como si todo el edificio estuviera ardiendo; el fulgor se apagó; dejó oír el órgano un aire alegre y un grupo de duendes de la misma calaña que el primero irrumpió en el cementerio y empezó a jugar a la rana entre las tumbas, sin detenerse a tomar aliento, saltando uno tras otro por

los más altos sarcófagos con maravillosa destreza. El primer duende era un saltarín asombroso, ninguno de los otros podía comparársele. En medio del terror que embargaba al sepulturero, no podía dejar de observar que, mientras los amigos del aparecido se contentaban con saltar sobre las tumbas de mediana altura, éste elegía los panteones familiares, con verjas y todo, saltando sobre ellos con la agilidad de quien saltara guardacantones.

Por fin llegó el juego a su momento culminante: tocaba el órgano más deprisa cada vez y los duendes saltaban con más celeridad; giraban sobre sí mismos, daban volteretas por el suelo y hacían piruetas sobre las tumbas, brincando como pelotas. La cabeza del enterrador parecía ser arrastrada por la vorágine que contemplaba, y sus piernas vacilaban, mientras que los fantasmas volaban ante sus ojos. En esto, el monarca de los duendes se arrojó hacia él bruscamente, le cogió por el cuello y se hundió con él en la tierra.

Cuando Gabriel Grub pudo recobrar el aliento que la rapidez del descenso le había paralizado, se encontró en lo que parecía ser una gran caverna, poblada de duendes feos y mal encarados; en el centro del recinto, sobre un lugar elevado, estaba su amigo del cementerio, y junto a él, Gabriel Grub, completamente inmóvil.

—¡Qué noche tan fría! —dijo el monarca de los duendes—. Muy fría. ¡Un vaso de algo caliente, enseguida!

Al oír esta orden, media docena de oficiosos duendes, en cuyos rostros campeaba una perpetua sonrisa, desaparecieron apresuradamente, volviendo al poco con una ponchera de fuego líquido que presentaron al rey.

—¡Ajá! —exclamó el fantasma, por cuyos carrillos y garganta transparente se veía pasar la llama—. ¡Esto sienta bien de verdad! ¡Traed un vaso de lo mismo para el señor Grub!

Fue inútil que el infortunado enterrador insistiese en que no tenía costumbre de tomar nada caliente por la noche: mientras uno de los duendes le sujetaba, vertía el otro en su boca el líquido candente; estallaba de risa la concurrencia al verle toser y ahogarse, y secaron las lágrimas que fluían de sus ojos en abundancia después de tragar la ardiente bebida.

—Y ahora —dijo el rey, introduciendo con fantástico ademán por los ojos del enterrador el pico de su abarquillado sombrero y produciendo, como es de suponer, el más vivo dolor—, enseñad al hombre perverso y lúgubre unos cuantos cuadros de nuestro gran almacén.

En cuanto dijo esto el duende, se desvaneció poco a poco una espesa nube que oscurecía el fondo remoto de la caverna, dejando ver a lo lejos lo que parecía un reducido aposento escasamente amueblado, pero limpio y cuidado. Un rebaño de pequeñuelos se veía alrededor de un animado fuego, colgándose de las sayas de su madre y correteando alrededor de su silla. De vez en cuando se levantaba la madre y descorría la cortina de la ventana, como si esperase algo; en la mesa estaba preparada una frugal comida, y junto al fuego estaba dispuesto un sillón. Se oyó un golpe en la puerta; abrió la madre y los chicos se arremolinaron alrededor de ella y tocaron palmas de alegría al entrar su padre. Éste venía fatigado y mojado, y sacudió la nieve de sus ropas al acercarse a los chicos, que se apoderaron de su capa, sombrero, bastón y guantes, con los cuales salieron de la estancia con diligente celo. Cuando después se sentó el padre a cenar junto al fuego, se subieron en sus rodillas los pequeñuelos, se sentó la madre a su lado, y todo daba a entender felicidad y bienestar.

De un modo imperceptible cambió el espectáculo. La escena se había trocado en una estrecha habitación, donde el más pequeño y hermoso de los niños yacía moribundo. El rosa se había evaporado de sus mejillas, y la luz de sus ojos; y aunque el enterrador le miraba con un interés jamás sentido, murió. Sus tiernos hermanos rodeaban su camita y tomaban su mano finísima, ya fría y abandonada a su peso de muerte; se alejaban de aquel contacto y miraban con ansia su rostro infantil, y, aunque el hermoso niño parecía dormir en calma, sosegado y tranquilo, veían que estaba muerto y sabían que era un ángel que les miraba y bendecía desde un cielo luminoso y feliz.

De nuevo pasó la nube por el cuadro y cambió el asunto. El padre y la madre aparecían ahora ancianos y desvalidos, y el número de los que les rodeaban se había reducido a más de la mitad. Sin embargo, el contento y la alegría se dibujaban en todas las fisonomías y resplandecían en todas las miradas. Se congregaban alrededor del fuego y contaban y oían relatar viejas historias de días pasados. Tranquila y sosegadamente, descendió el padre a la tumba y poco después le seguía al lugar del refrigerio la abnegada partícipe de todos sus cuidados y amarguras. Los escasos supervivientes se arrodillaban junto a la tumba y regaban con sus lágrimas la fresca hierba que la cubría; se levantaban luego y se alejaban de aquel lugar, dulce y tristemente, pero sin gritos de amargura ni desesperadas lamentaciones, porque sabían que habían de encontrarse en el futuro, y otra vez se incorporaban al mundo de los afanes, recobrando la alegría y el contento. Se extendió la nube sobre el cuadro y lo ocultó a la vista del sepulturero.

—¿Qué te parece eso? —dijo el duende, volviendo su ancha faz hacia Gabriel Grub.

Murmuró Gabriel algo así como que era muy lindo y se dibujó en su cara la vergüenza al dirigirle el duende sus ojos llenos de ira.

—¡Eres un miserable! —dijo el duende en tono de profundo desprecio.

Parecía querer decir algo más, pero la indignación ahogó su voz y, levantando una de sus piernas, que eran extraordinariamente flexibles, y volteándola un momento sobre su cabeza para asegurar la puntería, administró a Gabriel Grub un buen puntapié. Inmediatamente después de esto, todos los duendes de abajo se agruparon alrededor del mísero sepulturero y le golpearon sin piedad, siguiendo la vieja costumbre de los cortesanos de la tierra, que pegan a quien pega la realeza y ensalzan a quien la realeza ensalza.

—¡Enseñadle algo más! —dijo el rey de los duendes.

Ante estas palabras se aclaró la nube, descubriendo un rico y exuberante paisaje, parecido al que hoy se ve a eso de media milla de la vieja ciudad abacial. El sol brillaba en el azul y claro cielo;

brillaba el agua bajo sus rayos y los árboles parecían más verdes y más alegres las flores bajo su bienhechora influencia. Corría el agua en ondas rizadas con plácido murmullo; los árboles susurraban a favor de la brisa ligera que rozaba sus hojas; cantaban los pájaros sobre los arbustos y la alondra trinaba en lo alto, saludando a la mañana. Sí, era la mañana, la espléndida y embalsamada mañana estival; las hojas más diminutas, la más tenue brizna de hierba, palpitaban con el instinto de la vida; la hormiga se arrastraba en su afanosa labor cotidiana; revoloteaba la mariposa y se oreaba a los rayos del sol; miríadas de insectos extendían sus diáfanos élitros y gozaban la borrachera de su dichosa y fugaz existencia. Caminaba el hombre exaltado por el espectáculo, y todo era brillo y esplendor.

—¡Eres un miserable! —dijo el rey de los duendes con un tono más despectivo aún que anteriormente.

Y el rey de los duendes volteó su pierna nuevamente, y nuevamente la dejó caer sobre los hombros del enterrador, y los duendes pajes imitaron nuevamente el ejemplo de su soberano.

Muchas otras veces fue y vino la nube, enseñando muchas lecciones a Gabriel Grub, quien, aunque se resentía de los hombros por las frecuentes caricias de los pies del duende, observaba todo con un interés nunca decreciente. Vio que los hombres que trabajaban rudamente y que ganaban su escaso sustento con sus vidas laboriosas se sentían alegres y felices, y que incluso para los más ignorantes era la dulce faz de la naturaleza un manantial perenne de contento y deleite. Veía que aquellos que habían sido amamantados y educados delicadamente sonreían ante las privaciones y se hacían superiores a los padecimientos que habrían aniquilado a otros que, sin embargo, se habían desarrollado en ambientes más rudos, porque llevaban dentro de sí los elementos de la felicidad y de la paz. Vio que las mujeres, las más tiernas y frágiles criaturas de Dios, se sobreponían generalmente a la amargura, al dolor y a la adversidad, y vio que sucedía así porque abrigaban en sus corazones un manantial inextinguible de afecto y ternura. Vio, sobre todo, que los hombres como él gruñían ante el optimismo y la alegría de los otros: eran hierbas malignas que crecían sobre la tierra, y, poniendo en la balanza todo el bien del mundo frente al mal, llegó a la conclusión de que era, después de todo, un mundo muy decente y respetable. No bien acabó de formarse este concepto, la nube que había hecho desvanecerse el último cuadro pareció envolver sus sentidos y arrullarle hasta dejarle dormido. Uno tras otro desaparecieron de su vista los duendes y, al perder de vista al último, se quedó dormido.

Despertó Gabriel Grub al romper el alba y se encontró tendido sobre la tumba lisa, junto a la cantimplora vacía, y con el abrigo, la pala y la linterna cubiertos de blanco por la escarcha nocturna, desparramados por el suelo. La piedra que primero había sustentado al duende se alzaba enhiesta frente a Gabriel, y no muy lejos se encontraba la fosa en que por la noche trabajara. Al principio dudó de la realidad de sus aventuras, pero el dolor agudo que sintió en sus hombros al tratar de levantarse le convenció de que los puntapiés de los duendes no habían sido imaginados, sino ciertos. Vaciló otra vez al no percibir en la nieve las huellas de los duendes que jugaron a la rana sobre las tumbas, mas comprendió inmediatamente lo natural del fenómeno al caer en la cuenta de que, al tratarse de espíritus, no habían de dejar tras de sí impresiones palpables.

Pero él era otro hombre y no podía hacerse a la idea de regresar a un lugar en el que había de recelarse de su arrepentimiento y desconfiar de su enmienda. Vaciló un instante y tomó otro rumbo, vagando a la ventura, con el firme propósito de buscar el sustento en cualquier otra parte.

La linterna, la pala y la cantimplora se encontraron aquel día en el camposanto. Muchas fueron las conjeturas que se hicieron acerca de la suerte del enterrador en un primer momento, pero enseguida se dio por seguro que había sido arrebatado por los duendes y no faltó testigo fidedigno que asegurase que le había visto cruzando los aires a lomos de un alazán tuerto con ancas de león y cola de oso. Acabó por aceptarse ciegamente esta versión, así que el nuevo enterrador enseñaba a los curiosos, por una modesta propina, un gran trozo de la giraldilla de la iglesia que había sido desprendido por el mencionado caballo en su aérea fuga y recogido por él mismo en el camposanto uno o dos años después.

Desgraciadamente, aquellas historias se vieron un tanto desautorizadas por la inesperada reaparición del propio Gabriel Grub, sobrevenida diez años después en forma de un anciano reumático, andrajoso y alegre. Contó su historia al párroco y también al alcalde, y con el tiempo empezó a ser aceptada como asunto de cuento y tradición, en cuya forma ha llegado hasta nuestros días. Los que habían prestado crédito a la conseja de la veleta, después de haber colocado su fe en base tan liviana, renunciaron a desprenderse otra vez de aquella teologal facultad y miraban con gesto avisado, y se encogían de hombros, y se llevaban el dedo a las sienes, murmurando algo así como que Gabriel Grub se había bebido toda la ginebra y caído sobre la tumba, vencido por el sueño, y pretendían explicar lo que él suponía haber presenciado en la caverna de los duendes diciendo que el enterrador había visto el mundo, volviéndose más discreto y prudente. Pero esta opinión, que nunca llegó a popularizarse, fue poco a poco perdiendo crédito, y, sea lo que fuere, como Gabriel Grub se vio aquejado de reuma hasta el fin de sus días, esta historia tiene, al menos, una moraleja, y es: si un hombre se vuelve huraño y le da por beber en soledad, en tiempo de Pascua, puede prepararse a pasarlo mal, por más que el alcohol no sea tan bueno ni tenga tantos grados como el de los espíritus que vio Gabriel Grub en la caverna de los duendes.

En la antigua ciudad de Rochester

En realidad, sólo eran seis los viajeros pobres, pero siendo viajero yo también, aunque muy holgazán y, además, tan pobre como ellos, aumenté en uno el total. Esta explicación es necesaria para aclarar la inscripción que se lee sobre la puerta, antigua y con primorosos detalles:

RICHARD WATTS

> Este asilo se fundó cumpliendo su testamento, fechado el 22 de agosto de 1579, para dar albergue a seis viajeros pobres, no pillos ni oficiales de justicia. Recibirán gratis, por una noche, albergue, diversión y cuatro peniques cada uno.

Sucedió en la antigua ciudad de Rochester, en Kent, en víspera de Navidad, mientras yo leía este epígrafe sobre la puerta en cuestión. Vagando por los alrededores de la catedral descubrí la tumba de Richard Watts, con su efigie sobresaliendo como el mascarón de proa de un barco; supuse entonces que no podría hacer menos que preguntar por el camino que conducía hasta allí, después de haberle entregado su propina al alguacil. Corto y recto como era, llegué rápidamente a mi destino.

«Bien —me dije, mientras sacudía el llamador—, sé que no soy oficial, y me pregunto si seré en verdad un pillo.»

En general, aun cuando la conciencia reproduzca dos o tres rostros hermosos, que habrían podido tener menor atracción para un Goliat, en lo moral, que la que tenían para mí, llegué a la conclusión de que no lo era.

Por consiguiente, comencé por observar el establecimiento, en cierto modo de mi propiedad, legado por el venerable Richard Watts a mí y a otros colegatarios a partes iguales. Di algunos pasos atrás para contemplar mi herencia. Era una casa blanca, de aspecto aseado, con un aire serio y respetable, con la puerta ya mencionada tres veces, ventanas bajas y enrejadas y un techo a tres aguas. La silenciosa calle principal de Rochester ostenta techos semejantes en todos los edificios, con vigas y maderas talladas que forman rostros de extrañas figuras.

Está adornada por un antiguo y extraño reloj que se proyecta sobre el pavimento, más allá de un edificio de ladrillos rojos, como si el tiempo debiera resolver asuntos enarbolando su firma allí. A decir verdad, marcaba la hora con energía en los viejos días de romanos, sajones y normandos, y más tarde, en la época del rey Juan, cuando el derruido castillo ahora abandonado —no intentaré contar cuántos años pasaron desde entonces, dejando las huellas de los siglos—, y deteriorando en tal forma las oscuras hendiduras, que la ruina aparecía como si las cornejas y los cuervos hubiesen arrancado fragmentos a picotazos.

Estaba muy satisfecho con mi propiedad y su situación. Mientras la continuaba observando descubrí con creciente regocijo, en una de las ventanas superiores, la figura de una matrona que fijaba en mí sus ojos interrogantes. Decían ellos tan a las claras: «¿Deseáis visitar la mansión?», que respondí en voz alta:

— Sí, si es que no tenéis inconveniente.

Al minuto se abrió la puerta, y yo, con la cabeza baja, avancé algunos pasos hasta la entrada.

—Aquí —dijo la mujer, introduciéndose en una habitación de la derecha— es donde los viajeros, sentados ante el fuego, cocinan los bocados que compran con sus cuatro peniques.

—¡Ah! ¿No les proporcionan hospedaje? —pregunté, pues la inscripción sobre la puerta exterior bullía en mi cerebro tanto que la repetía mentalmente, en una especie de estribillo: «Techo, comida y cuatro peniques a cada uno».

—Pueden disponer de lumbre y utensilios —contestó la matrona, mujer muy gentil, no demasiado bien retribuida—. Las inscripciones pintadas sobre el armario son las reglas a las que deben adaptar su conducta. Se les entregan los cuatro peniques cuando obtienen su credencial del administrador, establecido a un lado del camino, pues no son admitidos de otra forma. Suelen comprar algunas veces una lonja magra de tocino, algún arenque, una libra de patatas y otras cosas. Algunas veces, dos o tres reúnen sus peniques y preparan una cena en esa forma. Pero no se puede obtener mucho con cuatro peniques ahora, cuando los comestibles cuestan tanto dinero.

—Eso es verdad —repliqué.

Observé la habitación, admirando la abrigada chimenea en un extremo, las vigas del techo y el fugaz resplandor de la calle a través de las ventanas bajas.

—Es muy confortable —dije.

—Y muy inconveniente —respondió ella.

Me satisfizo el oírla hablar en esa forma, pues demostraba una loable ansiedad por ejecutar sin espíritu tacaño los deseos de Richard Watts. Pero la habitación se adaptaba tan bien a sus finalidades, que yo protesté con algún entusiasmo contra su menosprecio.

—No, señora —dije—; estoy seguro de que es abrigada en invierno y fresca en verano. Tiene un aire de hogareña bienvenida y descanso tranquilizador. La chimenea tan confortable, cuyo destello, al percibirse desde la calle en la noche invernal, es suficiente para templar el corazón de todo Rochester. Y en cuanto a la conveniencia de los seis viajeros pobres...

—No es a ellos a quienes me refiero, sino a la inconveniencia que supone el permanecer aquí mi hija y yo, y no disponer de otra habitación donde pasar la noche.

Eso era cierto, en verdad, pero había otro cuarto, pulcramente dispuesto, de similares dimensiones, en la parte opuesta a la entrada; de modo que me acerqué a la puerta que los separaba y pregunté el destino de esa habitación.

—Éste —continuó— es el lugar donde se reúnen.

—Os agradecería que me la permitieseis ver.

Desde la calle había contado seis ventanas altas, además de la situada en la planta baja. Calculando, pues, mentalmente, pregunté:

—¿Los seis viajeros duermen arriba?

Mi nueva amiga negó con la cabeza.

—Duermen en dos pequeñas galerías exteriores al fondo, donde siempre estuvieron las camas desde que se fundó este asilo. Siendo estas circunstancias en extremo inconvenientes para mí, en el presente los caballeros debieron separar una parte de la habitación y formar una especie de salón aquí, donde suelen permanecer un rato antes de acostarse.

—Y entonces, los seis viajeros pobres —dije— ¿están fuera de la casa?

—Completamente fuera —asintió ella, frotándose las manos—, lo cual es considerado mucho mejor y más conveniente para ambas partes.

En la catedral me alarmé por el énfasis con que la efigie de Richard Watts emergía de su tumba, pero comencé a pensar que muy bien podía llegarse hasta la calle principal de Rochester en una noche tormentosa y provocar un disturbio.

Sea como fuere, guardé mis reflexiones y acompañé a la matrona hasta las galerías del fondo. Estaban separadas en pequeñas divisiones, como las galerías de las viejas posadas, y en muy buen estado de higiene. Mientras las observaba, la mujer me hizo comprender que el número reglamentario de viajeros era aproximado todas las noches desde el principio del año hasta el fin, y que las camas estaban siempre ocupadas. Mis preguntas y sus respuestas nos trajeron de vuelta al salón, tan indispensable para la dignidad de los caballeros, donde me mostró los informes impresos de la sociedad, que colgaban cerca de la ventana. Por ellos deduje que la mayor parte de la propiedad legada por el venerable Richard Watts para el sostén de esta fundación eran solamente pantanos en la época en que falleció, pero con el transcurso del tiempo fueron convirtiéndose en terreno aprovechable, y sobre él se levantaron muchas construcciones que acrecentaron su valor. Descubrí también que cerca de la trigésima parte de los ingresos anuales se gastaban en los propósitos enumerados en la inscripción que figuraba sobre la puerta, y el resto se invertía generosamente en receptorías, impuestos y otras pertenencias de administración, altamente lisonjeras para la importancia de los seis viajeros pobres.

En resumen: hice el descubrimiento, no del todo nuevo, también atribuible a más de un establecimiento como éste en nuestra querida y vieja Inglaterra, de ser el mismo caso de la ostra gorda del cuento, que necesitó de muchos hombres para poderse engullir entera.

—Y decidme, señora —pregunté, sintiendo que mi turbación aumentaba después de ocurrírseme esta idea—, ¿podría ver a los viajeros?

—¡Pues no! —contestó con incertidumbre.

—¿No esta noche, por ejemplo? —repliqué.

—Bien —dijo ya más categóricamente—. Nadie preguntó jamás por ellos y tampoco nadie los ha visto nunca.

Como no pertenezco a los que se rinden ante el primer obstáculo cuando adoptan una resolución, insistí ante la buena señora, arguyendo que estábamos en vísperas de Navidad; que Navidad es sólo una vez al año, cosa, por desgracia, demasiado cierta, pues si permaneciera todo el año con nosotros convertiríamos la tierra en un lugar muy diferente. Argüí estar dominado por el deseo de convidar a cenar a los viajeros y brindarles un vaso de ponche caliente; además, gozaba ya de crecida fama por mi habilidad en

prepararlo, y si me fuera permitido celebrar la fecha, me sometería de buen grado a la moderación y a la sobriedad; en una palabra, podría ser a la vez alegre y prudente y, en caso necesario, sabría mantener a los demás en iguales condiciones, a pesar de no estar condecorado con ninguna insignia ni medalla, ni ser orador, apóstol, santo o profeta. Triunfé al fin. Quedó acordado que esa misma noche, a las nueve, un pavo y un trozo de carne humearían sobre el aparador y que yo, tímido e indigno ministro de Richard Watts, por una vez tan sólo presidiría la cena de Navidad como huésped de los Seis Viajeros Pobres.

Volví a la posada para dar las instrucciones acerca del pavo y la carne, y durante el resto del día no pude hacer otra cosa que pensar en mis invitados.

Cuando oía al viento soplar con fuerza contra las ventanas, pues el día era muy frío y las intensas ráfagas de agua y nieve se alternaban con períodos de violentos resplandores, como si el año muriera a intervalos, les veía en mi imaginación acercándose al albergue después de recorrer helados senderos, y me alegré al pensar cuán lejos estaban de prever la cena que les aguardaba. Pintaba sus retratos en mi imaginación con abultados toques. Los veía con los pies lastimados, muy cansados, llevando bultos y fardos; detenidos ante postes indicadores del camino, inclinados sobre sus bastones nudosos, observando atentamente lo que en ellos se decía; pensaba en la posibilidad de haber equivocado el camino y con los sentidos llenos de aprensión ante el temor de pasar la noche fuera y morir de frío tal vez. Cogí el sombrero y salí; trepé hasta la cima del viejo castillo y examiné las colinas expuestas al viento, que caían en declive hasta Medway, creyendo tal vez poder divisar a distancia a alguno de mis viajeros. Cuando oscureció, y después de oír la campana de la catedral tocar cinco, seis, siete campanadas, llegué a sentirme tan identificado con ellos que no pude cenar, y hube de verlos una vez más en los carbones encendidos de la chimenea. Pensé que ya habrían llegado todos a esta hora, y tras obtener las entradas respectivas habrían penetrado en la casa. Llegado a ese punto, mi alegría se diluía ante la idea de que, probablemente, algunos llegarían demasiado tarde y quedarían fuera.

Después de que las campanas de la catedral anunciaron las ocho pude percibir el delicioso aroma del pavo ascendiendo hasta las ventanas de mi dormitorio, que miraban sobre el patio de la posada, y donde las luces de la cocina enrojecían una sólida fracción del muro perteneciente al castillo. Era ya hora de preparar el ponche; por eso recogí el material necesario (del que me reservo la proporción exacta como el único secreto personal que he podido guardar jamás). Preparé un ponche magnífico. No en una ponchera, porque ésta, en cualquier lugar que no sea un anaquel, habría sido una vil falsificación, sino en un cántaro de barro marrón, tapado con un trozo de gruesa tela. Siendo ya cerca de las nueve, me dirigí al asilo, llevando a mi «morena beldad» entre los brazos. Hubiera confiado a Ben, el mozo del hotel, una cantidad enorme de dinero, pero existen cuerdas en el corazón humano que nunca pueden ser pulsadas por otro, y los licores que yo mismo fabrico constituyen esas cuerdas en el mío.

Los viajeros estaban reunidos, el mantel tendido, y Ben ya había puesto leña en la chimenea, de modo que un toque o dos con el atizador, después la cena, producirían una gran llamarada. Después de depositar a mi beldad en un rojo rincón del hogar, donde pronto comenzó a cantar como un grillo etéreo, difundiendo al mismo tiempo aromas de maduros viñedos, bosques de especias y naranjales; después, vuelvo a repetirlo, de haber apostado a mi bella en lugar seguro, me presenté ante mis invitados y estreché las manos de todos ellos, brindándoles cordial bienvenida.

Encontré la reunión así integrada: yo, en primer término; en segundo lugar, un hombre muy decente, con el brazo derecho en cabestrillo, que emanaba a su alrededor un cierto olor a bosque muy agradable, por lo que supuse estaría relacionado con la construcción de buques; en tercer lugar, un joven marinero, casi un niño, con abundante cabello castaño y ojos profundos, de mirar femenino; cuarto, un personaje gentil y raído, vestido con un traje negro muy usado y aparentemente en mala situación, con la mirada fría y desconfiada, los botones ausentes de su chaqueta, reemplazados por una cinta roja y un montón de papeles ajados emergiendo de un bolsillo del chaleco; en quinto lugar, un extranjero de nacimiento, pero inglés por su lenguaje, que llevaba la pipa en la banda del sombrero y que no perdió tiempo en revelarme, con espontánea sencillez, que era fabricante de relojes en Ginebra y que viajaba a través de todo el continente, a pie la mayor parte del tiempo, viendo países nuevos, y posiblemente (así lo pensé yo) también introduciendo de contrabando uno o dos relojes de vez en cuando; en sexto lugar, una viudita que debió ser muy hermosa, joven todavía, pero cuya belleza naufragó en algún gran infortunio y cuyo modo de ser era notablemente tímido, atemorizado y solitario; séptimo, por fin, un viajero familiarizado cariñosamente con mi juventud, pero casi anticuado ya: un vendedor ambulante de libros, que traía innumerables folletos y periódicos consigo y que alardeaba de poder repetir en una sola tarde más versos que los que hubiera vendido en un año.

He mencionado a todos ellos en el orden en que aparecían sentados alrededor de la mesa. Yo presidía, y la encargada de la casa ocupaba la otra cabecera. No tardamos mucho en colocarnos, pues la cena había llegado conmigo, formando la siguiente procesión:

Yo, con el cántaro.

Ben, con la cerveza.

El criado, distraído, llevando los platos calientes.

El pavo.

Una criada que traía una salsa que debía ser calentada al instante.

La carne.

El mozo, con una bandeja sobre su cabeza que contenía legumbres y varios.

Un criado voluntario del hotel que sonreía sarcásticamente sin tratar de ser útil de ninguna manera.

Mientras atravesábamos la calle principal, dejamos, parecidos a un cometa, una cola fragante, haciendo que el público se detuviera y olfateara con extrañeza. En un rincón del patio, un joven de ojos azules, muy acostumbrado a escuchar el silbato que Ben guardaba en su bolsillo, debía precipitarse a la cocina tan pronto como oyera el silbido, recoger el budín inglés caliente y los pasteles, y traerlos al asilo en la forma más rápida posible, donde serían recibidos por la mujer, ya provista de coñac ardiendo...

Todas estas disposiciones fueron cumplidas en la forma más exacta y puntual. Nunca vi un pavo mejor, mejor carne ni mayor prodigalidad de salsa y jugo; y mis viajeros rindieron admirable justicia a todo lo que se les puso frente a la vista. Mi corazón se alegraba al observar cómo sus rostros, endurecidos por el viento y el frío, se suavizaban entre el ruido de platos y cubiertos y se ablandaban ante el calor del hogar, mientras sus sombreros, gorros y abrigos colgaban de las perchas y se alzaban bultos pequeños en un rincón sobre el suelo, y en otro rincón tres o cuatro viejos bastones, gastados en sus extremos, enlazaban con cadena dorada al exterior helado y desierto mientras en el interior se estaba abrigado.

Cuando la cena concluyó y mi «morena beldad» fue colocada sobre la mesa, hubo una solicitud general para que yo ocupara el rincón junto al fuego. Como hube de rehusar el honor, Ben, cuya mano es perfecta para todo lo relacionado con el convite, arrimó la mesa a un rincón y, ordenando a mis invitados que se colocaran a mi derecha e izquierda, cerró el círculo a mi alrededor, conservando el orden que teníamos en la mesa. También de forma muy suave empujó fuera de la habitación a sus ayudantes y desapareció cerrando la puerta en silencio.

Era ya tiempo de atizar el fuego. Lo toqué tres veces, como si el atizador fuera un talismán encantado, y brotó una brillante multitud de chispas que se precipitaron hacia arriba en ardiente danza campesina. Mientras tanto, ante esa luz resplandeciente, que dejó a nuestra lámpara en la sombra, llené los vasos de mis viajeros.

—¡Navidad! ¡Nochebuena!, amigos míos; cuando los pastores, pobres viajeros también, a su manera, oyeron cantar a los ángeles: «Paz en la tierra a los hombres de buena voluntad».

Bebimos a la memoria del buen Richard Watts, y por que su sombra no tenga nunca bajo este techo trato peor que el que nosotros le proporcionamos.

(...)

ALPHONSE DAUDET

Daudet nació en Nîmes en 1840. Su padre era un comerciante de poca fortuna, y la constitución enfermiza de Alphonse hizo necesario el traslado del niño a la población campesina de Bezouces. Allí, el pequeño Daudet entró en contacto con la lengua y las leyendas provenzales, y descubrió un mundo que sería luego piedra angular de su literatura.

Alphonse tenía sólo nueve años cuando la familia se trasladó a Lyon. Muy pronto, empezó a acudir a clase al instituto de esa ciudad, donde su mala salud y su carácter retraído hicieron de él un niño solitario y eternamente refugiado en los libros. Tenía dieciséis años cuando la angustiosa situación económica de su familia le empujó a aceptar un empleo como vigilante en un colegio. Aquel trabajo sólo duró unos meses, al término de los cuales fue despedido y decidió probar fortuna en París, donde ya vivía su hermano Ernest.

Allí, Alphonse tomó contacto con un ambiente de notable riqueza cultural. Conoció a periodistas, a estudiantes, a literatos..., y en 1858, sólo un año después de su llegada a París, editaba su primer libro de poesía, *Les amoureuses*. A partir de entonces se sucedieron sus colaboraciones en periódicos, y su asistencia a distintos salones parisinos. Pero no será hasta 1869, al entrar a trabajar en el gabinete del duque de Morny, cuando pueda centrarse en sus intereses literarios. Traba amistad con Frédéric Mistral y con otros escritores de la época. Un principio de tuberculosis le obliga a viajar buscando climas cálidos, y pasa temporadas en Argelia y Córcega, a las que sigue un largo período en La Provenza. Es precisamente entonces cuando empieza a escribir los relatos que publicará como *Cartas desde mi molino*, y a tomar los primeros apuntes para crear el célebre personaje de Tartarín de Tarascón. El libro de cuentos (al que pertenece el relato «Las tres misas rezadas», que reproducimos a continuación) aparece por primera vez en 1869, aunque alguno de los relatos habían ido publicándose en diferentes periódicos bajo el título *Crónicas provenzales*. En ellos están recogidos cuentos y leyendas de la zona, el habla campesina, las costumbres y los tipos de la Provenza... Es también en 1869 cuando empiezan a aparecer las aventuras del que se convertirá en el más famoso de sus personajes, Tartarín de Tarascón. Posteriormente llegarían *Cartas a un ausente* y también algunos de sus *Cuentos del lunes*, volumen al que pertenece el relato «Nochebuena en el Marais». En 1874 escribe *Las mujeres artistas* y la que será la novela de su consagración: *Fromont Jeune et Risler Aine*. En 1880 su estado de salud se agrava. A pesar de todo, sigue escribiendo. A esta época pertenen novelas como *El Nabab, Los reyes en exilio, Sapho, Tartarín en los Alpes, El inmortal* o *La mentirosa*. Murió en París en 1897, habiendo obtenido en vida el reconocimiento de los lectores y de la intelectualidad de la época.

Las tres misas rezadas

—¿Conque dos pavos trufados, Garrigou?

—Sí, reverendo padre: dos pavos magníficos repletos de trufas. Algo sé de ello, puesto que he ayudado a rellenarlos. Al asarlos parecía que les iba a estallar el pellejo de tan tirante como lo tenían...

—¡Jesús y María! ¡Y a mí que tanto me deleitan las trufas! Tráeme pronto la sobrepelliz, Garrigou... Dime, ¿qué otras viandas has divisado en la cocina además de los pavos?

—¡Huy! ¡Todo género de cosas suculentas. Desde mediodía no hemos cesado de desplumar faisanes, abubillas, chochas, gallos silvestres... Las plumas volaban por todas partes... Después trajeron del estanque anguilas, carpas doradas, truchas...

—¿De qué tamaño eran las truchas, Garrigou?

—Así de gordas, reverendo... ¡Enormes!

—¡Ay, Dios mío! Si me parece estar viéndolas... ¿Has puesto vino en las vinajeras?

—Sí, reverendo padre: he puesto vino en las vinajeras... Pero, a fe mía, no tiene comparación con el que vais a beber bien pronto, al salir de la misa del gallo. Si vierais en el gran comedor del castillo todas esas garrafas que flamean llenas de vino de todos los colores... ¡Y la vajilla de plata, los centros de mesa cincelados, las flores, los candelabros!... Nunca se habrá visto una cena tan espléndida. El señor marqués ha invitado a todos los próceres de la vecindad. Se sentarán a la mesa lo menos cuarenta personajes, sin contar el corregidor y el escribano. ¡Qué suerte tenéis, pues sois uno de los comensales, reverendo padre!... Sólo con haber olfateado tan hermosos pavos, el olor de las trufas me persigue en todas partes... ¡Aaaah!

—Vamos, vamos, hijo mío. Guardémonos del pecado de gula, sobre todo en la noche de la Natividad... Ve deprisita a encender los cirios y a dar el primer toque de campana para la misa, pues la medianoche se aproxima y no hay que empezar retrasados...

Este diálogo transcurría en una Nochebuena del año de gracia de mil seiscientos y pico entre el reverendo don Balaguer, antiguo prior de los barnabitas y por entonces capellán a gajes de los señores de Trinquelage, y su monaguillo, Garrigou, o por lo menos lo que él suponía ser el monaguillo Garrigou, pues habéis de saber que aquella noche el diablo había usurpado la faz redonda y los rasgos imprecisos del joven sacristán para, de ese modo, mejor inducir en tentación al reverendo padre y hacerle cometer un abominable pecado de gula. Así, pues, en tanto que el sedicente Garrigou (¡hum, hum!) repicaba más y mejor las campanas de la capilla señorial, el reverendo estaba acabando de revestirse la casulla en la pequeña sacristía del castillo; y con el caletre algo trastornado ya por aquellas descripciones gastronómicas, al tiempo que se vestía iba repitiendo para sus adentros:

—¡Pavos asados y trufados!... ¡ Doradas carpas!... ¡Unas truchas así de rollizas!...

Afuera, el viento nocturno soplaba, esparciendo la música de las campanas. Y a esa llamada unas lucecitas iban surgiendo de la sombra en las laderas del Monte Ventoux, en lo alto del cual descollaban los almenados torreones de Trinquelage. Eran familias de granjeros que venían a oír en el castillo la misa del gallo. Trepaban por la cuesta cantando, en grupos de cinco o seis; delante, el padre, linterna en mano, y las mujeres, arrebujadas en sus grandes mantones pardos, a cuyo cobijo se arrimaba la prole. A pesar de la hora y el frío, esas buenas gentes caminaban animosas con la perspectiva de la colación que para ellas habría de estar servida abajo en las cocinas, como todos los años. De vez en cuando, en la áspera subida, la carroza de un patricio, precedida de portadores de hachones, hacía espejear al claro de luna sus cristales, o bien una mula iba trotando y agitando sus sonajas, y al resplandor de los faroles, envueltos en bruma, los colonos reconocían a su bailío y le saludaban al pasar:

—¡Muy buenas noches, maese Arnoton!

—¡Buenas noches nos dé Dios, hijos míos!

La noche era despejada, las estrellas se mostraban abrillantadas por el frío; el cierzo pelaba, y una tenue aguanieve, que resbalaba sobre los indumentos sin mojarlos, guardaba fielmente la tradición de las Nochebuenas blanquivestidas. En lo más alto de la loma aparecía el castillo como meta, con su ingente mole de torres y adarves, el campanario de su capilla enhiesto hacia el azul negruzco, y una muchedumbre de lucecitas que parpadeaban, iban, venían y se agitaban en todas las ventanas, semejando sobre el fondo sombrío del edificio esas chispas que van corriendo sobre las cenizas del papel que se quema. Una vez pasado el puente levadizo y la poterna, para llegar a la capilla era preciso atravesar el primer patio, lleno de carrozas, de escuderos, de literas, todo claro por el resplandor de las antorchas y el llamear de las cocinas. Se escuchaba el tintinear de los asadores, el estrépito de las cacerolas, el entrechocar de la cristalería y la plata removidos en los preparativos de un festín; sobre todo ello, un vapor tibio y bienoliente a carnes asadas y fuertes especias de las laboriosas salsas, provocaba las exclamaciones de los cortijeros, del capellán, del corregidor y de todos los demás.

—¡Qué gran cena vamos a tener después de misa!

¡Tilín, tilín! ¡Tilín, tilín!

Es que va a comenzar la misa de medianoche. En la capilla del palacio —una catedral en miniatura, con arcos entrecruzados, de revestimiento de roble que llega a la altura de las paredes— han extendido reposteros y han encendido todos los cirios. ¡Y cuánta gente! ¡Qué hermosos vestidos! He aquí, por de pronto, acomodados en los esculpidos sillones del coro, al señor de Trinquelage, luciendo un traje de raso color salmón, y junto a él todos los nobles próceres invitados... Enfrente, en unos reclinatorios tapizados de terciopelo, se han instalado la anciana marquesa viuda, con su vestido de brocado color de fuego, y la joven señora de Trinquelage, tocada con una eminente torre da encaje encañonado a la última moda de la corte de Francia. Más abajo, vestidos de negro, con vastas pelucas en punta y rostros rasurados, se ve al baile Tomás Arnoton y al escribano maese Ambroy —dos notas graves entre las vistosas sedas y los damascos recamados—. Luego vienen los obesos mayordomos, los pajes, los monteros, los intendentes, doña Bárbara con todas sus llaves al costado pendiendo de un llavero de plata fina. Al fondo, en los bancos, la gente de escaleras abajo: los sirvientes, los granjeros con sus familias y, por último, justo contra la puerta que entreabren y vuelven a cerrar con discreción, los señores pinches, que vienen entre dos salsas a tomar un airecillo de misa y a traer un aroma de réveillon a la iglesia, toda resplandeciente y entibiada por tantos cirios encendidos.

¿Es la vista de esos gorritos blancos lo que ocasiona distracciones al oficiante? ¿No sería más bien la campanilla de Garrigou, esa empecatada campanillita que se agita al pie del altar con una precipitación infernal y que parece decir todo el tiempo: «Apresurémonos, apresurémonos... Cuanto antes hayamos acabado, más pronto estaremos a la mesa»?

El hecho es que cada vez que repica esa campanilla del demonio, el capellán olvida su misa y no piensa ya más que en la cena. Ve en la imaginación a los cocineros, rumorosos y ajetreados, los hornos en que arde una lumbre de forja, el apetitoso vaho que se escapa de las entreabiertas tapaderas de las marmitas, y ese vaho de pavos magníficos, atiborrados, tensos, empedrados de trufas...

O también ve pasar filas de pajes portadores de platos envueltos en tentadoras vaharadas, y se figura entrar con ellos en el gran

salón comedor, dispuesto ya para el *gaudeamus.* ¡Oh, delicia! Ved la amplia mesa toda relampagueante y bien cargada: los pavos reales aureolados con sus plumas, los faisanes desplegando sus tornasoladas alas, los frascos color de rubí, las pirámides de frutas deslumbrantes entre el ramaje verde y aquellos estupendos pescados de que hablaba Garrigou (¡Sí, Sí, Garrigou!), tendidos sobre un lecho de hinojo, con la escama nacarada, como si acabasen de salir del agua con un ramito de hierbas aromáticas en sus hocicos de monstruos. De tal relieve es la visión de estas maravillas que don Balaguer se figura que todos esos manjares miríficos están servidos ante él sobre los bordados del mantelillo del altar, y dos o tres veces, en lugar de *Dominus vobiscum,* pronuncia el Benedicite, con gran sorpresa suya. Aparte de esos ligeros lapsus, el digno varón desembucha su Oficio muy concienzudamente, sin saltarse una línea, sin omitir una genuflexión, y todo va bastante bien hasta el término de la primera misa, pues sabéis que en la madrugada de Navidad el mismo oficiante debe celebrar tres misas consecutivas.

—¡Y va una! —dice el capellán para sus adentros con un suspiro de alivio; luego, sin perder un minuto, hace un signo a su ayudante, o a aquel a quien él imagina que es su ayudante—. Y...

¡Tilín, tilín! ¡Tilín,.tilín! ¡Tilín, tilín!

La segunda misa va empezar, y con ella comienza también el pecado de don Balaguer.

—¡Aprisa! ¡Aprisa! ¡Apresurémonos! —le grita con vocecita agria la campanilla de Garrigou.

Y lo que es esta vez, el desdichado oficiante se abandona inerme al demonio de la gula, se precipita sobre el misal y devora sus páginas con la avidez de su apetito sobreexcitado. Frenéticamente se prosterna y se levanta, esboza los gestos de santiguarse y las genuflexiones, abrevia todos los movimientos para acabar antes. Apenas extiende sus brazos al leer el Evangelio ni se golpea el pecho en el Confiteor. Entre el monaguillo y él hay una competencia para ver cuál tartajeará más ligerito. Versículos y responsos se atropellan y empujan unos a otros. Los vocablos pronunciados a medias, sin abrir la boca, cosa que haría perder mucho tiempo, finalizan en susurros incomprensibles:

—*Oremus... ps... ps... ps...*

—*Mea culpa... pa... pa... pa...*

Lo mismo que vendimiadores presurosos pisando la uva en el lagar, ambos chapuzan en el latín de la misa, lanzando saliva a diestro y siniestro:

—*Dom... scum* —dice Balaguer.

—*Stutuo...* —replica Garrigou.

Y todo el tiempo la endiablada campanilla sigue tintineando en sus oídos, como esos cascabeles que ponen a los caballos de diligencias con objeto de hacerles galopar a toda velocidad. Ya comprendéis que a ese paso pronto está despachada una misa rezada.

—¡Y van dos! —se dice el capellán atropellado.

Luego, sin tomarse el tiempo de respirar, arrebatado y sudoroso, se descuelga por los peldaños del altar y...

¡Tilín, tilín! ¡Tilín, tilín! ¡Tilín, tilín!

Empieza la tercera misa. Ya sólo hay que dar algunos pasos más para llegar al comedor; mas, ¡ay!, a medida que el réveillon se acerca, el infortunado Balaguer se siente presa de una locura de impaciencia y de gula. Su visión se acentúa: las carpas doradas, los asados pavos rellenos están ahí, ahí mismo... Ya los toca... Ya los... ¡Oh, Señor! Los platos humean, los vinos embalsaman y, sacudiendo su rabioso cascabel, la pequeña campanilla le grita:

—¡Deprisa, deprisa! ¡Aún más deprisa!

Pero, ¿cómo podría ir más deprisa? Sus labios apenas se mueven.... Ya no pronuncia las palabras. Sólo le queda hacerle trampa a Dios y escamotearle su misa... ¡Y eso es lo que hace el desdichado!... De tentación en tentación, por de pronto, se salta un versículo, luego dos... Después, como la Epístola es demasiado larga, no la termina; roza el Evangelio, pasa ante el credo sin entrar, se salta el padrenuestro, saluda de lejos el prefacio y por brincos y zancadas se precipita así en la condenación eterna, siempre seguido de cerca del infame Garrigou (*Vade retro,* Satanás), quien le secunda con un maravilloso acuerdo, le levanta la casulla, vuelve los folios dos a dos, zarandea los misales, vuelca y derrama las vinajeras y, sin cesar, sacude la campanilla cada vez más fuerte, cada vez más rápido.

¡Hay que ver la cara de susto de todos los presentes! Se ven forzados a seguir por la mímica del sacerdote esa misa de la que no entienden ni jota; unos se levantan cuando otros se arrodillan, o se sientan cuando los demás están de pie; y las fases de tan singular Oficio se confunden por los bancos en una multitud de actitudes diversas. La estrella de Belén, de camino por las rutas celestes, allá arriba, hacia el pequeño establo, palidece de espanto viendo tanta confusión...

—El señor abad corre mucho... No lo puede una seguir... —murmura la anciana dueña, agitando descompasadamente su cofia.

Maese Arnoton, con sus grandes gafas de acero sobre la nariz, busca en su devocionario dónde diablos está. Mas, en el fondo, todas esas buenas gentes que, también ellas, piensan en engullir la cena, no están contrariadas porque la misa lleve esa marcha vertiginosa; y cuando don Balaguer, con la faz radiante, se vuelve hacia los fieles vociferando con energía *Ite missa est*, hay en la capilla un vocerío unánime para responderle un *Deo gracias* tan gozoso, tan animador, que uno se creería sentado ya a la mesa, en el primer brindis del réveillon.

Cinco minutos más tarde, todos los señores tomaban asiento en el gran salón, con el capellán presidiendo. El castillo iluminado resonaba de cantos y gritos, risotadas y rumores; y el venerable don Balaguer hincaba su tenedor en una pechuga de gallineta, anegando el remordimiento de su pecado en oleadas de vino Chateauneuf y en el jugo de las viandas. Tanto bebió y comió el pobre santo varón, que aquella madrugada se murió de un terrible ataque, sin haber tenido ni siquiera tiempo de arrepentirse; luego, a la mañanita, llegó al cielo, todavía rumoroso del eco de aquellos festines nocturnos, y podéis figuraros cómo fue recibido allí.

—¡Retírate de mi vista, mal cristiano! —le dijo el soberano Juez, Señor de nosotros todos—. Tu culpa es suficiente para borrar toda una existencia de virtud... ¡Ah! Me has hurtado una misa del Gallo... Pues bien, como reparación me satisfarás trescientas de ellas, y no serás admitido en el Paraíso hasta que no hayas celebrado en tu propia capilla esas trescientas misas de Natividad en presencia de todos los que han pecado por tu falta...

... Y tal es la verídica leyenda de don Balaguer, lo mismo que la cuentan en el país de los olivos. Hoy día ya no existe el castillo de Trinquelage, mas la capilla sigue tan derechita, en todo lo alto del monte Ventoux, en un bosquecillo de encinas. El viento hace batir la puerta desvencijada, la hierba invade el umbral; hay nidos en las esquinas del altar y en el dintel de los altos ventanales cuyas vidrieras de colores han desaparecido desde tiempo atrás. No obstante, parece ser que todos los años, por Navidad, una luz sobrenatural vaga por entre esas ruinas, y que los aldeanos, al ir a las misas y cenas de medianoche, divisan ese espectro de capilla alumbrado por cirios invisibles que arden a la intemperie, incluso bajo la nieve y el viento. Os reiréis de ello si queréis: Un vendimiador del lugar —un tal Garríguez, sin duda descendiente de Garrigou— me ha afirmado que una Nochebuena, hallándose ligeramente achispado, se había extraviado en el monte por el lago de Trinquelage; y escuchad lo que allí había visto:

... Hasta las once, nada. Todo estaba oscuro, silencioso, inanimado. De súbito, a eso de medianoche, en lo más alto del campanario, rompió a tañer un carillón, un viejo, un viejísimo carillón que parecía estar a diez leguas. Pronto, en el sendero que va subiendo, Garríguez vio estremecerse unas luminarias y agitarse sombras indecisas. En el atrio de la capilla iban y venían, cuchicheaban:

—¡Buenas noches, maese Arnoton!

—¡Muy buenas noches, hijos míos!

Cuando hubo entrado toda la gente, el bueno del vendimiador —que era muy valiente— se aproximó en silencio y, mirando a través de la destrozada puerta, presenció un espectáculo singular. Todos aquellos que había visto pasar estaban dispuestos en hilera alrededor del coro, en la nave ruinosa, como si los antiguos bancos existiesen aún. Bellas damas engalanadas de brocados y con cofias de encajes, próceres recamados de arriba abajo, aldeanos luciendo casacones con floripondios, como los de nuestros bisabuelos; todos ellos con un aspecto viejo, marchito, polvoriento y fatigado... De vez en cuando, pajarracos nocturnos —huéspedes habituales de la capilla—, despertados por tantas luminarias, venían a revolotear en torno de los cirios, cuya llama ascendía rectilínea y vaga, como si hubiese ardido tras una gasa; y lo que divertía mucho a Garríguez era cierto personaje de grandes quevedos de acero que a cada instante sacudía su empingorotada peluca negra, sobre la que una de esas aves estaba situada, erguida y enredada allí, batiendo las alas cautelosamente.

En el fondo, un anciano de estatura infantil, arrodillado en medio del coro, agitaba desesperadamente una campanilla sin cascabel y sin voz, mientras que un presbítero revestido de oro viejo iba y venía desde el altar recitando unas plegarias de las que no se oía ni una palabra... Indudablemente, era don Balaguer, celebrando su tercera misa rezada.

Nochebuena en el Marais

El señor Majestad, fabricante de agua de Seltz en el barrio del Marais, acaba de cenar la Nochebuena en casa de unos amigos, en la plaza Real, y se dirige a su domicilio canturreando muy satisfecho. En San Pablo suenan las dos. «¡Qué tarde es!», se dice nuestro hombre, y apresura el paso, pero el piso está resbaladizo y las calles oscuras, y, además, en este demonio de barrio antiguo que data del tiempo en que apenas transitaban carruajes, hay multitud de recodos, de rinconadas y de mojones delante de las puertas para uso de los jinetes. Tantas cosas no dejan ir deprisa, sobre todo si se tienen las piernas algo pesadas y lo ojos turbios por los brindis de la cena... Pero, al fin, el señor Majestad llega a su casa. Se para ante una puerta tallada, donde a la luz de la luna se ve relucir un escudo de armas acabado de dorar con antiguos blasones repintados que ha adoptado para su marca de fábrica:

Antiguo palacio de Nesmond.
Majestad, hijo.
Fabricante de agua de Seltz

En todos los sifones de la fábrica, en las facturas, en el membrete de las cartas, se despliegan resplandecientes las viejas armas de Nesmond.

Después del portal viene el patio, un ancho patio ventilado y claro que, por el día, cuando se abre, da luz a toda la calle. En el fondo del patio, un gran edificio, muy viejo, de paredes ennegrecidas, muy ornamentadas, balcones de hierro curvado, balcones de piedra con pilastras, grandes ventanas alargadas y coronadas de frontispicios, de chapiteles que se elevan en los últimos pisos como otros tantos tejadillos en el tejado, y, al fin, en la techumbre, entre las pizarras, las lumbreras de las bohardas, redondas, muy coquetas, ornadas de guirnaldas como si fueran espejos. Y además, una gran escalinata de piedra carcomida y verdosa por la lluvia, una parra escuálida que se aferra a los muros, casi negra y retorcida como la cuerda que oscila allá arriba, en la garrucha del granero. Y un gran ambiente de vetustez y tristeza... Es el antiguo palacio de Nesmond.

Por el día, el aspecto del palacio es completamente distinto. Las palabras «Caja», «Almacén», «Entrada a los talleres», aparecen por todas partes, en letras doradas, sobre las viejas paredes a las que prestan nueva vida y juventud. Retumba el estrépito de los camiones en el portal; los empleados se adelantan a la escalinata, la pluma tras la oreja, para recibir las mercancías. El patio está sembrado de cajas, de cestas, de tela de embalar. No hay más que verlo: es una fábrica. Pero por la noche, bajo el inmenso silencio, bajo la luna de invierno que entre el laberinto de tejados arroja y entremezcla extrañas sombras, la antigua mansión de los Nesmond vuelve a su señorial existencia. Los balcones parecen de encaje; el patio de honor se engrandece y la vieja escalera, con sus claros y oscuros, parece tener escondrijos, como las catedrales, con nichos vacíos y altares que representan los escalones desvanecidos.

Pero esta noche, más que nunca, el señor Majestad le encuentra a su casa un aspecto grandioso. Al atravesar el patio desierto le impresiona el ruido de sus propios pasos; la escalera le parece

inmensa, sobre todo muy pesada de subir. Sin duda es la cena... Cuando llega al primer piso se detiene para respirar y se acerca a una ventana. ¡Lo que es habitar en una casa histórica! No es que el señor Majestad sea poeta; no, señor, pero al mirar aquel magnífico patio aristocrático, por donde la luna extiende un manto de azulada luz, al mirar la antigua mansión señorial, que parece dormir con sus tejados aletargados bajo un capuchón de nieve, se le ocurren ideas disparatadas:

—¡Vaya! Si los Nesmond resucitaran...

Entonces, un campanillazo retiñe. La puerta se abre de par en par, tan bruscamente, con tal ímpetu, que la llama del reverbero se extingue, y durante unos minutos, en la sombra del portal, se oye el ruido confuso de cosas que se rozan, de cuchicheos, como si disputaran y se empujaran para entrar. Y van pasando pajes, muchos pajes, carrozas de espejos que reflejan la luz de la luna, sillas de mano balanceadas entre dos antorchas, que se avivan con la corriente de aire del portal. En nada que se dice, el patio se ha llenado; pero al pie de la escalinata la confusión se apaga. De los carruajes desciende mucha gente; se saludan y entran hablando, como si conocieran la casa. En la escalinata suena el roce de las sedas y el chocar de los espadines. Y sólo se ven blancos peinados, cabelleras agobiadas de polvos de arroz; sólo se oyen vocecitas claras, un poco trémulas; risillas sin timbre, pasos ligeros. ¡Todos ellos tienen trazas de ser viejos, muy viejos! Son ojos sin brillo, joyas apagadas, antiguos brocados de seda que se han desvaído en suaves gradaciones, en donde la luz de las antorchas despierta un dulce fulgor. Y por encima flota una nubecilla de polvos que se desprenden de las empingorotadas pelucas, rizadas en bucles, en cada una de las reverencias, algo rígidas a causa de las espadas y de los miriñaques. Al poco, la casa parece estar llena de fantasmas. Las antorchas brillan de ventana en ventana; suben y bajan por las vueltas de la escalera; hasta las velas de las buhardillas tienen también su llama de fiesta y de vida.

El palacio de Nesmond se ilumina de arriba abajo, como si un gran rayo de sol poniente se reflejara en todos sus cristales.

«¡Dios mío! ¡Van a prender fuego!», piensa el señor Majestad. Y ya repuesto de su estupor intenta sacudir el aletargamiento de sus piernas y desciende rápidamente al patio, donde los lacayos han encendido una gran fogata. El señor Majestad se aproxima, les habla, pero los lacayos no le responden y continúan conversando en voz baja, sin que el más leve vapor se escape de sus labios en la sombra glacial de la noche. El señor Majestad está inquieto; pero una cosa le tranquiliza: esta gran hoguera, que lanza sus llamas tan altas y erguidas, es un fuego extraño, un fuego sin calor que brilla y no quema. Sosegado en este respecto, el hombre franquea la escalinata y entra en los almacenes.

Estos almacenes de la planta baja sin duda fueron antaño salones de recepción. Todavía brillan en los ángulos algunos restos de oro empañado. Alegorías mitológicas corren por el techo, rodean los espejos, flotan sobre las puertas con vagos colores, algo desvanecidos, como el recuerdo de los años huidos. Por desgracia, no quedan ni cortinajes ni muebles; sólo se ven cestas, grandes cajas repletas de sifones de cabeza de estaño y las ramas secas de un viejo árbol que emergen, negras, tras de los vidrios. El señor Majestad se encuentra, al entrar, con su almacén lleno de luz y de gente. Saluda, pero nadie repara en él. Las damas, del brazo de sus caballeros, muy bien vestidas de raso, prosiguen haciéndose ceremoniosas carantoñas. Pasean, conversan, se diseminan por todos lados. Verdaderamente, estos viejos marqueses parecen estar en su propia casa. Una sombra menuda se detiene frente a un entrepaño pintado, toda trémula. «¡Decid que soy yo y que estoy aquí», y mira sonriente a una Diana que se yergue en la madera, frágil y rosada, con una media luna en la frente.

—¡Nesmond, ven a ver tus armas! —Y todos ríen al encontrar el blasón de los Nesmond pintado en una arpillera de embalar con el nombre de Majestad por debajo.

—¡Ah! ¡Ah! ¡Majestad! ¿Pero es que aún quedan majestades en Francia?

Y hay alegrías sin fin, risas que suenan como flautas, dedos en el aire, bocas que se fruncen en un mohín. Alguien grita de pronto:

—¡Champagne! ¡Champagne!

—No, no.

—Sí, sí... Es champaña. Condesa, enseguida vamos a tomar la media noche.

Es el agua de Seltz del señor Majestad, que han confundido con champaña. Encuentran que este champagne está algo picado; pero, ¡bah!, se lo beben como si tal cosa, y como estas pobres sombras no tienen la cabeza muy fuerte, la espuma del agua de Seltz les excita poco a poco, les anima, les da ganas de danzar. Se organiza el minué. Cuatro hábiles violines que Nesmond ha llamado inician un aire de Rameau, lleno de trinos, lindo y melancólico dentro de su vivacidad. Es de apreciar cómo estas preciosas antiguallas giran levemente y saludan al compás con un grave ademán. Sus joyas vuelven a brillar, y los chalecos dorados, los zapatos con hebillas de diamantes, hasta las pinturas de los muros, parecen revivir al oír las antiguas melodías. El viejo espejo, encerrado en el muro desde hace doscientos años, también las reconoce, y aunque rayado y oscurecido en las esquinas, se ilumina dulcemente y devuelve a los danzarines su imagen algo turbia, como enternecido por el recuerdo. En medio de tantas elegancias, el señor Majestad se encuentra oprimido. Se ha agazapado tras una caja y desde allí mira.

Entretanto, el día se acerca poco a poco. Por las puertas de cristal del almacén se ve clarear el patio; después, lo alto de las ventanas, luego, un lado entero del salón. A medida que la luz entra, las figuras se borran, se desvanecen. Al poco, el señor Majestad no ve más que dos violinistas rezagados en un rincón que la luz evapora con sólo rozarlo. En el patio aún se discierne, pero ya vagamente, la forma de una silla de mano, una cabeza empolvada cuajada de esmeraldas, las últimas chispas de una antorcha que los lacayos han tirado sobre el empedrado y que se confunden con el fuego que arrancan las ruedas de un carro de transporte que entra con gran estrépito por el portal abierto...

Leopoldo Alas «Clarín»

Leopoldo Alas Ureña nació en Zamora el 25 de abril de 1852, aunque pasó en Oviedo sus primeros años. Licenciado en Derecho, obtuvo el grado de doctor por la Universidad de Madrid. Fue en esta ciudad donde publicó sus primeros textos en el periódico *El Solfeo.* Más adelante, su fecunda carrera periodística le llevaría a colaborar con otras publicaciones como *El Imparcial, El Globo* o *La Ilustración Española y Americana.* Antes de los treinta años obtuvo una cátedra para enseñar Economía Política en la Universidad de Salamanca, aunque poco después consiguió continuar en la Universidad de Oviedo su carrera docente.

Leopoldo Alas tenía treinta y tres años cuando se editó la que sería su obra principal, la novela *La Regenta.* Pero además publicó gran cantidad de relatos y novelas cortas. El cuento «El rey Baltasar», que reproducimos a continuación, forma parte del libro al que da título el relato *El gallo de Sócrates,* publicado por el autor en 1901.

Leopoldo Alas «Clarín» murió tempranamente en Oviedo en 1901, interrumpiéndose así una larga y brillante carrera literaria y crítica y una notable labor como profesor universitario.

El rey Baltasar

I

Don Baltasar Miajas llevaba de empleado en una oficina de Madrid más de veinte años; primero había tenido ocho mil reales de sueldo, después diez, después doce y después... diez; porque quedó cesante, no hubo manera de reponerle en su último empleo y tuvo que conformarse, pues era peor morirse de hambre, en compañía de todos los suyos, con el sueldo inmediato... inferior. «¡Esto me rejuvenece!», decía con una ironía inocentísima; humillado, pero sin vergüenza, porque él no había hecho nada feo, y a los Catones de plantilla que le aconsejaban renunciar al destino por dignidad, les contestaba con buenas palabras, dándoles la razón, pero decidido a no dimitir, ¡qué atrocidad! Al poco tiempo, cuando todavía algunos compañeros, más por molestarle que por espíritu de cuerpo, hablaban con indignación del «caso inaudito de Miajas», el interesado ya no se acordaba de querer mal a nadie por causa del bajón de marras, y estaba con sus diez mil como si en la vida hubiese tenido doce.

En otras ocasiones hubo tentativas de dejarle cesante, por no tener padrinos, aldabas, como decía él con grandísimo respeto; pero no se consumaba el delito, porque, a falta de recomendaciones de personajes, tenía la de ser necesario en aquella mesa que él manejaba hacía tanto tiempo. Ningún jefe quería prescindir de él y esto le sirvió en adelante no para ascender, que no ascendía, sino para no caer. Sin embargo, no las tenía todas consigo y a cada cambio de ministerio se decía: «¡Dios mío! ¡Si me bajarán a ocho!».

Por lo demás, no pensaba en la cosa pública más que cuando había crisis. Hasta que los chicos anunciaban por las calles: «¡El extraordinario con la caída del Ministerio!», don Baltasar no se acordaba de que había Estado, ni Gobierno, ni intereses públicos en el mundo. Y no era que no comprase todas las noches, al retirarse, su periódico. Pero no era por la política: era por las charadas, los acertijos, anagramas, etcétera.

Se metía en casa y, rodeado de su mujer y de sus tres hijos, dos varones y una hembra, pequeñuelos todavía, se entregaba a las dulzuras del hogar, de las zapatillas suizas, y de la sección amena de su periódico. No aborrecía el mundo, no era misántropo; pero no estaba a gusto más que entre los suyos, que eran la familia, y unos cincuenta tiestos con flores, y veinte pájaros que tenía y cuidaba en un estrechísimo terrado al que le daba derecho su cuarto piso con honores de guardilla. Era en la calle de Ferraz; desde aquella altura disfrutaba la vista de un panorama que le parecía asombroso, sobre todo por el silencio, por la soledad, por la luz esplendorosa y por el aire puro. Allí no venía a interrumpirle en sus contemplaciones de anacoreta lego o de bramán sin cavilaciones más bicho viviente que éste o el otro gato, que se le quedaba mirando, también perezoso, también soñador y amigo de aquella soledad en la altura.

Miajas bajaba al mundo pensando en sus flores, sus aves y sus hijos; se enfrascaba en los expedientes con la afición que le había ido dando el amor al cumplimiento exacto del deber, y de todo lo demás que le rodeaba allá abajo no se daba cuenta siquiera. Como donde él vivía de veras, con toda el alma, era en su cuarto piso, en su terrado principalmente, las calles, la oficina, los paseos, todo le parecía metido en un cuarto rastrero, ahogado... *in inferis.* «*¡Sursum corda!*», le gritaba el pecho, aunque no en latín; y en cuanto podía, ¡arriba!, ¡al terrado! La impureza del aire de abajo era para Miajas una preocupación constante; creía deber la salud al aire puro de su retiro empingorotado. Cuando oía hablar de las prevaricaciones y manos puercas de muchos sujetos, algunos compañeros suyos, pensaba con orgullo en su inmaculada honradez, en su probidad segura, achacaba la diferencia, por asociación de ideas, o mejor, de imágenes, a la impureza del aire que se respiraba allá abajo. Se figuraba que aquellas pobres gentes que casi nunca se codeaban con los gatos allá por las nubes, que no recibían durante horas y horas los soplos del aire puro, cerca del cielo, bajo torrentes de luz, en una atmósfera transparente, se iban llenando de microbios morales que producían aquellas debilidades de conciencia, aquellas tristes caídas. Pero, en general, pensaba muy poco en todo esto. No le importaba lo que hacían los demás, y tampoco dedicaba mucho tiempo a recordar los propios méritos y servicios. Así que casi tenía olvidadas ciertas visitas que le habían hecho *illo tempore* en su humilde guardilla disimulada, ilustres personajes de la política y del foro. Dos habían sido los señorones que habían venido a pedirle algo al pobre Miajas a tales alturas.

La oficina de don Baltasar era muy importante porque en ella se despachaban asuntos de muchísimo dinero y, como en última instancia, el que entendía y en realidad resolvía las arduas cuestiones de minas o cosas parecidas era don Baltasar, y sólo él, los que entendían de veras la aguja de marcar querían y procuraban tenerlo de su parte; pues, aun suponiendo que más arriba se quisiera atender más al favor que a la justicia y a la ley, mucho era, y en ocasiones indispensable, contar con el informe de aquel perito incorruptible. Una emperatriz o algo parecido tenía grandísimos intereses en cierto negocio famoso, y era abogado y principal agente de la ilustre dama un santón político de los primeros, muy popular, elocuente... y largo. No se anduvo en chiquitas; con sus aires democráticos, subió al cuarto piso de Miajas y entre bromitas, confianzas, promesas y veladísimas amenazas procuró ganar el ánimo del modestísimo empleado de diez mil reales, de quien, ¡oh, escándalos!, en realidad dependía aquel asunto que importaba tantos millones. Pero, ¡ay, amigo!, que el ilustre prócer no tenía razón; y Miajas, avergonzado, sintiéndolo infinito, como si cometiera un delito de lesa majestad o, por lo menos, de lesa soberanía nacional..., dijo nones, y el señor aquél, elocuentísimo, jefe de partido, casi árbitro de los destinos del país en ocasiones, tuvo que bajar el ciento y pico de escaleras, lo mismo que las había subido, sin sacar nada en limpio, porque allí no se podía hacer nada sucio. Este triunfo no dejaba de halagar a don Baltasar, más que por el mérito de su honrada resistencia, por el honor de haber tenido en su casa, y suplicándole en vano y tratando de convencerle, a tan conspicuo personaje. Sin embargo, se le mezclaba esta satisfacción con el remordimiento de no haber podido complacer a una eminencia como aquélla, y también tenía cierto escozor que era así como un vago temor de que algún día aquel prócer se vengara dejándole cesante, o por lo menos... bajándole a *ocho*.

La otra visita fue de otro santón no menos ilustre e influyente, también demócrata, y que era un especialista en materias de conciencia. Cuando él en un discurso decía: «¡Mi conciencia!», parecía decir: «¡Mis pergaminos!». Pues él también andaba en cosas de minas, y también subió las cien escaleras y pico. Pero éste hizo ante todo grandes protestas de la pureza de sus intenciones; con toda sinceridad mostraba el gran disgusto que tenía sólo en pensar que don Baltasar pudiera creer que venía a sobornarle, a deslumbrarle... Venía a convencerle; no tenía que esperar Miajas ni premio ni castigo, resolviese lo que quisiera. Se hablaba a su convicción y nada más. Y el señor de la conciencia sacó unos papelitos y los leyó; y discutieron él y Miajas, y después de dos horas, con la mayor naturalidad, don Baltasar declaró que aquel ilustre prohombre tenía razón, que la ley estaba con él y que el negociado informaría, si a él se le hacía caso, como pedía el insigne caballero, que de resultas se ganarían acaso millones. Y se fue el señor rectísimo, dejando a Miajas los papelitos aquellos, con su firma, y no volvió en la vida; ni el empleado de diez mil reales le debió jamás favor alguno ni se lo encontró cara a cara otra vez. No importaba: él guardaba como un tesoro los papelitos y, sin decírselo a nadie, saboreaba el orgullo de haber tenido ante sí, tan fino, tan amable, al hombre más severo de España, al Catón más tieso de la Península. Pero después de algún tiempo fue olvidando la aventura y por fin ya disfrutaba de la contemplación de la propia honradez como de una cosa muy insípida, sin mérito grande, aunque indispensable. Estaba dispuesto a morir de hambre antes que a prevaricar en lo más insignificante. Pero el placer de este estado de alma era ya para él muy inferior al que le proporcionaba la solución de un jeroglífico.

II

Si aquellos señorones ilustres jamás hicieron nada bueno ni malo a don Baltasar; si el prócer de la conciencia no tuvo la amabilidad de mandarle siquiera unos cartuchos de dulces a los hijos de Miajas, no se portaron así el año de gracia de 189... los dos ricachos americanos que habían sacado de pila, respectivamente, al hijo mayor Carlos y a la hija Pepilla.

El día de Reyes, muy tempranito, los chicos se encontraron en el terrado sendos juguetes de todo lujo: él, un guerrero indomable, con uniforme de teniente de caballería, con todas las armas y galones que eran de ordenanza; ella, una casa puesta para un matrimonio de porcelana, con ama de cría, un chiquitín y dos criadas, una de ellas negra. Era una maravilla. El entusiasmo de aquellos niños pobres, que otros años se contentaban con una caja de pinturas de peseta y una «pepona» de precio semejante, no tuvo límites... ni entrañas. A Marcelo, el hijo segundo, el más cariñoso, más aplicado y más metido por los mimos de su padre, los Reyes... no le habían traído nada, porque nada era un cartucho de dulces que se encontró al lado de esos soberbios juguetes. Pues bien, Pepilla y Carlos no tuvieron lástima, ni siquiera delicadeza, y delante de su hermano, sin padrino rico, ni pobre, porque lo había sido un abuelo, ya difunto, hicieron alarde de su riqueza, de su suerte escandalosa, de su alegría insolente. Los niños son así, ya lo dijo Víctor Hugo pintando el tormento de un sapo. ¿Cómo a don Baltasar no se le ocurrió remediar aquella injusticia de la suerte? No supo nada a tiempo. El encargado de dar la sorpresa fue un muchacho que, con el mayor sigilo, de parte de los ricachos americanos, dejó de noche, con pretexto de una visita, en el terrado, los regalos aquellos con tarjetas en que se leía: «A Pepilla. Gaspar» y «A Carlitos. Melchor». El cartucho de dulces de Marcelo era uno de los tres que su madre había comprado, porque aquel año el presupuesto de los Miajas andaba apuradísimo, y la noche anterior, la del cuatro al cinco, el matrimonio, con profunda tristeza, resignado, había resuelto, después de melancólica deliberación, que era una locura gastar aquel año en juguetes, por modestos que fueran, cuando no había apenas para garbanzos ni para remendar las botas de los chicos.

Cuando don Baltasar, muy temprano, subió al terrado y vio a sus hijos en torno del portentoso hallazgo y se enteró de todo, y contempló la alegría loca, salvaje, de los egoístas agraciados (¡inocentes de su alma!), y después miró a Marcelo que, pálido, sonreía con una mueca dolorosa, chupando la cinta azul de seda de su cartucho de dulces, sintió una angustia dolorosa en el alma, una especie de agonía de todo lo bueno que tenía su corazón puro, de pobre resignado. Aquello era lo mismo que una puñalada. Dios los perdonará, pero sus queridos compadres habían incurrido en una omisión grosera, de solterones sin delicadeza: muy ricos, espléndidos, pero que no sabían lo que eran hijos... Aquellos juguetes finísimos, de príncipes, valían uno con otro, lo menos... treinta duros... ¡Virgen Santísima! Pues con treinta reales hubieran podido Melchor y Gaspar hacer feliz a toda la familia... Y ahora, ahora..., en tono de broma, él, Miajas, estaba pasando por una amargura... pueril... que era inexplicable, por lo fuerte, por lo profunda.

Si hubiera sido Pepilla la desheredada, a grito pelado hubiera hecho constar la más enérgica protesta. Llanto y paradas durante tres horas, por lo menos. Carlos hubiera disputado a puñetazos el

Henry Mosler

odioso privilegio, a no ser él el privilegiado... Marcelo.... sonreía, luchaba por vencerse, por disimular la tristeza, ¡y tenía ocho años! ¡Ángel de mi alma! ¡Qué culpa tiene él de que su pobre abuelo se le haya muerto y de que yo... deba aún al panadero todo el pan que hemos comido en diciembre. Miajas no sabía qué decir ni qué hacer, ni siquiera cómo mirar a su hijo segundo, que se quedaba sin juguete. Marcelo se fue hacia su padre, se le metió entre las rodillas y empezó a acariciarse las mejillas frotando con ellas los raídos pantalones de su señor padre. Su papá era su juguete, de movimiento, de cariño; así parecía pensar el niño consolándose.

Aquellas caricias de resignación monstruosa, resignación a los ocho años, exaltaron más la sensibilidad paterna. Don Baltasar se creyó inspirado de repente, una inspiración mitad amor, mitad rebeldía, y por ello fue por lo que exclamó con voz nerviosa, enérgica, de fingida alegría:

—Observo, señores, que aquí falta un rey.

—¿Qué rey, qué rey? —gritaron Pepita y Carlos.

—Sí, falta uno. A ti, el rey Melchor te regaló eso: a ti, eso el rey Gaspar... Falta Baltasar, que es el que trae el regalo de Marcelín, ¡cosa rica! Pero, amigo; como el rey Baltasar viene de más lejos, de más lejos, de allá, de... (Miajas era muy mal orientalista) de... la Conchinchina..., pues viene retrasado... por las nieves, ¡como los trenes a veces! Pero vendrá.... ¡Oh!, ¡yo te aseguro que vendrá! ¡No pasa de mañana, Marcelín, cree a tu padre!

Marcelo, con lágrimas de inefable alegría en los ojos, sonriendo entre lágrimas, como Andrómaca, miraba a su padre extasiado, dudando de su felicidad futura... Creía y no creía en los reyes; era acaso dudoso aquello del milagro de los juguetes puestos en el balcón por manos invisibles..., pero ahora se inclinaba a pensar que su rey esta vez iba a ser su padre y se lo agradecía ¡tanto!, ¡tanto! Era mejor así. Pero, ¿vendría el juguete?

—¿Y qué le va a traer? —preguntó Carlos entre incrédulo y envidioso de una dicha futura en la que ya no le tocaba nada.

—Eso... Dios lo sabe. Pero me parece a mí... que va a ser... ¿Tú qué opinas, Marcelo?

Marcelo era particularmente aficionado a las defensas de plazas fuertes, era el Vauban de la casa, y mientras Carlos se armaba hasta los dientes, él prefería construir murallas de cartón, y con un ingenio positivo, improvisaba aspilleras, cañones, reductos, combinando los más heterogéneos desperdicios de la industria: dedales viejos, rodajas de pies de butacas rotos, cápsulas vacías de escopeta, cajas de cerillas y otra porción de inutilidades que, bien combinadas y distribuidas, convertían la mesa del comedor en una fortaleza muy respetable.

Marcelo opinó que el rey Baltasar le traería, si era amigo de cumplir, soldados de latón, de artillería, con cañones y todo...

III

Don Baltasar se echó a la calle aturdido, como borracho por las emociones de amor, amargura, despecho y decisión violenta que le llenaban el alma; se figuraba que llevaba, si no en la mano, en el alma, en la intención, una tea incendiaria que debía prender fuego a la moral pública que se debía al orden constituido, a los más altos principios; ¡qué sabía él! En fin, por ello era por lo que salía dispuesto a cumplir su promesa temeraria de encontrar al rey Baltasar, y no ya traerlo de Conchinchina, sino sacarlo del centro de la tierra y hacerlo presentarse ante su Marcelo con un juguete verdaderamente regio que no valiese menos que el de sus señores hermanos.

Lo primero que hizo... fue lo que hace el Gobierno, pensar en los gastos, no en los ingresos; escoger el juguete monumental (así lo llamaba para sus adentros), sin pensar en la mina o en la lotería de donde había de sacar el dinero necesario para pagarlo.

Se paró en la calle de la Montera, ante un escaparate de juguetes de lujo. Entre tanta monada de subido precio no vaciló un momento: la elección quedó hecha desde el primer momento; nada de armaduras, coches, velocípedos de maniquí, grandes pelotas, ni demás chucherías: lo que había de comprar a Marcelín era aquella plaza fuerte que estaba siendo la admiración de cuatro o cinco granujas que rodeaban a Miajas junto al escaparate. «¡Lo que puede la voluntad! —pensaba el humilde empleado—; estos chicos cargarían con esa maravilla del arte de divertir a los niños con no menos placer que yo; en materia de posibles, allá nos vamos estos pilluelos y yo, y, sin embargo, ellos se quedan con el deseo y yo entro ahora mismo en el comercio y compro eso... y se lo llevo a Marcelín... ¿En dónde está el privilegio, la diferencia? ¿En los cuartos? ¡No! ¡Mil veces no! En la voluntad: yo quiero de veras que ese juguete sea de mi hijo.»

Y entró, y compró la plaza fuerte que le deslumbraba con el metal de sus cañones, cureñas y cuantos pertrechos eran del caso.

Cuando Marcelín viera aquellas torres y murallas, casamatas, puentes, troneras, soldados y tremendas piezas de artillería, se volvería loco, creería estar soñando. ¡Para él tanta hermosura!...

Al ir a pagar después de que el juguete estuvo sobre el mostrador, don Baltasar sintió un nudo en la garganta...

—Verán ustedes —dijo—; no me lo llevo ahora precisamente porque..., naturalmente..., no he de cargar con ese armatoste...

—Lo llevará un mensajero...

—No; no, señores; no se molesten ustedes. Déjenlo ahí apartado; yo enviaré por el juguete..., y entonces... traerán el dinero... el precio...

Y salió aturdido y dando tropezones.

—Ya no hay más remedio —iba pensando—. El juguete es mío; un contrato es un contrato. Hay que buscar el dinero debajo de las piedras.

Pero en vez de ponerse a desempedrar la calle, se fue, como siempre, a la oficina.

Había grandes apuros por causa de arreglar asuntos que pedían del Ministerio despachados, y el director había dispuesto habilitar aquel día festivo.

Gran marejada político-moral-administrativa había por entonces en Madrid y en toda España; una de esas grandes irregularidades que de vez en cuando se descubren había puesto una vez más sobre el tapete la cuestión de los cohechos, prevaricaciones y demás clásicas manos puercas de la administración pública.

Los periódicos de circulación venían echando chispas; se celebraban grandes reuniones públicas para protestar y escandalizarse en colectividad; el Círculo Mercantil y una junta de abogados se empeñaban en empapelar a un ministro y a muchos próceres, al parecer poco delicados en materia de consumos y de ferrocarriles.

El Ministerio, amenazado con tanto ruido, se agarraba al poder como una lapa, y en las oficinas de Madrid había una terrible justicia de enero (del mes que venía corriendo) más o menos aparente.

Los subsecretarios, los directores, los jefes de negociado, estaban hechos unos Catones, más o menos serondos; no se hablaba más que de revisiones de cuentas de expedientes; en fin, se quería que la moralidad de los funcionarios brillara como una patena. Había mucho miedo.

—Siempre pagaremos justos por pecadores —decían muchos pecadores que todavía pasaban por justos.

Y a todo esto, don Baltasar Miajas sin enterarse de nada. Oía campanas, pero no sabía dónde. El run run de las conversaciones referentes a los chanchullos legales llegaba hasta él sin sacarle de sus habituales pensamientos; lo oía como quien oye llover. Él cumplía con su cometido y andando.

Cuando llegó aquel día ante la mesa de su cargo, dispuesto a sacar el precio del juguete de debajo de las piedras, no soñaba con que había en el mundo inmoralidad, empleados venales, etcétera. Lo que él necesitaba eran diez duros.

No sabía que estaba sobre un volcán rodeado de espías. Los pillos del negociado, que los había, estaban convertidos en Argos de la honradez provisional y temporera que el director del ramo había decretado dando puñetazos sobre un pupitre.

Y el diablo, no la Providencia, como pensó don Baltasar, hizo que cierto contratista interesado en un expediente que Miajas acababa de despachar, de modo favorable para aquel señor, se le acercara y, fingiendo sigilo, pero con ánimo de que pudieran otros oficinistas enterarse de su generosidad, dejase entre unos papeles algunos billetes de Banco.

Era un hombre tosco, acostumbrado a vencer así en las oficinas de su pueblo; y como no conocía a Miajas y quería ir anunciando su procedimiento expeditivo para que se enterasen los que podían servirle el día de mañana, hizo lo que hizo de aquella manera torpe, que comprometía al infeliz covachuelista.

Don Baltasar, en el primer momento no se dio cuenta de lo que acababa de suceder. Todavía no se había hecho cargo de tan vituperable acción, y ya los espías del director se habían guiñado el ojo. Cuando el contratista insistió en su torpeza, llamando la atención de Miajas, éste... vio el cielo abierto. Y equivocándose sin duda, atribuyó entonces a la Providencia aquella oportunidad del diablo. En cualquier otra ocasión, sin escandalizarse, con mucha humildad y molestia, habría devuelto al pillastre su dinero, diciéndole con buenos modos que él había cumplido con su conciencia y que ya estaba pagado por el Gobierno.

Pero... ahora... Marcelín... la plaza fuerte comprada... la promesa de traer al rey Baltasar aunque fuese de los pelos... y cierto profundo espíritu de rebelión... de protesta moral... En fin, todo ello hizo que don Baltasar, en voz baja, temblorosa, dijera:

—¡Oh, no, caballero; es demasiado; basta con un... pequeño recuerdo... Guarde usted eso, guarde usted eso, pronto —y metió entre unos papeles un billete de cincuenta pesetas.

A la mañana siguiente, en el terrado de la humilde vivienda de Miajas, su hijo segundo, Marcelo, encontró, con una tarjeta firmada por el rey Baltasar, el juguete pasmoso, la plaza fuerte que había soñado.

Y por la tarde, el rey Baltasar recibió la noticia de que estaba cesante.

Por hacerle un favor no se le formaba expediente.

Justicia de enero.

No había perdido más que el pan y la honra.

Fiodor Dostoievski

Fiodor Mikhailovich Dostoievski nació en 1821 en San Petersburgo. Su padre era un médico militar cuyo sueldo modesto apenas alcanzaba para mantener a sus hijos. Fiodor pasó una infancia llena de privaciones y marcada por su afición a la lectura. En 1844 escribió su primera novela, *Pobres gentes,* que se publicó dos años más tarde y fue aclamada por la crítica. En 1849 fue condenado a muerte por su participación en reuniones clandestinas, pero en el último segundo se conmutó su sentencia por la de cuatro años de trabajos forzados en Siberia, lo que le marcaría para siempre.

Durante ese período, Dostoievski tuvo que interrumpir su proceso creativo, que retomó en cuanto cumplió su condena, publicando obras como *Humillados y ofendidos, Recuerdos de la casa de los muertos,* y varios artículos de prensa, pues, además, fundó junto a su hermano la revista *Vremia.* Un viaje a Europa le hizo conocer una realidad distante y tomar contacto con el que sería su vicio, el juego en los casinos. De él surgiría más adelante la novela *El jugador.* En 1866 escribió la que sería quizá la más grande de sus obras, *Crimen y castigo,* que le reportó también un cierto éxito económico. Sin embargo, el escritor vivió siempre acosado por los acreedores. La excelente acogida que el público brindó a sus siguientes publicaciones (*El idiota, Los endemoniados* o *Los hermanos Karamazov*) no sirvió para paliar su desesperada situación pecuniaria. Cuando falleció en San Petersburgo en 1881, el Estado ruso concedió a su viuda una pensión que le permitiese subsistir, pues a su muerte Dostoievski no había dejado otra cosa que deudas... y una asombrosa obra narrativa que le convirtió en uno de los principales autores del siglo XIX.

En «Un árbol de Navidad y una boda», el autor retrata espléndidamente el mundo de la alta burguesía rusa, donde una fiesta navideña para niños puede llegar a tener consecuencias impredecibles.

Un árbol de Navidad y una boda

El otro día vi una boda... ¡Pero prefiero hablaros de un árbol de Navidad! La boda estuvo bien, me gustó mucho, pero lo otro fue mejor. No me explico por qué, viendo esa boda, me acordé de aquel árbol de Navidad. Ocurrió así. Justamente cinco años atrás, en vísperas de Año Nuevo, fui invitado a un baile infantil. La persona que me había invitado era un señor conocido en el mundo de los negocios, con muchas amistades, relaciones y aficionado a las intrigas. Podía suponerse, por tanto, que el baile infantil era un pretexto para que los padres se reunieran y charlaran de temas interesantes como por azar, de un modo inocente, casual. Yo era un extraño entre todos; no tenía ningún tema que tratar con ellos, y por eso pasé la velada bastante ajeno a todos. Había allí otro caballero que, al parecer, tampoco tenía nada que ver con toda esa gente y que, como yo, asistía por pura casualidad a la fiesta familiar... Me fijé en él antes que en nadie. Era un hombre alto, enjuto, muy serio y vestido con gran corrección. Se notaba enseguida que no estaba para diversiones ni festejos familiares. Cuando conseguía retirarse a un rincón, dejaba inmediatamente de sonreír y fruncía sus espesas cejas negras. A excepción del amo de la casa, no conocía a nadie en aquel baile. Se notaba a la legua que se sentía aburrido, pero que mantenía valientemente, hasta el final, su papel de hombre feliz que se estaba divirtiendo. Supe más tarde que se trataba de un señor de provincias que venía a resolver un complicado y lioso pleito en la capital. Había traído una carta de recomendación para el anfitrión de la casa, y, aunque éste no le protegía *con amore*, le había invitado por cortesía a su baile infantil. No se jugaba a las cartas, nadie le había ofrecido un cigarro, nadie entablaba conversación con él, probablemente porque desde lejos reconocían al pájaro por su plumaje, de modo que el caballero en cuestión se vio obligado, a fin de hacer algo con sus manos, a pasarse toda la tarde alisándose las patillas. Sus patillas, en efecto, eran hermosas. Pero las alisaba con tanto celo que, viéndole, podía pensarse decididamente que primero fueron creadas las patillas y luego el hombre para alisarlas.

Además de este señor, que participaba así en la felicidad familiar del anfitrión, padre de cinco rollizos chiquillos, me fijé en otro de los invitados. Pero éste era de índole completamente distinta. Se llamaba Yulián Mastákovich. A primera vista, podía adivinarse que era un invitado de honor y que su relación con el dueño de la casa venía a ser la misma que la de éste con el señor que se alisaba las patillas. Tanto el anfitrión como la anfitriona le dirigían un sinfín de cumplidos, le agasajaban, cuidaban de que bebiese, le mimaban, le llevaban a presentarle a todos los invitados, pero a él no se lo presentaban a nadie. Observé que los ojos del dueño de la casa se anegaron en lágrimas cuando Yulián Mastákovich dijo que raras veces pasaba una velada de manera tan agradable. Sentí como algo de temor en presencia de semejante personaje y, por eso, después de haber admirado a los niños, me retiré a una pequeña sala, completamente vacía, y me instalé en el cenador de flores de la anfitriona, que ocupaba casi la mitad del recinto.

Todos los niños eran encantadores en extremo, y de ningún modo querían portarse como los mayores pese a las muchas recomendaciones de las institutrices y niñeras. En un abrir y cerrar de ojos dejaron pelado el árbol de Navidad, hasta el último caramelo, y tuvieron tiempo, incluso, de romper la mitad de los juguetes, antes de saber a quién iba destinado cada uno de ellos. Era muy lindo, sobre todo, un niño de ojos azules y pelo rizado que se empeñaba en disparar contra mí su fusil de madera. Pero más que él me llamó la atención su hermana, una niña de once años aproximadamente, bella como un cupidillo, pensativa, pálida, de grandes ojos melancólicos. Los niños la habían molestado, no sé por qué; se había retirado a la misma sala donde estaba yo y se puso a jugar en un rincón con su muñeca. Los invitados señalaban con respeto a un rico arrendador, padre de la niña, y uno de los invitados observó en voz baja que su dote era de trescientos mil rublos. Me volví para ver a los que se interesaban por semejante circunstancia y mis ojos se detuvieron en Yulián Mastákovich, que, con los brazos en la espalda y algo ladeada la cabeza, prestaba una atención extraordinaria a la charla trivial de esas personas. Luego no pude dejar de admirar la sabiduría de los anfitriones en el reparto de los juguetes. La niña, que ya tenía una dote de trescientos mil rublos, recibió una muñeca de gran valor. Los otros regalos iban disminuyendo de valor en consonancia con la posición social de sus padres. El último en recibir fue un niño delgadito, pecoso, pelirrojo, de unos diez años, al que correspondió tan sólo un libro de relatos que trataba de la hermosura de la naturaleza, de lágrimas de emoción, etcétera, sin grabados y sin viñetas siquiera. Era el hijo de la institutriz de los niños de la casa, una pobre viuda. El niño era tímido y vergonzoso. Vestía una chaqueta de pana barata. Con el libro en las manos anduvo mucho tiempo admirando los juguetes recibidos por los otros niños; tenía grandes deseos de jugar con ellos, pero no se atrevía. Se notaba que sentía y comprendía su condición. Me gusta mucho observar a los niños. Son extremadamente interesantes sus primeros pasos independientes en la vida. Observé que el niño pelirrojo se sentía tan tentado por los ricos juguetes de los otros niños, sobre todo por el teatro, en el cual ansiaba desempeñar algún papel, que decidió incluso ser hipócrita. Sonreía obsequioso a los otros, regaló su manzana a un chiquillo regordete que llevaba un pañuelo lleno de golosinas e incluso aceptó cargar con uno en sus espaldas con tal de que no le echaran de allí. Pero un minuto más tarde, el más travieso de todos le dio una buena tunda. El pelirrojo no se atrevió ni a llorar. En eso apareció la institutriz, su madre, y le ordenó que no molestara a los demás niños en sus juegos. El niño entró en la misma sala donde estaba la niña. Ella le admitió de muy buena gana en sus juegos y los dos, con mucho cuidado, se pusieron a vestir a la preciosa muñeca.

Llevaría ya más de media hora en el verde cenador, semiadormilado por las infantiles voces del niño pelirrojo y la hermosa niña con trescientos mil rublos de dote que jugaba con la muñeca, cuando entró de pronto en la habitación Yulián Mastákovich. Había aprovechado una escandalosa riña entre los niños para salir inadvertido del salón. Poco antes de eso le había visto hablando muy animadamente con el padre de la futura y bien dotada novia, a quien acababa de conocer; habían departido acerca de las ventajas de cierto empleo oficial comparado con otro. Entró y permaneció como indeciso, calculando algo con los dedos.

—Trescientos..., trescientos —susurraba—. Once..., doce..., trece, etcétera. Dieciséis. ¡Cinco años! Si calculamos por ciento, serán doce cinco veces, igual a sesenta, y si a esos sesenta..., bueno, supongamos que, en total, al cabo de cinco años, serán cuatrocientos. ¡Sí, eso es...! ¡Pero el muy bribón no los tendrá a un cuatro por ciento! Tal vez se lleve un ocho o un diez por ciento. Supongamos que sean quinientos mil; eso, por lo menos, está seguro; luego el resto para trapos, humm...

Terminó de reflexionar, se sonó y estaba a punto de retirarse cuando vio de pronto a la niña y se contuvo. A mí, como las macetas me ocultaban, no me vio. Me pareció que estaba sumamente agitado. O bien había influido en ello el cálculo, o bien alguna otra cosa, pero lo cierto es que se frotaba las manos y no podía permanecer quieto. Esa agitación aumentó hasta *nec plus ultra;* entonces se detuvo, lanzando otra mirada decidida a la futura novia. Intentó avanzar hacia ella, pero antes miró en torno suyo.

LAURA

Luego, andando de puntillas, como si se sintiera culpable, inició su aproximación hacia la niña. Se acercó con una sonrisita, se inclinó hacia ella y le dio un beso en la cabeza. La niña, que no esperaba semejante arrebato, lanzó un grito de susto.

—¿Qué haces aquí, preciosa? —preguntó en voz baja, mirando a su alrededor al tiempo que acariciaba la mejilla de la niña.

—Estamos jugando...

—¡Ah! ¿Con él? —preguntó Yulián Mastákovich, mirando de reojo al niño—. Deberías ir a la sala, monín —le dijo.

El niño callaba y le contemplaba con los ojos muy abiertos. Yulián Mastákovich volvió a mirar en torno suyo y se inclinó nuevamente hacia la niña.

—¿Y esto qué es, preciosa? ¿Una muñeca? —preguntó.

—Una muñeca —respondió la niña, poniendo cara seria y algo intimidada.

—Una muñeca... ¿Y sabes, preciosa niña, de qué está hecha esta muñeca?

—No lo sé —respondió la niña en un susurro, bajando la cabeza.

—Pues de trapos, monina. Niño, vete a la sala a jugar con tus amigos —dijo Yulián Mastákovich mirando con severidad al pelirrojo.

La niña y su amigo se enfurruñaron y se asieron de las manos. No querían separarse.

—¿Y sabes por qué te han regalado esta muñeca? —preguntó Yulián Mastákovich bajando más y más la voz.

—No lo sé.

—Pues por haber sido una niña amable y bien educada durante toda la semana.

Yulián Mastákovich, en extremo emocionado, volvió a mirar en torno suyo y, bajando aún más el tono de su voz, preguntó en un susurro tembloroso de impaciencia y emoción:

—¿Me querrás, linda niña, cuando vaya a ver a tus padres?

Dicho esto, Yulián Mastákovich intentó besar de nuevo a la linda niña, pero el pelirrojo, viéndola a punto de llorar, la asió de la otra mano y empezó a gimotear, mostrando así su plena identificación con ella. Yulián Mastákovich se enojó de veras.

—¡Vete, vete de aquí! —dijo al niño—. ¿Vete a la sala! ¡Ve a jugar con tus compañeros!

—¡No!, ¡no quiero, no quiero! ¡Váyase usted! —exclamó la niña—. ¡Déjelo, déjelo! —decía a punto de llorar.

Un ruido en la puerta asustó a Yulián Mastákovich y le obligó a erguir su majestuoso tronco. Pero el niño pelirrojo se asustó aún más que él; dejó a la niña y se deslizó silenciosamente, casi pegado a la pared, hasta el comedor. Para no despertar sospechas, Yulián Mastákovich se dirigió también hacia allá. Estaba rojo como una amapola y, al mirarse en el espejo, pareció avergonzarse de sí mismo. Tal vez sentía cierta impaciencia y ardor. Tal vez estuviese tan impresionado por el cálculo hecho recientemente con ayuda de los dedos, tan seducido y entusiasmado por él, que pese a toda su seriedad e impotencia decidió proceder como un chiquillo y abordar directamente al objeto de sus ilusiones, aunque tan sólo transcurridos cinco años podría convertirse éste en verdadero objeto. Seguí al respetable personaje hasta el comedor y fui testigo de una extraña escena. Yulián Mastákovich, encendido de rabia e ira, increpaba al pelirrojo, quien, asustado, retrocedía sin saber dónde meterse.

—¡Lárgate! ¿Qué estás haciendo aquí? Robando fruta, ¿eh? ¿Esto es lo que tú haces, pájaro? ¡Fuera, mocoso, lárgate de aquí, ve a jugar con tus compañeros!

El atemorizado chiquillo recurrió al desesperado recurso de esconderse debajo de la mesa; su perseguidor, acalorado en extremo, entonces sacó su largo pañuelo de batista y empezó a golpear con él al niño —que ni se movía— por debajo de la mesa. Añadiremos que Yulián Mastákovich propendía a la obesidad. Era un hombre bien entrado en carnes, de tez sonrosada, con algo de tripa y gruesos muslos, en una palabra, lo que suele denominarse rechoncho. El esfuerzo le hacía sudar, jadear y enrojecer terriblemente. Por fin, se puso casi furioso, tan grande era su indignación y tal vez (¿quién sabe?) sus celos. Yo me eché a reír a carcajadas.

Yulián Mastákovich se volvió y, pese a toda su importancia, quedó anonadado. En aquel instante entró en el comedor, por otra puerta, el anfitrión. El chiquillo, mientras tanto, había salido de debajo de la mesa y se limpiaba los codos y las rodillas. Yulián Mastákovich se apresuró a llevar el pañuelo, que sostenía con una mano por la punta, hacia la nariz.

El dueño de la casa nos miró a los tres con cierta perplejidad, pero, como hombre de mundo y de gran experiencia, aprovechó inmediatamente la ocasión para poder hablar a solas con Yulián Mastákovich.

—Éste es el niño que tuve el honor de recomendarle —dijo, señalando al pelirrojo.

—¿Cómo? —preguntó Yulián Mastákovich, no recobrado aún del todo.

—Es el hijo de la institutriz de mis hijos —continuó el anfitrión con voz suplicante—, una pobre viuda, esposa de un honrado funcionario, y por eso..., si usted, Yulián Mastákovich, pudiese...

—¡Ah, no, no! —exclamó presuroso Yulián Mastákovich—. Perdóneme, Philip Alexeievich, totalmente imposible. Ya me he enterado: no hay plazas y, aunque las hubiese, son diez candidatos para una sola, candidatos que tienen muchos más derechos que él... Lo lamento mucho, mucho...

—¡Es una lástima! —dijo el anfitrión— . Es un niño dócil, modesto...

—Me parece muy travieso —respondió Yulián Mastákovich con un nervioso temblor de labios—. ¡Vete, chico! ¿Qué haces aquí parado? ¡Ve a jugar con tus compañeros! —dijo volviéndose hacia el niño.

Creo que en aquel momento no pudo contenerse para mirarme de reojo. Tampoco yo pude contenerme y me eché a reír abiertamente en sus propias narices. Yulián Mastákovich se volvió enseguida y, con voz bastante audible para mí, preguntó al amo de la casa quién era ese extraño joven. Se pusieron a cuchichear y salieron de la habitación. Más tarde les volví a ver. Yulián Mastákovich movía con desconfianza la cabeza, escuchando las palabras del anfitrión.

Cansado de reír, regresé al salón. Vi que el gran personaje, rodeado de padres y madres, del dueño y la dueña de la casa, hablaba con mucho ardor a una dama que acababan de presentarle. La dama sujetaba de la mano a la niña con la cual acababa de representar Yulián Mastákovich la escena descrita. Ahora se deshacía en alabanzas entusiastas a la belleza, el talento, las gracias y la buena educación de la chiquilla. Era evidente que trataba de ganarse a la madre, que le oía casi con lágrimas en los ojos. El padre sonreía. El anfitrión se sentía complacido ante esas muestras de general alegría. También los invitados manifestaban su complacencia, incluso se ordenó a los niños que suspendieran sus juegos para no molestar a los mayores. El aire estaba saturado de veneración. Oí luego cómo la madre de la atractiva niña, conmovida hasta lo más hondo, rogaba con gran finura a Yulián Mastákovich que honrase su casa con su inapreciable presencia; oí con qué sincero entusiasmo aceptaba Yulián Mastákovich la invitación, y cómo después los invitados, dispersándose en distintas direcciones, según lo exigía la corrección, se derretían en alabanzas emocionadas al hombre de negocios, a su señora, a la niña y, en particular, a Yulián Mastákovich.

—¿Está casado ese caballero? —pregunté casi en voz alta a uno de mis conocidos, el que más próximo estaba a Yulián Mastákovich.

Yulián Mastákovich me lanzó una mirada iracunda y escrutadora.

—¡No! —respondió mi conocido, profundamente molesto por la torpeza que yo había cometido adrede...

Hace poco pasé por delante de la iglesia N.; quedé sorprendido al ver una gran muchedumbre. La gente hablaba de una boda. El día era desapacible; empezaba a helar. Entré en la iglesia, siguiendo a los demás, y vi al novio. Era un hombre rollizo, no muy alto, panzudo y vestido de gran etiqueta. Corría agitadamente de un lado a otro dando órdenes. Por fin oí decir que había llegado la novia. Me abrí paso y vi una belleza maravillosa que apenas había alcanzado la reciente primavera de la vida. Pero la hermosa estaba pálida y triste. Miraba con aire distraído y me pareció, incluso, que tenía los ojos enrojecidos por recientes lágrimas. La clásica pureza de sus facciones daba cierta solemne dignidad a su belleza. Mas tras esa severa solemnidad, tras esa tristeza se traslucía una imagen infantil e inocente, algo sumamente ingenuo, núbil, no formado aún, que, sin ruegos, parecía suplicar piedad.

La gente decía que acababa de cumplir dieciséis años. Miré al novio con atención y, de pronto, reconocí en él a Yulián Mastákovich, a quien no había visto en cinco años. Luego miré a la novia... ¡Dios mío! Me abrí paso a codazos para salir de la iglesia cuanto antes. La gente comentaba que la novia era rica, que tenía una dote de quinientos mil rublos... y que en ropa llevaba...

«¡Calculó bien!», pensé yo, abriéndome paso hacia la calle...

Grazia Deledda

Grazia Deledda nació en Nuoro, un pueblecito de Cerdeña, en 1875. Su padre era un acomodado terrateniente de la zona, y, según contó la propia Deledda, un hombre muy hospitalario que acogía en su casa de Nuoro a parientes y amigos. «Es así —escribió la autora— como empecé a conocer a mis personajes.»

Grazia recibió una formación escolar muy elemental y sólo asistió a la escuela primaria. Sin embargo, tomó más tarde clases de italiano con un profesor particular que fue el primero en advertir en la muchacha un extraordinario talento para la literatura, y quien la animó a enviar a un periódico los cuentos que tenía escritos. Tenía trece años cuando una revista de modas italiana publicó su primer cuento. En 1892 publicaba su novela *Flor de Cerdeña,* que obtuvo un éxito inmediato, y a la que seguirían títulos como *Cuentos sardos, La vía del mal, El tesoro, Paisajes sardos, La justicia* o *El viejo de la montaña.* En estos primeros trabajos, Grazia Deledda revela su capacidad para retratar el ambiente rural en el que fue criada, las costumbres y los tipos populares, como ocurre en el cuento que publicamos, «El regalo de Navidad». En él, la autora revela las tradiciones de la navidad sarda y el protocolo particular de las fiestas en el pueblo.

En 1900, Deledda contrae matrimonio con Palmiro Madesani, con quien se traslada a Roma, donde tendrá dos hijos. A pesar de haberse establecido en la capital italiana, viajará con frecuencia a Cerdeña, y el ambiente sardo seguirá siendo su principal elemento de inspiración. Seguirá siendo una autora prolífica, y en 1903 publica la que será una de sus grandes novelas, *Elías Portolu.* Su siguiente libro, *Cenere,* fue llevado al cine en 1916, lo que nos da idea del extraordinario éxito de la narrativa de Deledda. *Nostalgia, Tras el divorcio, La madre* o *El secreto del hombre solitario* son otros de sus libros más señalados.

En 1926, la Academia sueca concedió a Grazia Deledda el premio Nobel de Literatura, y la autora se convirtió así en uno de los autores más jóvenes en posesión del galardón literario más prestigioso. Según dijo el arzobispo Söderblom, miembro de la Academia sueca en el banquete del Nobel, sobre la obra de Grazia Deledda: «todos los caminos llevan al corazón humano».

Tras la concesión del premio, Deledda publicó todavía siete libros más. Su última novela, *Cósima,* apareció un año después de su muerte, que tuvo lugar en Roma en 1936.

El regalo de Navidad

Los cinco hermanos Lobina, todos ellos pastores, dejaron la majada para ir a su casa a pasar la Nochebuena en familia. Aquel año, la fiesta tendría un carácter excepcional, porque su única hermana iba a casarse con un mozo de muy buena posición.

El novio, como es costumbre en Cerdeña, tenía que enviar un regalo a su prometida y pasar con ella la Fiesta.

Los cinco hermanos pensaron también en hacerle un regalo a su hermana, aunque sólo fuese para dar a entender al futuro cuñado que, si no tan ricos como él, eran, en cambio, fuertes y estaban estrechamente unidos.

Así pues, enviaron por delante al benjamín, a Felle, un guapo chico de once años, con grandes ojos y suave mirar, vestido de pieles de oveja como un pequeño San Juan Bautista que llevaba a la espalda un zurrón y dentro de él un lechón recién sacrificado para servirlo en la cena.

La nieve cubría toda la comarca; las oscuras casas se destacaban en la montaña como si estuviesen dibujadas en una blanca cartulina; la iglesia, levantada sobre un terraplén sostenido por peñascos, aparecía rodeada de árboles cargados de nieve, de sus ramas colgaban los carámbanos, parecía uno de esos edificios que la fantasía ve dibujado en las nubes.

Reinaba en todo el lugar el más profundo silencio, como si sus habitantes estuviesen sepultados bajo la nieve.

En la calle que conducía a su casa, Felle no distinguía sobre la nieve más que las huellas de unos pies de mujer y se entretenía pisando sobre ellas hasta que éstas desaparecieron, precisamente delante de la verja de madera del corral que su familia compartía con otra, también de pastores, más pobres aún que ellos. Las dos chozas, que comunicaban por el corral, se parecían como dos hermanas: por los techos salía el humo y a través de las grietas de las puertas se filtraba la luz.

Felle silbó para anunciar su llegada, y enseguida se asomó a la puerta de los vecinos una muchacha con la cara enrojecida por el frío y los ojos chispeantes de alegría.

—¡Bienvenido, Felle!

—¡Bien hallada, Lía! —exclamó él, devolviéndole el saludo; y se acercó a la puerta por la que salía el humo de un gran fuego encendido en el hogar, en el centro de la cocina.

En torno a la lumbre se hallaban sentadas las hermanitas de Lía. La mayor, para tener contentas a las más pequeñas, repartía unas pasas mientras cantaban villancicos.

—¿Y qué traes ahí? —preguntó intrigada Lía, palpando el zurrón de Felle.

—Un cerdito.

—También la criada del prometido de tu hermana ha traído su regalo. Buena fiesta va a haber en vuestra casa.

Añadió con una mal disimulada envidia que pronto se transformó en una sonrisa maliciosa:

—También la habrá en la nuestra.

Felle le preguntó de qué fiesta se trataba, pero Lía no quiso decírselo y le dio con la puerta en las narices. El muchacho atravesó el corral para entrar en su casa.

Allí olía, de veras, a fiesta: era el olor de las tortas de miel, cocidas al horno, y de los dulces preparados con cáscara de naranja y almendras tostadas. A Felle se le hacía la boca agua; le parecía estar ya comiendo aquellas cosas tan buenas.

Su hermana, alta y delgada, llevaba el traje de fiesta: justillo de brocado verde y falda de colores negro y rojo. Enmarcaba su pálida cara un pañuelo de seda floreado y sus pies calzaban zapatos bordados con flecos. Parecía un hada. Su madre, en cambio, vestida de negro por su reciente viudez, también pálida, severo el rostro y gesto altivo, hubiese podido recordar la figura de una bruja, a no ser por la gran dulzura de sus ojos, que tanto se parecían a los de Felle.

Éste sacó del zurrón el lechoncito sonrosado y, después de entregárselo a su madre, quiso ver lo que el novio había enviado como regalo. Era un lechón mayor, casi un cerdo; pero el suyo era más tierno y sin grasa... Sin duda sería más sabroso a la hora de comerlo.

«Pero ¿qué fiesta podrán hacer nuestros vecinos si no tienen más que unas pocas pasas, mientras que nosotros tenemos estos dos lechones, las tortas y los dulces?», se decía Felle para sí, enojado como estaba porque Lía, después de casi llamarle, le había dado con la puerta en las narices sin ninguna contemplación.

Luego llegaron los otros hermanos, dejando en la cocina las huellas de sus zapatones llenos de nieve y saturando el ambiente de olor a campo. Eran todos mozos fornidos y guapos, de ojos negros y barba negra también. Llevaban los chalecos apretados como una coraza y encima, las mastrucas.

Cuando más tarde entró el novio, se pusieron todos de pie junto a la hermana, como formando una especie de guardia de honor alrededor de su delicada figura. Se habían levantado, no por el joven, que era un muchacho bueno y más bien tímido, sino por el hombre que le acompañaba. Éste era el abuelo del novio, ochentón, pero aún erguido y robusto. Vestía de paño y terciopelo, como un hidalgo medieval, y cubría sus fuertes piernas con polainas de lana. El anciano que, de joven combatió por la independencia de Italia, hizo a los cinco hermanos el saludo militar y pareció que les pasara revista.

Al anciano se le destinó el sitio de preferencia, junto al hogar. Fue entonces cuando, entre los botones de su guerrera, se vio brillar en su pecho la antigua medalla del mérito militar. La novia le dio de beber el primero, y después al novio. Éste, al tomar en sus manos el vaso, puso sigilosamente en las de ella una moneda de oro.

Ella le dio las gracias con una expresiva mirada y, sigilosamente, mostró la moneda a su madre y a los hermanos por orden de edad, mientras les ofrecía los vasos llenos.

El último, naturalmente, fue Felle, quien, en broma, hizo ademán de quedarse con la moneda, pero la novia cerró la mano con un gesto de amenaza: antes se habría dejado quitar un ojo de la cara.

El viejo levantó el vaso, brindando por la salud y la felicidad de todos, y todos respondieron a coro. Después se pusieron a rivalizar de una forma muy original, esto es, cantando. El viejo era un hábil poeta que improvisaba canciones, y también el hermano mayor de la novia tenía esta habilidad.

Entonaban ambos una serie de octavas apropiadas a aquellos momentos. En cuanto a los demás, escuchaban, hacían coro y no paraban de aplaudir.

Fuera sonaron las campanas tocando a misa.

Ya era la hora de empezar a preparar la cena. La madre, ayudada por Felle, cortó los jamones a los dos cerdos y tres de ellos los clavó en largos asadores, sujetando fuertemente sus mangos en el suelo.

—El que queda se lo voy a regalar a nuestros vecinos —dijo a Felle—; también ellos tienen derecho a gozar de la fiesta.

Felle, contento, agarró por la pata el hermoso y gordo jamón y salió con él al corral.

Era una noche glacial, pero serena, y de pronto pareció como si la aldea hubiese despertado en medio de aquella fantástica claridad de nieve. Por doquier se oía el tañido de las campanas, cantos y griterío.

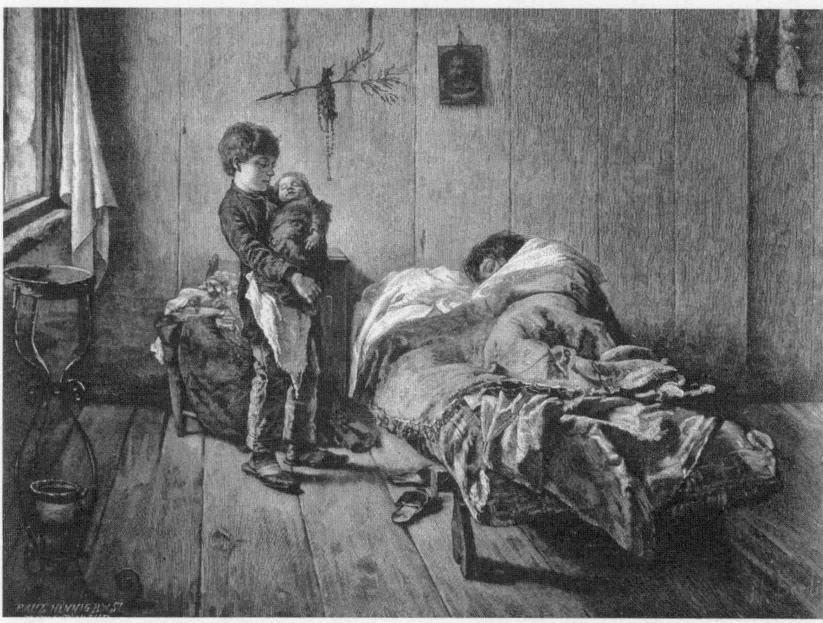

En cambio, en la choza del vecino nadie chistaba; las niñas, agazapadas en torno al fuego, parecían dormidas, esperando en sueños un regalo maravilloso.

Al entrar Felle se despabilaron y miraron el jamón que él agitaba en el aire como si fuese un incensario, pero no abrieron la boca; no, no era aquél el regalo que esperaban. Bajó Lía corriendo del cuarto de arriba, tomó sin cumplidos el regalo y a las preguntas de Felle contestó con impaciencia:

—Madre está indispuesta y padre ha salido a comprar una cosa muy bonita. Márchate.

Felle se volvió y entró pensativo en su casa. Allí no había misterios ni enfermos; todo era vida, movimiento y alegría. Jamás había pasado una Nochebuena tan feliz, ni siquiera en vida del padre. Sin embargo, Felle se sentía en el fondo algo preocupado pensando en la extraña fiesta que se iba a celebrar en casa de los vecinos.

Al tercer toque de misa, el abuelo del novio golpeó con el bastón en la piedra del hogar y ordenó:

—¡Hala, muchachos!, ¡en fila!

Todos se levantaron para asistir a misa.

En casa no quedó sino la madre para cuidar de los asadores, a los que daba lentamente vueltas junto al fuego para que se asara bien la carne de lechón.

Así pues, los hijos, los novios y el abuelo, que parecía el jefe de la comitiva, partieron en dirección a la iglesia. La nieve dificultaba sus pasos, en todas las esquinas aparecían figuras encapuchadas, con faroles en las manos, que proyectaban a su alrededor sombras y luces fantásticas. Se intercambiaban saludos y se golpeaban las puertas cerradas llamando a todo el mundo a misa.

Felle andaba como dormido y no tenía frío; los árboles blancos por la nieve, que rodeaban la iglesia, le parecían almendros en flor. Bajo su lanuda pelliza se sentía caliente y feliz como un corderito al sol de mayo. Sus cabellos, húmedos por el aire de nieve, se le antojaban briznas de hierba. Pensaba en todas las cosas que iba a comer al salir de misa, en su casa caldeada por el fuego del hogar, y recordando que Jesús iba a nacer en un frío establo, desnudo, se le llenaban los ojos de lágrimas y deseaba cubrirle con su ropa y llevárselo a casa.

En el interior de la iglesia parecía primavera; el altar estaba adornado con ramas de madroño, con sus rojas bayas, mezcladas con mirto y laurel; la luz de los cirios brillaba entre el follaje y dibujaba las sombras de éste en las paredes, como en las tapias de un jardín.

En una de las capillas se levantaba el Belén, con una montaña hecha de barro y revestida de musgo. Los Reyes Magos iban despacio por un escarpado sendero y un cometa de oro les alumbraba el camino.

Todo era hermoso y se respiraba alegría. Los poderosos Reyes descendían de sus tronos para ofrecer su amor y sus riquezas al hijo de un carpintero, nacido en un establo.

La sangre de Cristo, muerto por la salvación de los hombres, caía sobre los matorrales y se abrían los capullos de las rosas, caía sobre los árboles y maduraban las frutas.

Todo esto se lo había enseñado su madre a Felle, y así era en verdad.

—Gloria, gloria —cantaban los sacerdotes en el altar, y el pueblo contestaba:

—Gloria a Dios en las alturas.

—Y paz en la tierra a los hombres de buena voluntad.

Felle cantaba también y sentía que esta gloria que le llenaba el corazón era un bello regalo que Jesús le hacía en esa noche.

Al salir de la iglesia sintió un poco de frío, porque había estado todo el tiempo de rodillas en el suelo desnudo; pero no perdió su alegría. Al sentir el olor de asado que salía de las casas, ahuecaba sus narices como un perrillo hambriento y echó a correr para llegar a tiempo de ayudar a su madre en los preparativos de la cena. Pero ya estaba todo a punto; la madre había extendido en el suelo un mantel de lino encima de una estera de junco, con otras esterillas alrededor. Conforme a la antigua usanza, había puesto fuera, bajo el tejado del patio, un plato de carne y un vaso de vino hervido en el que sobrenadaban unas tiras de piel de naranja para que el alma de su marido, si volvía a este mundo, tuviese con qué aplacar el hambre.

Felle fue a verlo y puso el plato y el vaso a mayor altura para protegerlos de la voracidad de los perros vagabundos, y miró nuevamente hacia la casa de los vecinos. Se veía aún luz en la ventana, pero todo estaba en silencio: el padre no debía de haber vuelto todavía con su misterioso regalo.

Felle entró en su casa, donde ya comenzaban a cenar.

En el centro de la mesa había una pequeña torre de tortas redondas que parecía de marfil: cada uno de los comensales se inclinaba hacia adelante y tomaba una de ellas. El asado, cortado en gruesas lonchas, estaba colocado en unas grandes bandejas de madera y barro. Cada comensal se servía por sí mismo según su apetito.

Felle, sentado junto a la madre, tomó por su cuenta una bandeja entera y comió sin preocuparse de otra cosa. El crujido de la tostada piel del lechón ahogaba la conversación de los mayores, que no le interesaba en absoluto, y su pensamiento volaba lejos. Pero cuando llegó a la mesa la dorada torta, caliente como el sol, y aparecieron en torno a ella los dulces en forma de corazones, pájaros, frutas y flores, le impresionó tan vivamente que cerró los ojos y abrazó por detrás a su madre. Ella creyó que el chico lloraba, pero era todo lo contrario: reía de puro contento.

Ya harto, sintió deseos de moverse y pensó nuevamente en sus vecinos: ¿qué estarían haciendo?, ¿habría ya regresado el padre con el regalo?

Una invencible curiosidad le llevó otra vez al corral para espiar. La puerta estaba entornada y vio a las niñas alrededor del hogar, mientras el padre asaba la pierna del lechón, el regalo que él les había llevado.

Pero el regalo comprado por el padre, ¿dónde estaría?

—Ve arriba y lo verás —le dijo el hombre, adivinando su pensamiento.

Felle entró, subió la escalerilla de madera y en el cuarto de arriba vio a la madre de Lía amodorrada en la cama de madera, y a ésta, de rodillas frente a un canasto.

Dentro del canasto, entre calientes pañales, había un niño recién nacido, una hermosa criatura colorada, con abundantes rizos y los ojos ya abiertos.

—Es nuestro primer hermanito —murmuró Lía—; mi padre lo ha ido a comprar a medianoche, mientras las campanas tocaban a gloria. Éste es el regalo que Jesús nos ha hecho esta noche.

Guy de Maupassant

Nacido en 1850 en la población francesa de Fecam, Guy de Maupassant siguió estudios en Rouen y en París, donde cultivó la amistad de Gustave Flaubert y Emile Zola. Tras pasar una etapa como funcionario del Estado, abandonó su puesto para consagrarse a la literatura.

Aunque ya entonces había publicado algunos relatos, su primer triunfo literario llegó con la publicación del cuento «Bola de sebo», incluido en un volumen colectivo titulado *Las veladas de Medan;* publicado en 1880, era resultado del trabajo desarrollado por el llamado «Grupo de Medan», al que pertenecían autores como Zola, Paul Alexis o Huysmass, además del propio Maupassant.

A partir de entonces se inició para el autor una brillante carrera como narrador. Publicó más de trescientos cuentos reunidos en varios volúmenes *(Cuentos de la Becada, La Casa Tellier, Mademoisselle Fifí...)* y siete novelas entre las que destacan *Bel Ami* o *Una vida,* además de algunos poemas y las impresiones literarias de sus muchos viajes. Sus hábiles descripciones, la agudeza de su mirada, la sólida construcción de sus personajes y, sobre todo, el amplio abanico de temas que aparecen en sus narraciones hacen de Guy de Maupassant uno de los escritores más interesantes de la narrativa decimonónica francesa.

La vida intensa del autor contribuyó a quebrar la frágil salud mental que siempre le había caracterizado, y que se quebró definitivamente cuando contaba poco más de cuarenta años. Tras un intento de suicidio fue internado en un sanatorio de enfermos mentales en París, donde murió en 1893.

Hemos elegido para esta antología dos relatos de Maupassant completamente divergentes en su tono, en su estilo y en su temática. Si «El pecio» es un relato hondamente sentimental y vagamente poético donde el autor retrata la extraña Nochevieja que viven los protagonistas a bordo de un buque que ha naufragado, el otro cuento, «Nochebuena», destila el erotismo que marca parte de la producción cuentística de Maupassant y su aguda mordacidad, otra de las principales características de su obra narrativa.

Nochebuena

¡La Nochebuena! ¡Ah, la Nochebuena! Jamás celebraré yo la Nochebuena...

Y Enrique Templier decía esto con una voz tan furiosa como si le propusieran una infamia.

Los otros, riendo, exclamaban:

—¿Por qué te encolerizas así?

—Porque la Nochebuena me ha jugado la más abominable de las burlas. Porque guardo un invencible horror a esta noche de alegría imbécil.

—¿Qué fue?

—¿Qué? ¿Vosotros queréis saberlo? Pues escuchad. Aquel invierno era muy frío, tan frío que hacía morir a los pobres en las calles. Tenía yo entonces entre manos una obra urgente y rehusé todas las invitaciones que me fueron hechas para celebrar la Nochebuena, prefiriendo pasar la noche delante de mi mesa de trabajo. Comí solo y volví a mi tarea. Pero hacia las diez, el ruido de las calles, que a pesar de mis preocupaciones percibía, y los preparativos de cena que se advertían en la vecindad, me agitaron.

»No sabía lo que hacía. Escribía cien disparates y comprendí que no haría cosa de provecho en aquella noche. Daba grandes paseos por mi cuarto; me sentaba, me levantaba; indudablemente sufría la misteriosa influencia de la alegría de fuera, y me resigné. Llamé a mi muchacha y le dije:

»—Ángela, vaya usted a buscar cena para dos; ostras, una perdiz y cangrejos, jamón y pasteles. Traiga usted también dos botellas de champaña; ponga dos cubiertos y acuéstese usted.

»Obedeció un poco sorprendida. Cuando todo estuvo preparado me puse el abrigo y salí.

»Quedaba una gran cuestión que resolver. ¿Con quién celebraría mi Nochebuena? Mis amigos estarían todos invitados. Para contar con uno hubiera sido necesario comprometerle anticipadamente. Entonces pensé en realizar una buena acción al mismo tiempo que me procuraba compañía. Y me dije: "París está lleno de hermosas y pobres jóvenes que no tienen cena esta noche y que andan errantes en busca de un muchacho generoso. Yo seré la Providencia de Navidad para una de esas desheredadas. Voy a corretear un poco por las calles, entraré en los lugares del placer, preguntaré, ojearé y escogeré a mi gusto".

»Y empecé a recorrer la ciudad. Desde luego, encontré gran número de muchachas infelices que buscaban aventura, pero unas eran feas hasta proporcionar una indigestión, y otras tan delgadas que podían quebrarse por los pies si se tropezaban. Yo soy débil, ya lo sabéis. Adoro a las mujeres llenitas. Cuanto más metidas en carnes, más me gustan. De pronto, cerca del teatro de Variedades, descubro un perfil que me agrada. Una cabeza hermosa y dos curvas atractivas: la del pecho, muy bella; la de más abajo, sorprendente. Una barriga de pato gordo. Me quedaba un punto que esclarecer: el rostro. El rostro es el postre; y el resto, el asado. Apreté el paso. Era encantadora, muy joven, morena y con grandes ojos negros. Le hice mi proposición, que aceptó sin vacilar. Un cuarto de hora después estábamos sentados a la mesa en el comedor de mi casa.

»Al entrar exclamó:

»—¡Ah, qué bien se está aquí!

»Y miraba alrededor con la satisfacción visible de haber encontrado habitación y mesa en aquella noche glacial.

»Era una mujer arrogante y gruesa. Se quitó el abrigo y el sombrero. Se sentó y se puso a comer; pero no parecía del todo bien dispuesta. De cuando en cuando, su cara, un poco pálida, se alteraba como si sufriese un dolor oculto. Le pregunté:

»—¿Tienes algún disgusto?, ¿te pasa algo?

»Me contestó:

»—¡Bah! Olvidémonos de todo.

»Empezó a beber. Vaciaba de un sorbo su vaso de champaña y lo llenaba sin cesar. Bien pronto empezó a ponerse encarnada y a reír locamente. Yo la adoraba ya. La besaba apasionadamente y descubrí que no era vulgar ni grosera.

»En fin: llegó el momento de acostarse, y mientras yo levantaba la mesa colocada delante de la chimenea, ella se desnudó vivamente y se deslizó entre las sábanas. Mis vecinos hacían un ruido infernal, riendo y cantando como locos, y yo pensaba: "He hecho bien en ir a buscar a esta hermosa muchacha. No habría sido posible trabajar de ningún modo".

»Un quejido profundo me hizo volver la cabeza.

»—¿Qué tienes, querida?

»No respondió, pero siguió suspirando dolorosamente, como si sufriera de una manera horrible.

»—¿Estás indispuesta? —le pregunté.

»Entonces lanzó un grito, un grito espantoso. Me precipité hacia ella con una bujía en la mano. Su fisonomía estaba descompuesta por el dolor. Se retorcía las manos y salían de su garganta gemidos sordos como el estertor de un agonizante. Aturdido, yo le preguntaba:

»—¿Qué tienes?

»No respondía y comenzó a dar alaridos. De pronto, las vecinas callaron y se pusieron a escuchar lo que pasaba en mi habitación.

»—¿Qué tienes? Dímelo —repetía yo—. ¿Qué te duele?

»Entonces balbució:

»—¡Oh, mi vientre, mi vientre!

»Levanté sus ropas y vi...

»Aquella mujer, amigos míos ¡estaba dando a luz!

»Entonces, con la cabeza perdida, fui hacia la pared de mi cuarto y empecé a dar puñetazos gritando con todas mis fuerzas:

»—¡Socorro, socorro!

»La puerta se abrió y se precipitó en mi cuarto una multitud de hombres vestidos de frac, mujeres escotadas, *pierrots*, turcos, mosqueteros. Esta invasión me enloquecía de tal modo que no acertaba a encontrar una explicación. Temían un accidente grave, un crimen, quizá, y no me comprendían. Yo pude decir al fin:

»—Es… es que está dando a luz.

»Entonces todos la examinaron, dando cada uno su opinión. Un capuchino, sobre todo, pretendía ser inteligente en el asunto y quería ayudar a la Naturaleza. Todos estaban más o menos borrachos y creo que la hubieran matado. Yo me precipité sin sombrero por la escalera para buscar un médico viejo que vivía cerca. Cuando volví con el médico, los vecinos de todos los pisos ocupaban mi habitación. Cuatro desahogados, sentados a la mesa, concluían con mis cangrejos y mi champaña.

»A mi llegada, oí un grito formidable y una lechera me presentó sobre una tabla un pedazo de carne, arrugada y doblada, que gemía y maullaba como un gato.

»—Es una niña —me dijo.

»El médico examinó a la recién parida, declarando que su estado era grave por haber sucedido el parto después de una cena, y se fue, anunciándome que mandaría a una enfermera y una nodriza. Las dos mujeres llegaron una hora después, trayendo un paquete de medicamentos. Yo pasé la noche en una butaca, demasiado aturdido para poder reflexionar sobre las consecuencias del lance.

»Volvió el médico por la mañana y halló bastante mal a la enferma.

»—Su mujer de usted —me dijo.

»—No es mi mujer —le interrumpí.

»—O su querida, poco me importa —y siguió enumerando los cuidados, los medicamentos y el régimen que necesitaba.

»¿Qué hacer? Enviar a esa desgraciada al hospital hubiera significado aparecer a los ojos de toda la vecindad, del barrio entero, como un desalmado. La retuve en mi casa y estuvo seis semanas enferma en mi misma cama.

»¿El niño? Lo di a criar en un pueblo cercano. Me cuesta cincuenta pesetas al mes y, habiendo pagado hasta hoy, me veo obligado a pagar hasta que me muera. Cuando tenga criterio para comprender, supondrá que soy su padre.

»Y para colmo de desdichas, cuando estuvo curada..., me quería, me quería con delirio la muy...

»Pero se puso delgada como un gato hambriento. Y me paso el día huyendo de la maldita, que parece un esqueleto, y me aguarda en las calles, se esconde para verme pasar, me detiene de noche cuando salgo, para besarme la mano, me aburre y me vuelve loco.

»Ya sabéis por qué no celebraré nunca la Nochebuena.»

El pecio

Ayer estábamos a 31 de diciembre.

Y acababa de almorzar con mi antiguo amigo George Guerin, cuando el criado le entregó una carta cuyo sobre estaba casi completamente cubierto de sellos extranjeros.

George me dijo:

—¿Permites?

—Faltaría más.

Y leyó ocho páginas escritas con letra grande, letra inglesa, que las cruzaban en todos sentidos. Y las leía lentamente, con la formal atención y con el interés con que se hacen las cosas que nos llegan al alma.

Cuando hubo terminado, dejó la carta encima de la chimenea y dijo:

—Ésta es una historia rara, una historia sentimental que nunca te he contado y cuyo protagonista fui yo. ¡Rarísimo día de año nuevo el de aquel año! Y hace ya veinte años..., pues entonces tenía treinta, y ya tengo cincuenta.

»Era inspector de la compañía de seguros marítimos que hoy dirijo, y me disponía a pasar el día primero de enero en París, pues es cosa convenida que ese día ha de ser de gran fiesta para todos, cuando recibí una carta del director en la que me ordenaba saliese sin pérdida de tiempo para la isla de Ré, donde había naufragado un buque de Saint Nazaire, de tres palos, que nosotros habíamos asegurado. Eran las ocho de la mañana; llegué a las oficinas de la compañía a las diez, con objeto de recibir instrucciones, y la misma noche tomaba el expreso que, al día siguiente, 31 de diciembre, tenía que dejarme en La Rochelle.

»Dos horas faltaban para que saliese el *Jean Guiton*, el barco de Ré, y las aproveché para dar un paseo por la ciudad. Verdaderamente, La Rochelle, con sus calles que se entrecruzan como un laberinto y cuyas aceras se extienden por galerías sin fin, soportales bajos, aplastados y misteriosos, que parecen construidos para cobijar conspiradores y que ostentan el decorado antiguo y sorprendente de las guerras de otros tiempos, las guerras de religión, salvajes y heroicas, es una ciudad extraña y de mucho carácter. Es la verdadera ciudad hugonota, grave, discreta, sin arte soberbio y sin ninguno de los monumentos que magnifican a Rouen, pero notable por la severidad de su aspecto, algo socarrón, eso sí, aspecto de ciudad que encierra batalladores tercos y obstinados, donde deben germinar fanatismos, la ciudad donde se exaltó la fe de los calvinistas y donde nació el complot de los cuatro sargentos.

»Después de haber vagado un rato por esas extrañas callejuelas, subí al vaporcito negro y tripudo que había de llevarme a la isla de Ré. Y el vaporcito se puso en marcha dando resoplidos de cólera, pasó por entre las antiguas torres que guardan el puerto, cruzó la rada, salió del dique construido por Richelieu, dique cuyas enormes piedras se ven a flor de agua encerrando a la ciudad en un inmenso collar, y, luego, torció hacia la derecha.

»Era uno de esos días tristes que oprimen, aplastan la imaginación, comprimen el alma y extinguen en nosotros toda fuerza y toda energía. Día gris, día glacial que ensuciaba pesada niebla húmeda como la lluvia y fría como el hielo, niebla que, al entrar en la boca, al respirar, parecía que se mascase barro de cloaca.

»Bajo aquel techo de niebla opaca y siniestra, la mar poco profunda y arenosa de las ilimitadas playas se extendía sin una arruga, sin moverse y sin vida; mar de agua turbia y grasienta, de agua estancada. El *Jean Guiton* pasaba por ella balanceándose para no perder la costumbre, y cortaba la lisa sábana dejando tras de sí algunas olas, algunos chapaleteos y ondulaciones que se calmaban enseguida.

»Y entablé conversación con el capitán, un hombrecillo casi sin piernas, rechoncho como su barco y que se balanceaba como su barco también, pues quería que me diese detalles del siniestro de que por mí mismo iba a darme cuenta. Un buque de tres palos, el *María José,* en una noche de huracán, había embarrancado en las arenas de la isla de Ré.

»Según escribía el armador, la tempestad había arrojado muy lejos al barco y había sido imposible ponerlo a flote. Y deprisa, a escape, había precisado trasbordar la carga. Yo tenía que hacer una información y comprobar el estado del pecio, apreciando cuál debía ser su valor antes del naufragio y averiguar si se habían intentado todos los recursos para salvarlo. Iba como agente de la compañía para declarar luego contradictoriamente si se necesitaba, pues el director, al recibir mi informe, tendría que adoptar las medidas que estimase convenientes para poner a salvo nuestros intereses.

»El capitán del *Jean Guiton* conocía bien el asunto, pues con su barco había tomado parte activa en las tentativas de salvamento.

»Me refirió el siniestro y me convencí de que en él no había habido nada extraordinario. El *María José,* empujado por furioso vendaval y perdido en la noche, navegando por un mar de espuma —un mar de sopas de leche, como decía el capitán—, había ido a encallar en los inmensos bancos de arena que, en las horas de marea baja, convierten las costas de aquella región en Sáharas ilimitados.

»Mientras hablábamos, yo miraba a mi alrededor y delante de mí, pues como entre el Océano y el pesado cielo quedaba un espacio libre, podía verse de lejos. Estábamos cerca de tierra y pregunté:

»—¿Es la isla de Ré?

»—Sí, señor.

»Y de pronto, el capitán, extendiendo el brazo derecho y señalando un punto casi imperceptible que a lo lejos se distinguía en alta mar, me dijo:

»—Ahí tiene usted el navío.

»—¿El *María José?*

»—Sí.

»Quedé estupefacto. Era un puntito negro, casi invisible, y yo lo hubiera creído un escollo colocado a tres kilómetros, cuando menos, de la costa.

»Y repliqué:

»—Pero, capitán, en el sitio que me indica, lo menos debe haber cien brazas de agua.

»Él se echó á reír.

»—¡Cien brazas ! —me contestó—. Amigo mío, le aseguro que no hay ni dos.

»Era bordelés y siguió hablando:

»—Son las nueve y cuarenta minutos y estamos en marea alta. Dé un paseo por la playa con las manos metidas en los bolsillos; almuerce luego tranquilamente en el hotel del Delfín, y yo le prometo que a las dos y cincuenta, a las tres lo más tarde, podrá llegar hasta el barco a pie: allí podrá permanecer una hora y tres cuartos, dos horas lo más, pero no se descuide, pues se vería preso. Cuanto más lejos se va la mar, más deprisa vuelve. Esta costa, por lo llana, parece un plato, pero, créame, emprenda el camino de regreso a las cuatro y cincuenta, y a las siete tomará de nuevo el *Jean Guiton,* que esta misma noche le dejará en La Rochelle.

»Di las gracias al capitán y me senté en un banco de proa para contemplar la pequeña ciudad de San Martín, que se acercaba rápidamente.

»Se parece a todos los puertos en miniatura que sirven de capital a las pequeñas islas que hay sembradas a lo largo de los continentes, y es una aldea grande, una aldea de pescadores que tiene un pie en el agua y otro en tierra, una de esas aldeas que viven de pescado y pollos, legumbres y mariscos, rábanos y almejas. La isla es baja, poco cultivada, y, sin embargo, me pareció muy poblada. Pero no penetré en el interior.

»Después de almorzar, franqueé un pequeño promontorio, y como la mar se alejaba rápidamente, crucé la arena dirigiéndome hacia una especie de roca negra que a lo lejos y en el agua se distinguía.

»Por la amarillenta llanura, elástica como la carne y que bajo la presión de mis pies parecía sudar, andaba deprisa. Por donde pasaba, momentos antes había estado la mar, y entonces la veía a lo lejos, huyendo a toda velocidad, y me era imposible distinguir la línea que separaba la arena del Océano. Creía estar presenciando una fiesta de hadas gigantesca y sobrenatural. Minutos antes, el Atlántico se extendía ante mí, y en un abrir y cerrar de ojos había desaparecido, como por escotillón, y me encontraba en medio de un desierto de arena. En mí no quedaba más que la sensación y el olor del agua salada: sentía olor de algas, olor de olas, el rudo y agradable olor de las costas. Andaba de prisa, no tenía frío y contemplaba el tumbado pecio que de lejos semejaba una ballena dormida.

»Sí, semejaba una ballena dormida surgiendo de la inmensa extensión, plana y amarillenta, y sus proporciones me sorprendieron. Al fin, y después de andar una hora, llegue hasta él. Yacía tumbado sobre un costado, destrozado, hundido, mostrando sus huesos rotos como las costillas de una bestia, sus huesos de madera embreada, huesos que clavos enormes agujereaban. La arena, entrando por las grietas, lo había invadido ya, y ya no tenía que abandonarlo. Parecía haber echado raíces en él: la proa entraba profundamente en la playa suave y pérfida, y la popa, mirando al cielo, parecía gritar con desesperado llamamiento las dos palabras blancas, *María José,* que resaltaban en la negra mura.

»Escalé el cadáver del navío por la parte más baja y después de haber pasado por el puente penetré en el interior. La luz se filtraba por las hundidas costillas y tristemente iluminaba aquellas raras y sombrías cuevas en las que nada quedaba en pie. Y en el suelo de aquel subterráneo de tablas no había más que arena.

»Para tomar las notas respecto al estado del buque me había sentado en un barril vacío y roto, y para escribir aprovechaba la luz que penetraba por una ancha abertura que me permitía distinguir la ilimitada extensión de la playa. Por momentos, sentía correr por mi piel un estremecimiento extraño de frío y de soledad, y a veces dejaba de escribir para escuchar los misteriosos ruidos del pecio: ruidos de cangrejos que con sus fuertes patas arañaban el casco; ruidos producidos por las mil diminutas bestias de la mar, y también el ruido regular y continuo de los moluscos que sin cesar roen, con chirrido de barrena, las viejas maderas que poco a poco devoran.

»Y, repentinamente, oí voces humanas muy cerca de mí. Me puse en pie de un salto, como si ante mis ojos se hubiese presentado una aparición, y por espacio de un segundo creí que dos ahogados iban a levantarse para contarme su espantosa muerte. En menos tiempo del que empleo para decirlo, subí al puente, y en la proa del buque me encontré frente a un señor muy alto al que rodeaban tres muchachas; mejor dicho, frente a un inglés que acompañaba a tres señoritas. Seguro estoy de que sintieron más miedo del que yo sentí. Ahí es nada; un ser que surge rápidamente del seno de un buque de tres palos abandonado... La muchacha más joven echó a correr, y las otras dos se apoderaron de los brazos de su padre: éste abrió la boca y fue el único signo que dio de su emoción.

»Pasados algunos segundos habló:

»—¡Ah! Señor caballero, ¿es usted la propietaria de esta embarcamienta?

»—Sí, señor.

»—¿Es que podré la visitar?

»—Sí, señor.

»Y pronunció en inglés una frase muy larga de la que sólo comprendí la palabra *gracious*, varias veces repetida.

»Como buscaban un sitio para subir, les indiqué el mejor y les ofrecí la mano. El padre subió y luego ayudamos a las tres jóvenes, que ya se habían tranquilizado. Eran encantadoras, sobre todo la mayor, una rubita de dieciocho años, fresca como una flor y lindísima. Verdaderamente, las inglesas bonitas parecen frutas de mar. ¡Cualquiera hubiera creído que aquella acababa de salir de la arena cuyo color habían conservado sus cabellos! Y, además, con su frescura exquisita hacen pensar en los delicados colores de las rojas almejas y en las nacaradas perlas, raras, misteriosas y nacidas de las ignoradas profundidades del Océano.

»Hablaba algo mejor que su padre y nos servía de intérprete. Y fue preciso que relatase el naufragio con todos los detalles que inventé, y creo que lo narré tan bien como lo habría podido hacer de haber presenciado la catástrofe. Después, toda la familia entró en el interior del pecio. Cuando hubieron penetrado en la sombría galería, de sus gargantas se escaparon gritos de asombro y de admiración, y, repentinamente, el padre y las tres hijas sacaron los álbumes, antes ocultos bajo los impermeables, y empezaron a tomar apuntes de aquel lugar tristísimo y extraño.

»En un tablón se habían sentado unos junto a otros; los cuatro álbumes abiertos sobre las ocho rodillas se llenaban de negras líneas que reproducían el abierto casco del *María José*.

»Yo continuaba inspeccionando el esqueleto del navío y, de vez en tiempo, la mayor de las inglesitas me dirigía la palabra.

»Ella me dijo que estaban pasando el invierno en Biarritz y que habían venido a la isla de Ré sin más objeto que el de contemplar de cerca el buque naufragado. No tenían nada absolutamente de la tiesura inglesa; eran gentes sencillas y buenas, algo chifladas, y pertenecían a la familia de esos eternos errantes con que Inglaterra cubre el mundo. El padre, alto y enjuto, tenía la piel roja, y blancas patillas encuadraban su cara; parecía un sándwich vivo, una lonja de jamón cortada en forma de cabeza humana y metida entre dos almohaditas de pelos blancos. Y las muchachas, excepción hecha de la mayor, que también era la más amable, eran altas y delgadas.

»Tenía un modo tan gracioso de hablar, contar, reír, comprender y no comprender, levantar los ojos para interrogarme, unos ojos azules como el agua profunda, de cesar de dibujar para adivinar y de tomar nuevamente el lápiz diciendo *yes* o *no*, que viéndola y escuchándola hubiera pasado horas enteras.

»De pronto, murmuró:

»—Me parece que el barco ha hecho una pequeña movimiento.

»Agucé el oído y no tardé en percibir un ruido ligero continuo y extraño. ¿Qué podría ser? Me levanté para mirar por la abertura y fui incapaz de contener un grito... ¡La mar había llegado hasta nosotros y casi nos rodeaba!

»A pesar de que no perdimos momento para subir al puente, cuando llegamos ya era tarde. El agua nos cercaba y con increíble velocidad corría hacia la costa. No, no corría, resbalaba, se agrandaba, se extendía como una mancha desmesurada. Y aunque sólo algunos centímetros de agua cubrían la arena, ya no se distinguía la línea de la imperceptible marca.

»El inglés quiso saltar, pero yo le contuve: la huida resultaba imposible a causa de los profundos pozos que al ir habíamos tenido que salvar, y era seguro que con el agua habríamos caído en uno de ellos.

»Durante algunos minutos, una horrible angustia nos oprimió el corazón, pero luego la inglesita sonrió y dijo:

»—Los náufragos somos nosotros.

»Quise reír, pero no pude: el miedo me dominaba, miedo cobarde, horrible, bajo y rastrero como la marea. Repentinamente, vinieron a mi imaginación todos los peligros que corríamos y tuve deseos locos de gritar pidiendo socorro, pero, ¿quién me oiría?

»Las dos inglesitas más jóvenes se apretaban contra su padre, cuyos consternados ojos se fijaban en la mar que nos cercaba.

»Y la noche se nos venía encima con la misma rapidez que la marea subía, una noche pesada, húmeda, helada.

»Y dije:

»—Lo único que podemos hacer es quedarnos en el barco.

»A lo que el inglés respondió:

»—¡*Oh, yes!*

»Allí permanecimos un cuarto de hora, media hora, no puedo precisar cuánto tiempo, contemplando el agua amarillenta que parecía huir y jugar en la reconquistada inmensidad de arena.

»Como una de las jovencitas había empezado a sentir frío, pensamos ponernos a cubierto de la brisa, ligera pero helada, entrando en el interior del buque. Miré por una escotilla y vi que el *María José* estaba lleno de agua, de manera que no tuvimos más recurso que acurrucarnos junto a la amura de proa, única cosa que podía protegernos un poco.

»Las tinieblas nos envolvían y, muy apretados unos contra otros, permanecimos rodeados de sombras y de agua... No hablábamos: estábamos inmóviles, agazapados y mudos como bestias refugiadas en un foso durante la tormenta. Y, sin embargo, a pesar de todo, a pesar de la noche y del terrible peligro que por momentos aumentaba, empecé a sentirme dichoso, dichoso con el frío y el peligro, dichoso con las horas de sombra y angustia que habíamos de pasar en aquel cascarón, dichoso por poder pasarlas cerca de aquella joven encantadora.

»Y yo me preguntaba por la causa de aquella sensación de bienestar que me invadía.

»¿Por qué? ¿Quién lo sabe? ¿Por qué estaba allí? ¿Quién? ¿Ella? ¿Una inglesita desconocida? Yo no la había visto nunca, no la quería y, sin embargo, me sentía enternecido, conquistado. Habría querido salvarla, sacrificarme y cometer por ella mil locuras... ¡Cosa extraña! ¿Por qué puede alterarnos tanto la presencia de otro ser? ¿Nos envuelve y domina el poderío de su gracia? ¿Nos embriaga la seducción de la hermosura como podría embriagarnos el vino?

»¡Más razonable es creer en un resorte del amor, del amor misterioso que sin cesar procura que los seres se unan, que ejerce su poder y los llena de emoción en cuanto los coloca frente a frente, de emoción confusa y grande, profunda; sí, más razonable es creer en un resorte parecido al agua que moja la tierra para que crezcan flores!

»El silencio del cielo y de las tinieblas era espantoso, pues a nuestro alrededor oíamos vagamente el ruido del agua al crecer y el chapoteo de la corriente al chocar contra el barco.

»Oí sollozar... La más joven de las inglesitas lloraba y, para consolarla, su padre le habló en su idioma. No le comprendí, pero adiviné que la tranquilizaba.

»Entonces pregunté a mi vecina:

»—¿Y usted no tiene frío?

»—¡Oh, sí, tengo mucho...!

»Le ofrecí mi abrigo y tuve que insistir para que lo aceptase.

»Poco a poco, la fuerza del viento aumentó y se hizo más sensible el chapoteo del agua contra los flancos del buque. Me levanté y una ráfaga me azotó el rostro. ¡El viento se desataba!

»El inglés lo advirtió al mismo tiempo que yo, y dijo:

»—Malo, malo para nosotros es...

»Ciertamente que era malo..., como que aquello suponía la muerte segura, la muerte que habían de traer las olas, fuertes o débiles, si atacaban al pecio, tan desbaratado ya, que una sacudida había de bastar para destruirlo totalmente.

»Yo temblaba, la inglesita también, y los faros que brillaban en la costa, faros blancos, amarillos y rojos, semejaban ojos enormes, ojos de gigantes que nos estuviesen mirando como si ansiasen el momento de nuestra desaparición. Uno había que me irritaba lo indecible: cada treinta segundos se apagaba para volverse a encender enseguida, y era un ojo, un ojo verdadero cuyo párpado velaba por instantes su mirada de fuego.

»De vez en cuando, el inglés encendía un fósforo, consultaba su reloj y se lo metía otra vez en el bolsillo. De pronto, tendiéndome la mano por encima de las cabezas de sus hijas, me dijo:

»—Caballero, le deseo un buen año...

»Eran las doce. Estreché la mano que me tendía, él pronunció una frase en inglés y las jovencitas se pusieron a cantar el *God save the Queen,* que se perdió en el espacio.

»En un principio sentí furiosas ganas de reír, pero luego una extraña y potente emoción embargó mi alma.

»El canto de los náufragos tenía algo siniestro y soberbio, canto de condenados, algo comparable a una plegaria, y también algo más grande, algo parecido al antiguo *Ave, Caesar, morituri te salutant.*

»Cuando hubieron terminado, supliqué a mi vecina que cantase una balada, una leyenda, lo que quisiese, algo que nos hiciese olvidar nuestra angustia. Y accedió gustosa, y su voz joven y clara se perdió en la noche. Cantaba algo muy triste, muy triste sin duda, pues las notas eran largas, salían lentamente de su boca, y parecía que iban a hundirse en las olas después de haberlas rozado.

»Yo pensaba únicamente en su voz incluso cuando la mar sacudía furiosamente el pecio..., y pensaba también en las sirenas. Si una barca hubiese pasado cerca de nosotros, ¿qué hubiesen pensado los marineros? ¡Mi atormentado espíritu se perdía en el sueño!... ¡Una sirena! ¿No era una sirena aquella hija de la mar que me había retenido en el carcomido buque y que conmigo iba a hundirse en las olas?...

»A todo esto, el *María José* se apoyó sobre el flanco derecho y los cinco rodamos por el puente. La inglesita había caído encima de mí y yo la estrechaba entre mis brazos, y, enloquecido, sin darme cuenta de lo que hacía y creyendo llegada mi última hora, besaba sus sienes y sus cabellos... Luego, aunque el barco quedó inmóvil, no nos atrevimos a movernos.

»El padre gritó: «¡Kate!». La que yo tenía entre mis brazos contestó: «*yes*», y quiso desprenderse. Y en aquel instante, hubiera querido que el barco, partiéndose en dos, me hubiese sepultado con ella en la mar.

»El inglés repuso:

»—Un báscula pequeña; no ser nada; yo tenga conservadas mis hijas... ¡No viendo a la mayor, la había creído perdida!

»Me incorporé tomando infinitas precauciones y muy cerca de nosotros, en la mar, distinguí una lucecita. Grité y me contestaron. Era una barca que nos buscaba, pues el dueño de la fonda había adivinado nuestra imprudencia.

»Estábamos salvados... y yo me desesperaba... Nos recogieron y nos llevaron a San Martín.

»Y el inglés, frotándose las manos, murmuraba:

»—Buen cena, buen cena.

»Efectivamente, cenamos, y cenamos bien, pero yo, pensando en las horas pasadas en el *María José,* estuve triste. ¡Las prefería!...

»Al día siguiente, después de muchos apretones de manos y promesas de escribirnos, nos separamos. Ellos volvieron a Biarritz, y yo.... yo estuve a punto de seguirles.

»Estaba loco, y poco faltó para que pidiese la mano de aquella joven; es indudable que si hubiésemos pasado ocho días juntos me habría casado con ella. ¡Qué débil y qué incomprensible es el hombre!

»Pasaron dos años sin que oyese hablar de ellas y poco más tarde recibí una carta de Nueva York. Me decía que se había casado y, desde entonces, con motivo del primero de enero, nos escribimos todos los años. Me cuenta detalladamente su vida, me habla de sus hijos, de sus hermanas, y nunca me dice nada de su marido. ¿Por qué? Yo... yo le hablo siempre del *María José.* Quizá, y no tan quizá, es la única mujer que he querido. ¿Quién sabe? Las circunstancias mandan y, a fin de cuentas, todo se pasa. Ahora debe ser vieja y si la encontrase no la reconocería. ¡Ah, la de otros tiempos, la del pecio, qué criatura! Me dice que sus cabellos son blancos y eso me aflige muchísimo. ¡Sus cabellos rubios como el oro ya son blancos! ¡No, la mía no existe! ¡Dios mío, qué triste es eso...!»

Jacinto Benavente

Benavente nació en Madrid en 1866. Su padre era un reconocido médico de niños que insistió en que Jacinto recibiese una sólida formación académica. Así, el muchacho empezó a estudiar derecho en la Universidad de Madrid, pero abandonó la carrera en 1885, al morir su padre. Emprendió entonces un largo viaje por varios países europeos y americanos, y fue seguramente entonces cuando decidió dedicarse por entero a la literatura. Su primera publicación, un volumen de piezas teatrales, apareció en 1892, y a continuación editaría una obra de verso y prosa titulada *Cartas a mujeres.* Aunque casi toda su obra pertenece al género dramático, Benavente escribió algunas composiciones poéticas y varios cuentos que contaron con el aplauso del público que ya le rendía tributo como autor teatral.

En 1894, Jacinto Benavente estrenó su primera obra en los escenarios madrileños, una pieza titulada *El nido ajeno,* a la que siguió unos meses más tarde *Gente conocida.* Pronto, la obra de Benavente se hizo indispensable en los escenarios españoles. *Los intereses creados, La malquerida* o *Señora Ama* (que fue, según Benavente, la mejor de sus obras), son algunas de su piezas más representativas, pero durante muchos años el autor fue capaz de estrenar un título en cada temporada teatral.

Elegido miembro de la Academia Española en 1919, en 1922 Jacinto Benavente fue distinguido con el premio Nobel de Literatura. Murió en 1954. Sólo unos años antes había obtenido su último gran triunfo cuando, tras el estreno de *Abdicación,* el público madrileño le llevó en volandas hasta su casa entre vítores y aplausos.

Su particular sentido del humor y su ironía hicieron que muchos consideraran a Benavente como el Bernard Shaw español. El cuento que sigue, «Nochebuena aristocrática», a buen seguro hubiese hecho sonreír al autor de *Pigmalión.*

NOCHEBUENA ARISTOCRÁTICA

Después de la misa del Gallo celebrada en el oratorio y oída con más recogimiento que una comedia de teatro antiguo en lunes clásico, los invitados de la marquesa de San Severino pasaron al comedor.

La fiesta era de pura intimidad; la marquesa había limitado la invitación a las personas más allegadas de su familia y a unos pocos amigos predilectos.

Entre todos no pasaban de quince.

—La Nochebuena es una fiesta de familia. Todo el año vive uno de esperanzas, abierto el corazón al primero que llega; hoy quiero recogerme en los recuerdos: sé que todos ustedes me acompañan esta noche porque me quieren de verdad, y yo a su lado me encuentro muy dichosa.

Los invitados asintieron graciosamente al cumplido.

—¡Ya lo creo! ¿Dónde mejor podía pasarse la señalada noche?

—Así, así, pocos y buenos.

—¡*Il faut serrer les rangs*, querida marquesa!

—¡*Home, sweet home!*

Y, rebosantes de expansiva satisfacción, dispusiéronse a celebrar con alegría la Noche que, según el poeta, «Envidia dar pudiera / al más luciente día».

Pero, a pesar de tan propicia disposición, lo cierto es que todos parecían tristes y preocupados, como si estuvieran con el alma en donde quisieran estar en cuerpo y alma.

El saque de la conversación correspondió, como siempre, al insigne Manolo Borines; pero perdió el tanto de salida, sin peloteo. Secundó con más fuerza, apuntando una historia escandalosa y tampoco le atendió nadie. Desalentado, desistió de su empeño y llamó a los criados para que le sirvieran por segunda vez de un exquisito *turbot* con salsa *deppoise.*

La conversación desmayaba y caía a cada paso, mal sostenida por lugares comunes y frases de ocasión, sin espontaneidad y sin gracia. La risa no era franca ni sonora; parecían desgarraduras dolorosas y terminaban en un ¡ay! como aliviador suspiro. No había duda; neblina de tristeza nublaba el ambiente. Era como una obligación aparentar regocijo y nadie reflejaba siquiera cortés agrado. ¡Pobre marquesa! ¡Ella, que, según frase de revisteros, poseía como nadie el don encantador de que las horas parecieran minutos en su casa! Bien asegura la superstición vulgar que la noche del nacimiento del Hijo de Dios nada pueden maleficios y encantos. Porque no se hallaban encantados, ciertamente, los invitados de la marquesa. Ella, con su bondad confiada, había creído que pasarían una noche agradable a su lado, y ellos, por no desairarla estaban allí, forzados por los deberes sociales, estaban allí... y con el pensamiento muy lejos. Con quien y sin quien, porque cada uno, por su voluntad, por su gusto, habría pasado la Nochebuena en otra parte, donde le llamaban o el amor o el capricho, o la diversión, la virtud o el vicio, un móvil cualquiera, pero más atractivo, más fuerte que la cortesía social, y así pensaba cada uno, el marqués de San Severino, el dueño de la casa, esposo tranquilo de la bondadosa marquesa, el primero:

—¡Qué ocurrencia la de mi mujer! ¡Me aburren estas fiestas de familia! Tener que estar aquí toda la noche, sentado entre mi tía, la

venerable condesa de Encinar del Valle, y Josefina Montero, prima carnal, es decir, prima ósea de mi mujer. ¡Porque cuidado si está delgada! En cambio, mi tía... ¡Para cuándo son los empréstitos! ¡Qué aburrimiento! Mi tía sólo habla de comer y de beber, y la primita... de arder. La una dice que el escaparate de Lhardy está hermoso estos días; la otra dice que Paul Bourget se amanera, que prefiere a Paul Hervieu. ¡Me vuelven loco! A estas horas estarán cenando en casa de la Chipilina. ¡Allí sí que se divertirán! ¡Si esta gente tuviera la feliz ocurrencia de marcharse temprano!

Así monologaba el dueño de la casa, el ilustre marqués de San Severino, y la primita espiritual, a su vez, pensaba:

—¡Qué idea la de mi prima! ¡Noche más aburrida! Mi primo es un bárbaro, no se le puede hablar de nada. A estas horas estará Federico en casa de los Vivares. Allí sí que me hubiese ido yo de muy buena gana... ¡Pero la familia!... ¡Si Pilar hubiera sabido que yo no venía a su casa por ir a casa de los Vivares!

La marquesa de Encinar del Valle, *grosse gourmande,* opinaba como el sacerdote de la Bella Helena que en la mesa de sus sobrinos había *trop de fleurs* y, en cambio, el menú dejaba mucho que desear. Muy artístico el espejo con marco de orquídeas, violetas y lilas blancas, muy caprichosa la góndola de porcelana de Sevres, y los pastorcitos de Watteau mirándose en el espejo como en un lago amoroso del país azul de citerea, pero los *filets de volaille* eran abominables.

La verdad, hubiera sido mejor ir al *réveillon* de Mistress Bryan. Allí sí se comía.

La condesita de Robledal, figura elegantísima, de una raza soñada, exótica en todas partes como una quimera de artista, pensaba... en lo imposible; en una cita misteriosa con un ser ideal, en poesía sin palabras y en música sin sonidos, como los amores que ella soñaba, sin caricias, sin besos, aroma purísimo de flores inaccesibles. ¡Triste condesita! ¡Cuántos tropezones había dado por ir mirando arriba! Aquella noche misma en que con qué poco hubiera forjado un ideal, como una niña que con un pedazo de trapo forma un muñeco y en él pone ternuras de madre. El trapo con que había formado su último muñeco dormiría a la hora aquella o quizás estaría de cena con sus compañeros, en el cuarto de oficiales de un cuartel de húsares, pero de húsares de Pavía, con uniforme de color de cielo..., y allí, allí estaba fijo el pensamiento de la marquesita soñadora mientras cenaba desentendida de cuanto la rodeaba.

A su lado, Manolo Borines, con la cara congestionada y la expresión de vaguedad idiota del predestinado al reblandecimiento, pensaba, como el marqués en la Chipilina, en la juerga que habría en aquella casa y lo gustoso que se hallaría en ella. ¡Digo! ¡Qué mujeres! ¡La francesa había prometido bailarles un *quadrille con el grand eccart;* seis mil francos se había gastado en *dessous* para la circunstancia! ¡Y perder aquello por cumplir con la marquesa! De reojo miraba al marqués, como si quisiera decirle: si esto concluyera pronto, podríamos hacer una escapada; el marqués lo comprendía y miraba el reloj impaciente.

Paco Noguera, literato de salón protegido de los marqueses, que le costeaban las ediciones de sus poesías, pensaba con tristeza en sus hermanas, dos pobres muchachas que sufrían en casa mil privaciones, mientras él brillaba en fiestas y en veladas aristocráticas. Dos tristes vidas sacrificadas para que él luciera; ellas planchaban con mil afanes las camisolas limpísimas del hermano; ellas vestían unas faldillas pardas y no podían salir a la calle bien abrigadas para que él vistiera un frac bien cortado y se abrigara con gabán de pieles, y el poeta, brillante luz sostenida por el pábilo consumido de dos existencias sacrificadas, pensaba en ellas con remordimiento, pensaba en la cena miserable de sus pobres hermanas.

Lola Montero pensaba en que Isidoro Torres cenaría en casa de la condesa de Fondelvalle, y en que la condesa quería casarle a toda costa con su hija..., y en que ella debía estar allí o Isidoro en casa de los de San Severino, y los nervios desbocados no la dejaban sosegar ni atravesar bocado... Y así todos, con el pensamiento lejos y el alma donde quisieran haber estado en cuerpo y alma.

Y la dueña de la casa, tan satisfecha de ver reunidas a su alrededor a las personas de su cariño. Sólo dos le faltaban: su hermana, la marquesa del Robledal, venerable señora, consagrada por entero a la devoción, una santa, una verdadera santa, y otra... de quien no quería acordarse, su cuñadito, el condesito de Santa Elena..., de quien más valía no hablar... Pasaría la Nochebuena rodeado de toreros y perdidos en algún colmado, ése estaba fuera de la sociedad... y de todo.

La marquesa, en su bondad placentera, no podía pensar que las dos personas que faltaban a su mesa aquella noche eran las dos únicas personas felices. Una por sublime virtud, otra por los vicios más abyectos, eran las únicas que rompían la monotonía vulgar de la vida, las únicas que dejaban sobresalir su propia vida sobre la vida impuesta por los demás, sacrificada a las conveniencias sociales.

Georges Lenôtre

Nacido en la localidad francesa de Richemont en 1855 y fallecido en París en 1935, el verdadero nombre del historiador y escritor Georges Lenôtre era Théodore Gosselin. Sus estudios primarios y secundarios los realizó en Metz, con los jesuitas. Allí tuvo como compañero de clase al futuro mariscal Foch. Terminados sus estudios, Lenôtre se instaló en París, donde empezó a trabajar en el Ministerio de Economía y a demostrar su interés por la historia, que se traducirá en numerosos artículos publicados en *Le Figaro, La Revue des Deux Mondes* o *Le Temps,* y, sobre todo, en distintos textos sobre el período revolucionario francés. Entre sus obras podemos destacar *La captivité et la mort de Marie Antoinette, La compagnie de Jesus* o *Le roi Luis XVII et le enigme du Temple,* así como los seis tomos de su obra *Viejas cosas, viejos papeles.*

Quizá la gran habilidad de Lenôtre fue su capacidad para bucear en los archivos del período revolucionario, así como en distintas publicaciones de la época, con lo que pudo rescatar las anécdotas y los personajes que fueron también parte de la historia. Como escribió un autor anónimo en la introducción de la primera edición en castellano de *Historias íntimas de la revolución francesa:* «la historia, en una palabra, aquí no lo es aún; lo será después: aquí, en manos de Lenôtre, es sólo vida todavía».

«El árbol de Navidad del señor de Auvrigny» es un delicioso relato que retrata la otra cara de la revolución francesa: la que se vivió en las pequeñas poblaciones, lejos de París, y cómo los acontecimientos del período revolucionario vinieron también a cambiar la vida de los lugares más alejados de la capital, donde las consignas de terror tenían mucho menos sentido.

El árbol de Navidad del señor de Auvrigny

Auvrigny es el nombre de un burgo de la Thiérache, allá lejos, en el último extremo del departamento del Aismne, en aquella región algo salvaje que confina con las Ardenas y limita con Bélgica. Aquel pequeño rincón de Francia, país natal de todos los cesteros y muy apartado de las grandes rutas, durante mucho tiempo permaneció atrasado. Al iniciarse la Revolución, Auvirgny no era más que una aldea de cincuenta casas, a cierta distancia de un gran edificio llamado «el castillo», en el que vivía un buen caballero rústico, viejo solterón, muy sencillo de costumbres y extraordinariamente acogedor. Desde tiempo inmemorial, la aldea y el castillo sostenían las mejores relaciones: el conde de Auvrigny era caritativo, los aldeanos se mostraban fieles; ante el menor embarazo acudían a su señor, que se encargaba de zanjar amigablemente sus diferencias y al que siempre hallaban presto a intervenir en sus altercados con el señorío de ríos y bosques o con los guardas del señor duque de Orleáns.

Aunque sin poner fin a esta cordialidad, los acontecimientos de la Revolución provocaron cierto enfriamiento en las relaciones de los aldeanos con su señor. Cierto es que los periódicos no llegaban hasta Auvrigny, donde, además, hubieran encontrado tan escasos lectores que su influencia habría sido casi nula; sin embargo, los «espíritus fuertes» se agitaban; mantenían algunas relaciones con la pequeña ciudad de Nouvion e incluso con Vervins, donde acababa de ser instalado el tribunal de la comarca y, aunque sólo llegara el lejano eco, no se ignoraba ninguno de los grandes acontecimientos que tenían lugar en París. Cuando las elecciones, habían llegado de Laon unos señores ceñidos con amplios cinturones y empenachados como timbaleros, que habían predicado a los boquiabiertos labriegos los beneficios de la igualdad y la felicidad de la independencia; luego habían añadido que todos los nobles eran falsos como judas y crueles como Barba Azul; pero los aldeanos de Auvrigny sólo conocían a uno, y éste siempre les había parecido franco y generoso, de suerte que los discursos de los jacobinos de Laon no habían surtido gran efecto.

El conde, por su parte, no había introducido modificación alguna en sus costumbres; como era hombre de sano juicio y tenía incluso cierto ingenio, se abstuvo de emigrar; como no tenía que deplorar la pérdida de ningún derecho de señoría, no se encolerizó lo más mínimo cuando abolieron todos sus privilegios; y cuando reparó en que, poco a poco, los aldeanos a los que siempre había tratado como amigos dejaban de acudir a consultarle, movidos por la desconfianza o por la soberbia, aparentó que no se daba cuenta de la mudanza, y siguió viviendo como hasta entonces, cual filósofo que nada espera de nadie y al que deja indiferente la opinión de los demás.

Durante el invierno de 1793 y en la víspera de Navidad, el conde de Auvrigny, fiel a una vieja costumbre de la región, había mandado disponer en el vestíbulo del castillo un magnífico abeto cortado en su parque y adornado con farolitos, cintas, juguetes y golosinas, alegremente colgadas de las oscuras ramas del árbol. Era ya tradicional que cada año acudieran los niños de la aldea, acompañados de sus padres, a recoger estas maravillas, después de lo cual se servía una suculenta merienda de crema y pasteles;

las cestas de las madres, vacías al llegar, se volvían rebosantes de provisiones y de acogedoras prendas de vestir; incluso los hombres encontraban en el bolsillo de su hopalanda polvorientas botellas de vino o cantarillos de añejo aguardiente... Era una fiesta de la que se regocijaban los labriegos dos meses antes y de la que aún seguían hablando por Pascua.

En aquel aciago año, el conde no había creído que tuviera que renunciar a su caritativa costumbre, aunque desde hacía tiempo venía observando que aumentaba la desavenencia entre la aldea y el castillo. Incluso se le había ocurrido aquel día la idea de un magnífico pesebre en el que se veía la imagen de cera del Divino Niño tendida en la paja en una gruta de corteza de árboles dispuesta al pie del árbol de Navidad, bajo las gruesas ramas que una nube blanca harina parecía cargar de escarcha. El anciano caballero, que se solazaba disponiendo personalmente estas cosas, daba el último retoque a su obra cuando oyó llamar a la puerta del castillo; imaginándose que la impaciencia de sus invitados les hacía llegar antes de la hora señalada, se daba prisa a encender sus últimas bujías cuando su criado anunció, en lugar de la esperada bandada de chiquillos, al alcalde de la aldea —entonces lo llamaban el «procurador síndico»—, llamado Gerard, y a su adjunto, que se apellidaba Birou.

El conde les tendió la mano, que los recién llegados estrecharon con cierto embarazo; el señor les conocía desde mucho tiempo atrás, tanto a uno como a otro; Gerard, labriego casi analfabeto, no era un mal sujeto; Birou, por el contrario, era envidioso, parlanchín y presuntuoso: más o menos, sabía leer la letra de molde, y semejante superioridad le confería un enorme prestigio entre sus conciudadanos; había ingresado en el club de los jacobinos de Guise, e incluso acababa de suscribirse a un periódico revolucionario que a duras penas lograba descifrar, aunque sin comprender una maldita palabra; él era quien hacía «marchar» la comuna, e igualmente era él quien había logrado inculcar en sus conciudadanos la idea de que su dignidad de hombres libres no les permitía codearse con su ex noble señor, al que, por su parte, trataba con grandes miramientos, pues era de naturaleza obsequiosa y juzgaba, con prudencia, que no se podía prever «cómo acabarían las cosas».

Gerard y Birou se presentaron al conde de Auvrigny, al que sorprendió muchísimo aquella intempestiva visita. Birou lanzó al árbol de Navidad una mirada asaz irónica, pero supo contenerse; Gerard saludó con aspecto embarazado y, como el caballero les agradeciera el haberse dado tanta prisa para preceder a sus conciudadanos, el alcalde balbuceó:

—¡Oh!, no es positivamente por esto por lo que nosotros…, ¿verdad, Birou?

—No, no —replicó Birou, mofándose neciamente—. No es esto lo que aquí nos trae.

El conde les invitó a pasar a su gabinete y a exponerle el motivo de su visita, declarándose dispuesto a escucharles mientras esperaba a sus invitados; pero Birou, tomando la palabra, dijo:

—Bueno, hablando sin ambages, ciudadano, vuestros invitados no vendrán.

—¿Cómo?… ¿Por qué?…

—Lo siento, ¡oh, cuánto lo siento! —se apresuró a añadir Birou—. El ciudadano Gerard puede deciros cuánto me apena…, han pensado…, han creído…

—¿Qué, de una vez?

—Pues que las circunstancias quizá no permitan que unos patriotas tomen parte en ciertas prácticas tachadas de aristocráticas…

Era una frase de su periódico; el conde se mordió los labios.

—Veamos, Birou —le dijo—. ¿Crees acaso que lo que estaba bien hace algunos años puede ser malo hoy día?

—¡No, claro está!… Pero quería decir…

—Y a no ser que la moral haya cambiado, lo que mucho me temo, ¿tenemos derecho a criticar hoy día lo que antaño aprobábamos?

Birou, no sintiéndose con la suficiente gallardía para sostener la discusión en este tono, eludió la pregunta y replicó con uno de

los argumentos que había oído alegar en el club jacobino de Guise y que soltaba en todo momento sin comprender su alcance:

—Zanjemos la discusión, ciudadano; si de ahora en adelante nos abstenemos de venir a desfilar ante vuestro árbol de Navidad es porque una manifestación tan pueril subleva a la razón y hiere a la igualdad.

—Cuando dispongáis de tiempo, señor Birou —respondió el caballero—, ya tendréis la amabilidad de explicarme cómo puede ofuscar vuestros sentimientos igualitarios la imagen de un niño tendido sobre la paja de un pesebre... Pero terminemos ya: volveremos a hablar de mi árbol de Navidad cuando los tiempos sean menos turbulentos y las personas menos necias; pero me imagino que semejante renuncia a una antigua costumbre que vuestros padres amaban no os reportará ninguna dicha. —Y, adoptando la actitud de un hombre que despide a sus visitantes, añadió—: ¿Teníais algo más que decirme?

—Perdonadme, excusadme —murmuró a su vez Gerard—. Yo había venido para consultaros sobre un asunto muy delicado: Birou, que habla bien, pero que habla demasiado, no me ha dado tiempo para decíroslo. He aquí de qué se trata.

Y el honrado procurador síndico expuso que, durante los tres años en que desempeñaba en la aldea de Auvrigny las funciones de oficial municipal, se las había compuesto para ir tirando con su trabajo y sus deberes; recordó que, muy a menudo, al principio, había acudido a pedir consejo al caballero; luego había procurado apañárselas con su escaso buen sentido y con la inteligencia de sus coadministrados; pero esta vez el caso era grave; tan grave que se había creído en el deber de ilustrarse con la sapiencia del hombre más instruido de toda la aldea. En efecto, la antevíspera había recibido, por medio del comisario del poder ejecutivo de Laon, una carta emanada del Comité de Salud Pública en la que se le invitaba a confeccionar con la mayor rapidez posible la lista de los «sospechosos» de la aldea de Auvrigny.

—Pero —prosiguió diciendo—, por mucho que me devane los sesos, ignoro lo que es un sospechoso... Birou tampoco lo sabe; he consultado a Havard, Dequesne, Jendelle, Rendon, que son los más fuertes de mollera del lugar y ninguno de ellos ha oído hablar nunca de un sospechoso, es esta una palabra que nosotros no conocemos y vengo a preguntaros si sabéis lo que significa.

El conde lanzó una rápida y penetrante mirada a sus dos interlocutores; viendo que no había en ellos la menor sombra de malicia y que su confusión era real, respondió con toda seriedad:

—Sí, «sospechoso» es una expresión nueva que, por mi parte, jamás había oído usar antes de estos últimos tiempos... ¿Y qué tiene que hacerse con esta lista que debéis confeccionar?

—En cuanto esté hecha, debo mandarla directamente al Comité de Salud Pública, el cual..., mirad la carta... «adoptará inmediatamente las pertinentes medidas».

—¡Cómo! Realmente el asunto es urgente. Pues bien, mi querido Gerard, lo que este Comité pide se reduce a lo siguiente: quiere conocer, sencillamente, los nombres de vuestros administrados que más se hayan distinguido, desde el comienzo de la Revolución, por su patriotismo y por su odio al antiguo régimen.

Y viendo que Birou fijaba la atención, el conde añadió con negligencia:

—Es probable que la Convención esté a punto de distribuir empleos y dotaciones. Los sospechosos, en lenguaje oficial, con los susceptibles de obtener una recompensa nacional.

—Ya me lo había imaginado —observó Birou.

—No me sorprende, Birou; como me decías el otro día: «La República ha aterrado a la hidra del fanatismo y ha triunfado frente a todos sus enemigos». Ahora ya no tiene que pensar en otra cosa que en sus amigos, y ya ves que no los olvida... Sólo siento una cosa, y es no poder figurar en esa lista de honor.

—¡Bah! —insinuó de buena fe Gerard—, si esto ha de complaceros...

—¡No, no! ¡Diablos!: mi nombre de aristócrata sería una mala recomendación para el Comité... y, además, nada hice para ser digno de que mi nombre figure junto a los vuestros, junto a los que habéis luchado por la libertad.

El alcalde parecía extrañamente embarazado.

—Entonces, ¿qué? —añadió—. En esta lista de sospechosos (qué extraña palabreja) voy a poner a Birou.

—Excelente idea encabezarla con él... Vamos, vamos —añadió el conde volviéndose hacia Birou, que hacía arrumacos—; no te hagas el modesto; en justicia, te lo mereces. Toma, Gerard, siéntate a mi mesa y escribe en el acto: «Lista de sospechosos del municipio de Auvrigny»...

El aldeano, con sus gruesos dedos, trazaba en enormes caracteres las palabras que iba silabeando a media voz; tanto ardor ponía en lo que estaba haciendo que el sudor empañaba su frente y la lengua colgaba entre sus dientes. Finalmente, terminó la línea del encabezamiento para su mayor gloria y honor.

—¡Ya está el título! Ahora los nombres: primero, Birou; luego, ¿quién más? No puedo citar sólo a uno, parecería mezquino.

—Evidentemente —aprobó el conde—; creerían que eres un tacaño, pero, veamos, hace un momento hablabais de Havard, ese que grita «¡al farol!» cuando yo cruzo el pueblo; a ése también le toca; y Redon, que me caza todos mis faisanes pretextando que ya no existe el derecho de caza, ése es otro ardiente partidario del Nuevo Régimen; y Jendelle, que ha derribado la cruz del cementerio; y Dequesne, que a todos nos tutea y ya no se quita la gorra alegando que la cortesía es enemiga de la igualdad... Todos estos han dado prendas al Nuevo Régimen...

Gerard iba escribiendo los nombres citados por el conde. Al terminar, levantó la cabeza con aire satisfecho:

—¿Y si también incluyese mi nombre? —preguntó.

—No te lo aconsejo, Gerard —respondió el conde—; en calidad de procurador del municipio vas a firmar esta lista y no está bien que te designes a ti mismo.

Con el corazón algo pesaroso por no figurar en aquella relación, el alcalde de Auvrigny remitió aquella misma noche su lista de sospechosos al Comité de Salud Pública. El rumor del incidente había corrido por toda la aldea: Birou no había podido retener la lengua; se había jactado de que antes de pocos días aquellos señores del Comité lo llamarían a París para concederle una recompensa, quizá dinero, o tal vez un buen empleo, acompañado de una corona cívica. Por eso dio mucho que envidiar cuando una hermosa mañana vieron su casa invadida por los gendarmes de Nauvion, al mando de un agente del Comité de Seguridad General, quien hizo subir a Birou en una linda berlina en cuyas portezuelas se distinguía todavía, a pesar de los raspados, el escudo flordelisado de los príncipes de Orleáns. Se llevaron también a Jendell y a los demás, y por la noche, mientras cenaba, Gerard no pudo evitar un suspiro al decir a su mujer:

—Si el conde me hubiera dejado hacer, a estas horas estaría con ellos camino de París.

A lo que la mujer respondió con acritud:

—¡Para que aprendas a escuchar los consejos de un ex noble!

Y, de hecho, Gerard no volvió a poner los pies en el castillo; torcía el gesto. Por su parte, el conde apenas se acercaba a la aldea. Un día, no obstante, en que había ido a casa del carretero, le sorprendieron el silencio y el desierto aspecto que presentaba el burgo; inquirió la causa de tal mudanza a un anciano que acababa de saludarle a la antigua usanza.

—¡Ay, señor conde! —respondió el interpelado—, ya no quedan mozos sanos en el pueblo; ya sabéis que el gobierno pidió el nombre de los que debían ser recompensados y el alcalde designó a cinco que inmediatamente fueron llamados a París. Pero, al verlo, los demás no dejaron tranquilo al alcalde hasta que a su vez éste les propuso, y el señor Gerard se vio obligado a redactar una segunda lista de sospechosos del municipio de Auvrigny en la que incluyó, por así decirlo, a todo el mundo; ni siquiera pudo resistir la tentación de citarse a sí mismo; de suerte que un día vimos llegar a toda la brigada de gendarmes de Vervins con un gran carro en el que amontonaron a todos nuestros hombres; ya hace seis semanas que se fueron, alegres y cantando; pero debemos creer que el empleo que les han dado debe de ser muy absorbente, pues todavía ninguno de ellos ha encontrado medio de mandar noticias.

Y así fue como el conde de Auvrigny, notoriamente aristócrata, se desembarazó de sus molestos vecinos y vivió tranquilamente en su castillo durante toda la época del terror, mientras sus paisanos, junto con otras diez mil personas tan escasamente peligrosas y culpables como ellos, llenaban las cárceles de París.

Cuando llegó el Termindor, el caballero terció tanto como le fue posible para lograr su libertad, pero había tantas injusticias que reparar que transcurrieron varios meses antes de que lo lograra.

Se había convertido en el genio bienhechor del lugar, habitado ya únicamente por ancianos, mujeres y niños; tenía la mesa puesta y la bolsa abierta para aquella pobre gente que nada hacía sin consultarle y que le consideraban como su providencia. Auvrigny había vuelto a los antiguos tiempos de antes del 89, cuando la aldea y el castillo fraternizaban; los labriegos, que carecían de otros recursos distintos a la generosidad de su señor, le llamaban «señor conde» y respetaban sus faisanes; y por su parte, el caballero seguía sin evidenciar la menor sorpresa ante las sucesivas mudanzas que había sufrido, a su respecto, el espíritu de la población.

Sus conciudadanos pudieron observar tan sólo que al llegar el invierno efectuó reiterados viajes a París. Comprendieron el motivo de ello cuando, pocos días antes de terminar el año 1794, vieron regresar a Auvrigny, uno a uno y muy cariacontecidos, a los sospechosos que tan radiantes se habían ido unos meses atrás; observaban una gran sobriedad en lo que respecta a los detalles de su aventura de la que no comprendían gran cosa; pero no escatimaban las alabanzas prodigadas al conde que, con infatigable celo, se había desvivido para sacarlos de la prisión.

Por eso fue numeroso el gentío que acudió al castillo la víspera de Navidad. El conde, empero, no había hecho ninguna invitación y, al parecer, si había preparado el árbol de Navidad, todavía más cargado de sorpresas que nunca, era, según parece, para su satisfacción personal. Pero toda la aldea se encontraba a su alrededor, respetuosa, rebosante de agradecimiento. Y como el alcalde Gerard se mantuviera modestamente detrás de sus administrados, el caballero fue a estrecharle la mano y lo atrajo a su lado.

—¡Ah, señor conde! —exclamó el labriego—. ¡Si os hubiera escuchado! Pero, con todo, ¡nos habéis dado una buena lección!

—¿Y qué , Gerard, no me guardas rencor?

—¡Ni por asomo, señor conde! Porque si llego a saber lo que era realmente un sospechoso, hubierais sido vos, vos solo, al que hubiera puesto en mi lista: y habría hecho una tontería... Cuando pienso en ello, es como una pesadilla.

—¿Por qué?

—¿Por qué? Pues porque he visto cómo iban las cosas y no habríais vuelto; mientras que nosotros, aldeanos como somos, nos olvidaron inmediatamente y nos perdimos entre el gran número de encarcelados. Sólo Birou...

—¿Birou?

—Ya sabéis, el descreído; vociferó tanto protestando que tenía derecho a una recompensa y que exigía una colocación que, finalmente, se decidieron a darle una: le incorporaron a la decimosegunda semibrigada. En la actualidad, es ex cabo en el ex regimiento de cazadores del Gevaudan.

Mientras tanto, ambos se habían ido acercando al iluminado pesebre y entonces, Gerard, mostrando al caballero los extasiados rostros de los niños que pasaban de mano en mano los juguetes descolgados de las ramas, añadió:

—Y es muy posible, señor conde, que Birou diera inmediatamente sus galones a cambio de hallarse aquí esta noche con nosotros.

Emilia Pardo Bazán

Emilia Pardo Bazán nació en La Coruña en 1851 en el seno de una familia aristocrática. Desde muy pequeña demostró una natural inclinación por la lectura, que pudo satisfacer gracias a la rica biblioteca de su padre. En 1870 hizo un largo viaje por Europa, en el que tuvo ocasión de conocer a Zola y a los hermanos Goncourt, y de interesarse por la literatura francesa.

En 1876 publica su primer libro, el poemario *Jaime,* dedicado a su hijo. Pronto empezaría una sólida carrera literaria con la publicación de artículos, críticas y estudios, llegando a fundar, dirigir y elaborar la revista *Nuevo Teatro Crítico.* Es en ese momento cuando empieza a publicar en *La Época* una serie de artículos más adelante recogidos en el libro *La cuestión palpitante,* en los que se exponen las bases de la corriente del naturalismo francés. Luego vendrían otros estudios, como *La revolución y la novela en Rusia* o *El lirismo en la poesía francesa.*

Su primera novela, *Pascual López. Autobiografía de un estudiante de medicina,* fue publicada en 1879. A ésta seguirían *Un viaje de novios* y *El cisne de Vilamorta,* donde, en un escenario romántico, empiezan a aparecer algunos rasgos naturalistas, que se desarrollarían plenamente en *La Tribuna*, publicada en 1883, y cómo no en su obra cumbre, *Los pazos de Ulloa*, y en su continuación, *La madre naturaleza*, publicadas respectivamente en 1886 y 1887. El ciclo naturalista de la autora se cierra en 1891 con la publicación de *La piedra angular.* Su siguiente producción novelística se adscribe a la línea más realista con títulos como *Insolación*, *Morriña* o *Memorias de un solterón.*

Emilia Pardo Bazán cultivó también el género del cuento y publicó en vida más de setecientos relatos, muchos de ellos recogidos por ella misma en volúmenes antológicos. Los dos que publicamos aquí pertenecen al libro *Cuentos de Navidad, Año Nuevo y Reyes.* La autora, que demostró siempre su interés por el género del relato, aseguraba que la clave de un cuento «está en la rapidez con que se narra, en lo exacto y sucinto de la descripción», y aseguraba que el interés del lector «desde las primeras líneas ha de despertarse».

Además de su amplia producción literaria, fue autora de numerosos artículos de prensa, presidenta de la sección de Literatura del Ateneo de Madrid, consejera de Instrucción Pública y catedrática de Literaturas Neolatinas de la Universidad Central. Sólo la firme oposición de Juan Valera impidió que lograse un sillón en la Academia, a la que muchos intelectuales de la época consideraban que pertenecía por derecho propio.

Emilia Pardo Bazán murió en Madrid, el 12 de mayo de 1921. Incluso quienes criticaron en vida su actividad febril y su lucha por equiparar su trabajo al de otros colegas varones reconocieron que con ella se perdía a una de las voces más originales e innovadoras de la literatura española.

Lo que los Reyes traían

El gran establecimiento de juguetería ostentaba por muestra una placa donde de noche, en caracteres luminosos, leíase: «Los Reyes Magos».

Desde que se acercaba la Navidad, los niños que transitaban por la populosa calle siempre querían detenerse ante el escaparate de Los Reyes Magos. En tal época lo presidían los propios Reyes, campeando en el sitio más visible y arrancando al público, y no sólo al infantil, exclamaciones de admiración. No era para menos.

Bien modeladas las caras y cabezas, tenían esa expresión de realidad que hace a los muñecos parecer personas. Sus cabelleras y sus barbas eran de pelo natural; sus ojos de vidrio, en lo cual seguían una tradición de la vieja imaginaría española. Y tan acabadamente estaban hechos esos ojos, que se notaban el brillo húmedo y la mirada fascinadora de las pupilas humanas. Positivamente, los Reyes miraban a los niños pegados al escaparate, y, al juego de las luces eléctricas, hasta diríase que les sonreían.

Estaban los Reyes fastuosa y orientalmente vestidos, con brocados de oro y plata, bordados de imitación de perlas y piedras preciosas, y detrás de los tres figurones, tres dromedarios erguían sus jorobas, sostén de una canasta llena de juguetes llamativos: arlequines, mamarrachillos guiñolescos, *pierrots* pálidos, muñecas pelirrubias, bebés llorantes y con su biberón al lado, perrillos cuyas lanas eran auténticas, y enfermeritas con sus tocas donde sangraba la roja cruz.

Para completar la lista de anacronismos, también asomaban por los bordes de la canasta las gomas de un automóvil y las aletas de un aeroplano. Y los Reyes, tranquilos, repletos de paternal bondad, riendo el negrito con todos sus dientes, más blancos que piñones, presidían tal exposición, la de las canastas y la del escaparate, donde todas las variedades del arte de divertir a la infancia se agolpaban, colocadas hábilmente para tentar el deseo y el capricho de los chiquitines.

Reproducidas en tamaños apropiados, todas las cosas útiles o gratas se desbordaban del escaparate tentador. Era una seducción de la vida, con necesidades, goces, conflictos, adelantos y luchas.

Desde la cocina con todos sus enseres, y el mobiliario con todos sus accesorios, y el teatro con todas sus bambalinas, y el cinematógrafo en miniatura con sus sorpresas, hasta el campo de batalla, reducido a proporciones menudas pero con trágicos episodios, los muertecitos de plomo, tumbados al borde de la trinchera de cartón, y los combatientes, enzarzados, disputándose una colina, de cartón igualmente, no había cosa que no se encontrase allí. Y dentro de la tienda, una procesión interminable de mamás, niñeras, *misses,* abuelos, babosos y padrinos rebosando complacencia, llevaban de la mano a las criaturas, transportadas de loco júbilo, alzando las piernecitas como si estuviesen electrizadas, o quietas de puro entusiasmo, cortado el aliento ante tales maravillas, y queriendo llevárselas todas juntas, aunque no les cupiesen en los brazos, sonaban chillidos, y exclamaciones apasionadas, y graves voces moderadoras, y la mercancía despachábase al vuelo, y no tenían los dependientes manos para envolver y atar tanto paquete, que la impaciencia de la clientela menuda no consentía que le fuesen enviados a casa, sino que ansiaba cargar con ellos allí mismo, en el anhelo de la toma de posesión.

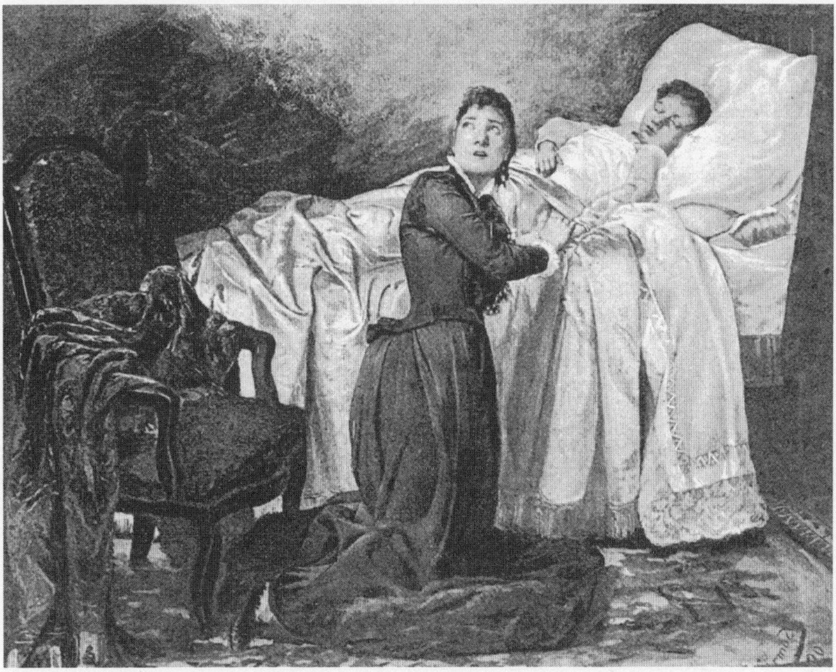

Entre la muchedumbre, Niní y su padre trataban de avanzar, abriéndose paso. Les era difícil, y la niña suspiraba, protestaba:

—Papá, no nos dejan ver... Papá, que se quite, ¡ea!

Era Niní morenilla, con ojos verdes y pelo castaño rojizo; el vivo retrato de su mamá, que pasó en el mundo cuatro o cinco días después que la niña nació. Y aquel suceso hundió al esposo en una melancolía que duró años, los primeros de la infancia de Niní. El único consuelo para él era la chica, aquel encanto, de la cual decían los médicos que tenía «demasiada imaginación» y que era preciso cuidarla con vigilancia exquisita. Y el padre a cuidarla se había consagrado, como a flor de estufa, que gracias a eso puede criar sus delicadas hojas y su frágil flor.

Los amorosos dedos paternales mullían el asiento para Niní, medían su comida, rodeaban su cuerpo con telas que la daban abrigo suave y hasta dosificaban los perfumes del baño. Era una preocupación continua y un arrobamiento permanente, según iba marcándose más la semejanza con la esposa que había perdido, al desaparecer las formas redondeaditas de bebé y espigar los seis años en prolongaciones de líneas y transformación de bucles en trenzas. Gestos, movimientos de cabeza o de manos, inflexiones de voz, traían al padre tales recuerdos, que las lágrimas se le agolpaban. Y, por supuesto, no había caso de que se le negase a Niní nada de lo que excitaba su antojo. Gusto indicado, gusto cumplido. Tanto era así, que a los seis años y medio estaba Niní gastada y saciada en materia de juguetería, y no sabía su papá a qué santo encomendarse para regalarle algo nuevo y que le fuese grato.

—De eso ya tengo —era la respuesta displicente de la chiquilla.

Recorrían, registrando y curioseando las galerías del extenso *hall* de la tienda. Y a todo fruncía la nena el gestecillo, y hacía el mohín con la boca, donde faltaba un diente de leche.

—Ya tengo... Ya me diste el día de tu santo...

Se descorazonaba el padre. ¿Qué le compraría, vamos a ver? Y, al mismo tiempo, otros pensamientos importunos bullían en su magín. Desde hacía algún tiempo, su hermana venía proponiéndole una boda. ¡Sí, una boda, a él, el viudo desconsolado e inconsolable! Una boda, claro es, de conveniencia, de reflexión; una persona seria, que «diese sombra» a Niní, que la amparase cuando tuviese que presentarse en sociedad, que, entre tanto, dirigiría su educación, que regiría certeramente la casa... Con todo eso, la idea era de plomo para el viudo, que se había prometido no sustituir a *aquélla*... Comprendía la razón de los argumentos de su hermana, y era lo que más le dolía. En efecto, era sensato, hasta por interés de la pequeña... Y con todo eso, su corazón se encogía pensando en cambio tal... Mientras él cavilaba, la niña miraba alrededor, desdeñosa. De pronto, lanzó un grito:

—¡Ay, papá! Eso sí que me gusta. ¡Anda! ¡Anda!

La mano tendida señalaba hacia el escaparate, y mostraba en él las tres figuras de los Reyes, que presidían, afables y graves dos de ellos, el tercero, expansivo y riente, el conjunto de la juguetería...

—Quiero eso... ¡Quiero los Reyes! ¡Anda!

Y les enviaba un beso volado, tiernísimo.

El padre se quedó perplejo, no sabiendo si embromar a Niní por el capricho, o si regañarla y no hacerle caso por primera vez. Comprendía la dificultad de complacerla. Los bellos figurones representaban para el establecimiento no sólo el mejor reclamo, sino una especie de blasón, un orgullo artístico, una singularidad que diferenciaba de las demás a la tienda. Era como querer que le vendiesen la tienda misma, y no parecía verosímil que se prestase el dueño. Pero el antojo de Niní, en vez de calmarse, se agudizaba. «¡Quiero los Reyes!», repetía, con gestos llanteros, con verdadera aflicción en la voz. Un temblor la sacudía, y se acentuaba su parecido con la madre, pero en los días de la enfermedad, en las horas de decadencia y sufrimiento. Cruzó por la mente del padre esa idea que tantas debilidades inspira: la niña podía enfermar, hasta podía, ¡quién sabe!... No, ni pensarlo. Ante eso, ¿qué valía lo demás? Y parlamentó con el dueño del establecimiento. En voz baja, en el rincón del escritorio, propuso la compra. Hubo resistencia, y se subieron a la parra, asombrados de tan extravagante petición. No se vendían; no estaban allí para eso...

—Pagaré lo que usted quiera... Y, además, le quedaré agradecido.

¡Saqueo escandaloso! ¡Bellaco embuste! Mil duros cada muñeco y, aun así, aseguraba el dueño que perdía. Los figurones le habían costado mucho más... ¡Como que los había modelado Benlliure! «¿Lo oye usted, don Mariano?» Y lo afirmaba intrépido, seguro de que los muñecos no lo desmentirían.

Loca de gozo, Niní vio que trasladaban a su automóvil a los Reyes. No se hartaba de mirarlos, de besarlos, de pasar las manecitas por los suntuosos ropajes, recamados de pedrería. Los temores del padre renacieron: también aquella excitación podía ser peligrosa.

La noche de aquel día, Niní tardó en coger el sueño. Daba vueltas y vueltas en su camita. A las graves campanadas de las doce, le pareció que los Reyes adquirían movimiento, que andaban, que se acercaban, en un círculo de claridad, afectuosos, solemnes. Y el más viejo, inclinándose a su oído, murmuró:

—¿Sabes lo que te traemos? Te traemos una mamá nueva...

La niña, temblando, metió la cabeza debajo de la sábana y con hipo acongojado se la oyó sollozar:

—¡No, eso no! ¡Mamá nueva, no!

Nochebuena del jugador

El vicio del juego me dominaba. Cuando digo «el vicio del juego», debo advertir que yo no lo creía tal vicio, ni menos entendía que la ley pudiese reprimirlo sin atentar al indiscutible derecho que tiene el hombre de perder su hacienda lo mismo que de ganarla. «De la propiedad es lícito usar y abusar», repetía yo desdeñosamente, burlándome de los consejos de algún amigo timorato.

No obstante mi desprecio hacia el sentimiento general, procuraba por todos los medios que en mi casa se ignorase mi inclinación violenta. Habíame casado, loco de amor, con una preciosa señorita llamada Ventura; estrechaba más nuestra unión la dulce prenda de un niño que aún ni sabía, si yo le llamaba, venir solo a mis brazos; y por evitar a mi esposa miedo y angustia, escondía como un crimen mis aficiones, sorteando las horas para satisfacerlas. Precauciones idénticas a las que adoptaría si diese a mi mujer una rival, adoptaba para concurrir al Casino y otros centros donde se arriesgan, al volver de un naipe, puñados de oro; e inventando toda clase de pretextos —negocios bursátiles, conferencias con amigos políticos, enfermos que velar, invitaciones que admitir— cohonestaba mis ausencias y explicaba de algún modo mi agitación, mi palidez, mis insomnios, mis alegrías súbitas, mis abatimientos, la alteración de mi sistema nervioso, quebrantado por la más fuerte y honda tal vez de las emociones humanas.

Hacía tiempo que no poseía sino lo que el juego me granjeaba. Dueño de un mediano caudal, había ido enajenando mis fincas para cubrir pérdidas. Vino después una larga temporada de prosperidad, pero invertí las ganancias en valores fáciles de negociar, que ya mermaban recientes descalabros. Nada de esto notaba mi Ventura, porque, a semejanza de casi todas las mujeres, recibía de manos de su esposo el dinero sin preguntar su origen. Segura de mi cariño, pasiva y feliz en su hogar, ni se le ocurría, ni quizá deseaba, conocer el estado de nuestros intereses. En las ocasiones felices, yo le traía ricas alhajas y le compraba lindos trajes; en los momentos de estrechez, una indicación mía bastaba para que ella redujese el gasto y aplazase los pagos, con instintiva complicidad. Pero si mi esposa no me causaba inquietud y el desorientarla me parecía facilísimo, otra persona de la familia me inspiraba indefinible recelo.

Era esta persona el hermano mayor de Ventura, mi cuñado Bernardo, hombre de entendimiento vivo y sagaz, de fogosa condición, a quien penas ignoradas, quizá dolorosos desengaños, impulsaron a abrazar el estado eclesiástico. Bernardo ejercía su ministerio con un celo abrasador, con sed de sacrificio que le consumía, demacrando su cuerpo y encendiendo en sus azules ojos perpetua llama. Los tales ojos, al fijarse en mí, mostraban vislumbres de desconfianza y severidad. Indudablemente, el santo altruista, consagrado a hacer el bien, olfateaba en mí la egoísta y desenfrenada pasión que teñía de un círculo de oscuro livor mis párpados y hacía temblar febrilmente mi mano cuando estrechaba la suya. Una desazón, un desasosiego parecido al del que con ropa sucia arrostra la luz del sol en su paseo concurrido, me asaltaban al encontrarme frente a frente con Bernardo. Éste, que vivía fuera de Madrid, absorbido siempre por empresas de beneficencia, fundaciones de asilos y asociaciones caritativas, sólo venía a vernos dos veces al año: en Pascua de Resurrección y en Navidades.

Acercábase precisamente esta solemne época del año cuando la suerte, que ya se me había torcido, comenzó a mostrarse airada contra mí. Soplaba la racha negra, y soplaba tan inclemente y dura, que me arrebataba mis esperanzas todas. Fallaban mis más laboriosas martingalas; se malograban mis golpes de habilidad, mis corazonadas se desmentían, y naipe que yo tocase era naipe funesto. Encarnizado en el desquite, me precipitaba con cierta cólera, obstinándome en despeñarme, agotando mis recursos, desafiando al porvenir. La intuición de que se me venía encima la catástrofe redoblaba mi desesperada energía. Debiendo ya sobre mi palabra crecida suma, busqué un prestamista —el más usurero, el más infame— y, sin vacilar, como quien cierra los ojos y se arroja a una sima, me abandoné a sus uñas, firmando cuanto quiso, comprometiendo mi honor a cambio de la inmediata posesión de la cantidad que necesitaba para saldar mi deuda en el Casino y tentar el golpe supremo. Estaba determinado a que no luciese para mí el día de confesarle a Ventura que nos aguardaba la miseria y la afrenta además. Cierto que a veces se me ocurría decirle: «Figúrate que yo era un negociante; he quebrado; es preciso resignarse y trabajar». Pero inmediatamente comprendía la imposibilidad, el absurdo de calificar de «quiebra» los resultados de mi desorden. Si caía a los pies de mi mujer revelando la verdad, tendría que implorar perdón, como cumple al que faltó a sus deberes. Antes morir, y morir me parecía la solución única del pavoroso conflicto. En aquellos instantes veía tan claro como la luz que la muerte era precisa y natural consecuencia de mi modo de entender la vida; y el derecho de jugar, hermano del de suicidarse: ambos se reducían a uno solo: «Usar y abusar...». Y morir de miedo.

Con estos pensamientos volví a mi casa la tarde del día 24 de diciembre, llevando en el bolsillo la cantidad obtenida del usurero. No bien entré en la antesala, sentí que me abrazaban a un tiempo por el cuello y por la piernas. El primer abrazo era el de la mujer amante, que unía su rostro al mío con arrebato mimoso; el segundo... ¿Quién puede abrazar por más abajo de la rodilla sino el nene, el muñeco que se ensaya en romper a andar y aún necesita agarrarse a algo para no caer de bruces?

Sentí que el corazón se me hendía: sentí que me acudían lágrimas a los ojos; y, apartándome bruscamente por disimulo, exclamé:

—¿Qué pasa? ¿A qué viene esto?

—Ha llegado Bernardo —respondió Ventura, sorprendida de mi sequedad.

—Tío Nado —repitió mi pequeño, que acompañó esta gracia con una risa estrepitosa.

—Pues toma —dije, entregando a mi mujer un puñado de billetes—: prepara una cena; pero una cena de verdad, como me gustan.... Y ahora déjame, hijito, déjame un poco; quiero reposar, me duele la cabeza, y de aquí a la noche espero mejorarme para charlar con Bemardo.

Ventura obedeció y yo me encerré a escribir una especie de testamento y despedida. Mis dientes castañeteaban; concluí la tarea, registré mis pistolas, las cargué, me eché sobre el sofá y fumé nerviosamente, cigarro tras cigarro, hasta que Ventura, solícita, vino a avisarme para cenar. Era temprano, porque el niño no podía faltar a la mesa en noche semejante y su madre evitaba tenerle despierto hasta las mil. Nos dirigimos al comedor, iluminado por bujías rosa, alegrado por la blancura de los manteles y el destellar del cristal y de la plata.

La sopa de almendra humeaba suavemente y trascendía a gloria; las frutas raras se apiñaban en el centro de la mesa, reflejado por una luna de espejo circundada de rosas tardías; en las copas reía ya el Sauterne amarillo y mi mujer, engalanada, compuesta, sonriente, con el rizado pelo algo fosco y las mejillas rubicundas, se acercó a mí y murmuró, acariciándome con la voz:

—¿No saludas al forastero? Ahí le tienes.

Abracé a Bernardo y empezó la cena, animada al principio por las genialidades del nene y las coqueterías de Ventura, empeñada en que alabase su tocado y tan resuelta a conquistarme que

hasta apoyó sobre mi pie el suyo chiquitín. Sin embargo, languideció la conversación bien pronto; no era difícil notar que Bernardo y yo estábamos pensativos. A las preguntas inquietas de mi esposa respondía alegando cansancio y jaqueca; pero Bernardo, el de las chispeantes pupilas azules, declaró categóricamente:

—Tu marido tendrá lo que guste, y no querrá enterarnos de por qué parece un reo a quien le acaban de leer la sentencia ahora mismo; pero lo que es yo... estoy así... porque me da vergüenza cenar tan bien, con salmón, y ostras, y langostinos, y vinos añejos, y no poder ofrecer a algunas familias pobres, ya no estos festines de Lúculo, al menos el pan del año, el fuego del hogar y ropa con que abrigarse las carnes. El apóstol enseñaba que los cristianos no deben encerrarse para comer manjares suculentos. Nosotros nos saciamos de cosas ricas y vamos a brindar con champaña..., que ya lo conozco de otras veces..., ¡Clicquot!, mientras los pobres... No puedo evitar esto, ni vosotros podéis; pero allá dentro hay un rincón de mi alma que llora. ¡Como ha de ser! ¡No acierto a remediarlo!

Decir esto el sacerdote y cruzar por mi imaginación el chispazo de una idea fue todo uno; ni dio tiempo a la reflexión, ni a que yo calculase el efecto que en Bernardo iban a producir mis palabras. Me levanté, llené una copa del champaña, que frío como nieve ya lucía en la jarra de cristal tallado, y la tendí a Bernardo, exclamando de un modo significativo:

—¡Pues brinda..., o reza!, para que se logre un plan que tengo yo... Si se logra, asegurarás el pan a algunas familias.

Bernardo echó mano a su copa y, antes de alzarla, fijó en mí las fascinadoras pupilas. A mi parecer, me registraba el cerebro, me veía la conciencia y me leía como se lee un abierto libro.

De pronto, con súbita decisión, tendió la copa, la acercó a la mía, las chocó y pronunció majestuosamente:

—Brindo ahora... Rezaré después. Deseo que se logre tu plan...; pero una vez sola, ¿entiendes? Una sola.

Consideré sellado el pacto. En mi superstición de jugador lo había ensayado todo, gitanas y médiums, amuletos y pueriles conjuros... Todo, excepto el interesar a Dios por el cebo de la caridad, partiendo mis ganancias con el Árbitro supremo, cuya previsión sirve al ciego azar de invisible lazarillo. ¡Poner al *Cielo* de mi parte! Sí, porque el Cielo tampoco podía «querer» que yo ejecutase la resolución postrera y definitiva, la única que cortaba el nudo infernal de mi destino...

Así que terminó la cena, me levanté, alegué una excusa, dejé a Ventura malhumorada y a Bernardo meditabundo, y salí desalado, a jugar, no ya el dinero, sino la honra y la existencia, la existencia que en aquel momento me parecía tan seductora, tan digna de ser vivida, entre los halagos de una mujer enamorada y la luminosa sonrisa de un querubín que me pedía protección y ayuda para andar cogiéndose a mis piernas...

Por las calles se oía el tumulto del gentío, repique alegre de panderetas, rasgueos de guitarra; en las casas, la luz se filtraba delatando la reunión de los que se quieren en íntima fiesta; y yo pensaba, mientras el coche que había tomado a mi puerta iba rodando hacia el Casino: «Si marro, ésta es mi Nochebuena última».

¿Sabéis lo que se llama una suerte desatinada, increíble, loca? Pues así la tuve yo desde el primer instante. Sobraban horas para jugar y estaban allí los puntos fuertes, los de repleta cartera y crédito firme. Sin tregua los arrollé; no recuerdo vena igual; parecía cual si viese al trasluz las cartas que iban a salir, o como si un poder invisible me dictase la apuesta. Como si Dios se esmerase en cumplir el pacto, mi vena aumentó desde que sonó la medianoche.

Al regresar a mi domicilio, entré en el cuarto de Bernardo. El cura estaba despierto; me esperaba sin duda.

—Acuéstate —le dije—, y duerme bien, que mañana tendrás con qué dar a esas familias pobres el pan del año.

Vi en el expresivo rostro del sacerdote indicios de perplejidad y zozobra. Comprendía perfectamente el origen del dinero que yo venía a ofrecerle en cumplimiento del trato, y su conciencia batallaba con su pasión de hacer bien, de consolar penas, de enjugar lágrimas. Débil, por fin, vencido del deseo, sacudido por una trepidación interior que le enronqueció la voz, siempre sonora, me cogió las manos entre las suyas y murmuró:

—Acepto... Venga... Sólo que ¡acuérdate!... La condición...

—Hoy ha sido la última vez: palabra de honor —respondí adelantándome a su ruego.

No sé si me creeréis, pero no he jugado más desde aquella Nochebuena. Al principio se me crispaban los dedos y la cabeza se me desvanecía con el ansia de volver a probar las amargas delicias del juego; después, poco a poco, vino la calma; el olvido, ¡nunca! Negocié, labré una fortuna y aprendí que puedo usar de ella, pero no abusar. Sé que soy depositario. El dueño está arriba.

COLETTE

Sidonie Gabrielle «Colette» nació en 1873 en el pueblecito francés de Saint Sauveur en Puisaye. Aprendió a leer a la edad de tres años, y en el colegio se rebeló como una jovencita díscola y brillante. Tenía sólo diecisiete años cuando conoció al periodista, escritor y crítico Henry Gauthier Willars, *Willy.* Era un hombre de mundo, que contaba con una dilatada experiencia y pronto rindió a Sidonie. Se casaron en 1893 y el marido no tardó en advertir en su joven esposa un notable talento literario que se propuso sacar a la luz... en provecho propio. Porque durante mucho tiempo Colette escribió textos que se editaron con la firma del marido y, finalmente, con el nombre de los dos. El matrimonio de Willy y Colette fue un infierno. Él era compulsivamente infiel. Ella llegó a acariciar la idea del suicidio. Sidonie navegó en aguas turbulentas durante varios años, hasta que ella y Willy decidieron tomar caminos distintos.

Empezaría ahí una nueva etapa para Colette. Empezó a ser ella misma y escandalizó a todo París cuando apareció en el escenario del celebré Moulin Rouge para interpretar una escena teatral de inspiración lésbica junto a la mujer que era su amante. Tras siete años de matrimonio se sentía por fin libre de ataduras para vivir y para crear. Viajó por Europa, conoció otros lugares, se enamoró de nuevo y trabó amistad con escritores e intelectuales.

Colette publicó en vida medio centenar de obras. Entre sus títulos más populares están los distintos volúmenes de la serie *Claudine* y novelas como *Gigi, La ingenua libertina* y *La gata.*

Murió a los ochenta y un años en París, el 2 de agosto de 1954, y sus restos fueron enterrados en el cementerio de Pere Lachaise, donde reposan también Balzac, Oscar Wilde y Molière.

El 2 de diciembre de 1910, cuando Colette acababa de divorciarse de su marido, el ambicioso Willy, el diario parisino *Le Matin* comenzó a publicar las crónicas firmadas por esta singular escritora, que aparecieron primero bajo el título de *Contes des mille et un matins.* Más adelante se les añadió la aclaración «*Journal de Colette*». En 1918, tras el final de la Primera Guerra Mundial, Colette reunió sus colaboraciones en *Le Matin* en un volumen titulado *Dans le Foulet.* Tuvieron que pasar casi sesenta años para que los lectores españoles pudieran disfrutar con esas páginas hoy inencontrables, pues el libro (que se publicó con el título de *Cuentos de las mil y una mañanas)* no ha vuelto a editarse desde 1974. De entre todos los textos que lo componen, hemos elegido aquí cuatro artículos que Colette escribió precisamente acerca de distintos motivos navideños.

¿Hay que decirlo?

Le Matin, 25 de diciembre de 1913

—¿Le dirá usted a su hija que el buen Papá Noel y el pequeño Jesús bajan por la chimenea? ¿Hay que decirlo, o no hay que decirlo? ¡No había pensado en ello! Sí... No...

—Veamos; cuando usted era pequeña, cuando tenía la edad de poner los zapatos en la chimenea...

Pero la niña de pueblo que deja, indiferente, que las paredes de su iglesia se desmoronen, sólo celebra el Año Nuevo y no ha conocido los zuecos de Navidad.

—Sin embargo, es una cosa deliciosa y conmovedora de nuestros pequeños: esa acepción tranquila del milagro, la espera del don divino, y esa intimidad, de tú a tú, con que tratan al Niño Jesús, a san Nicolás, a la Virgen...

Bueno, bueno, hay que dejarlos, hay que prepararles un pequeño rincón de maravillas en su mundo. Ya tendrá tiempo su hija de no creer en nada. Y usted, de desengañarla.

Desengañarla... Sí; mas, para ello, es preciso que la tenga engañada hasta entonces, ¿no? Creerá en el buen Papá Noel, o bien fingirá que cree, y su ficción, si la descubro, será humillante para mí. Y si cree de veras, me imagino con inquietud el día en que haya de apagar, con una palabra, la aurora boreal que nimba al Niño Jesús en diciembre, y borrar sus divinas pisadas sobre la nieve, y fundir la escarcha centelleante que pone rígida la barba del buen Papá Noel...

No; no se lo diré. Pues debe de ser terrible encontrarse delante de una criaturita severa que pregunta: «¿Por qué me has mentido?».

RÉVEILLONS

Le Matin, 28 de diciembre de 1911

Deben de ser las cuatro, las cuatro y media... No lo sé; lo digo a juzgar por las flores de las mesas y por las mujeres... Las flores están medio muertas, sin olor, blandas y tibias al tacto. Las mujeres, muy vivas, no se afearán hasta que se haga de día: un buen «fondo de pintura» asegura a casi todas, para la noche entera, ese color de rosa luminoso, un poco febril, de ciertas hortensias. Algunas han bebido, y palidecen; otras, demasiado acaloradas, tienen roja la punta de la nariz en medio de su cara empolvada...

El ruido es irresistible. Yo me defiendo maquinalmente contra él apretando las mandíbulas y cerrando los ojos. No se concibe un «alegre réveillon» sin carracas, tambores, trompetas, silbatos y sirenas... Sí; supongo que serán las cuatro y media, pues las pecheras de los hombres están muy arrugadas... Ya nadie come; todavía se bebe un poco, a juzgar por los gritos. Pero sería imposible encontrar, entre las doscientas comensales del largo y atestado salón, una mujer auténticamente borracha. Mirándolo bien, descubriría tal vez una ligera embriaguez tranquila, repleta, que no exige nada a nadie.

El aire está azul a causa del humo y del polvo; hay que mitigar la sequedad de la boca: muchas mujeres tosen sin darse cuenta... Allá abajo, al fondo del salón, un remolino de plumas, de aves del paraíso, de lentejuelas, revela un pequeño alboroto, cuyos gritos y risas no se distinguen del estruendo general... Soporto los clamores, las carracas y la música con una sensación casi agradable de fatiga e impotencia, como en la orilla del mar un día de fuerte viento. Un trompetazo junto al oído, el cosquilleo de una serpentina, me arrancan una mueca defensiva, o bien me despierto y chillo, contagiada, con los otros.

Debe de ser muy tarde... Los hombres permanecen bastante tranquilos, sin duda porque las mujeres están excitadas. Veo algunos que patean, de pie, entre las apretadas mesas. Otros, sentados, mueven la cabeza y los hombros, como animales amarrados. La mayoría se sienten un poco incómodos en sus ajustados trajes, e imitan con los codos, para refrescarse, un torpe batir de alas...

Cerca de mí, una joven diablesa rubia, infatigable, improvisa danzas de brazos, torso y caderas. A pesar de su túnica rasgada, que permite ver en los huecos de su espalda un poco de piel y de lencería fina, no resulta descarada, porque sonríe con aire absorto y parece obedecer a una música interior. Por fin se sienta, empapada en sudor, y su tornasolado vestido huele a seda mojada. Sus amigos aplauden; ella tuerce los frescos labios y ríe del mismo modo en que ha bailado: para sí misma, para ella sola, con un aire avisado y misterioso que la aísla de nosotros.

Pero he ahí una gruesa mamá que se siente dichosa... Pasó para ella el tiempo de la hermosura: ha mandado al diablo los corsés de moda, y su turbante a lo Madame de Staél le va como anillo a la nariz... ¡Hay que ver cómo se enjuga la cara con la servilleta...!

Para hacer sitio en medio del salón a los que bailan, nos empujan un poco más hacia las ventanas, y las comensales, ahora de pie, se toman confianza con los hombres, a la manera de las salvajes, presentándoles la nuca y la espalda desnudas; tienen una ma-

nera bárbara de incitar al desconocido, de apoyarse en la pared en espera del cumplido, o del insulto...

También de pie, aprisionada entre la masa y la ventana, apuro yo a pequeños sorbos el resto tibio de mi champaña. De vez en cuando, aprieto contra mi ardorosa mejilla un puñado de flores caídas sobre el mantel, entre las cenizas de los cigarros, que huelen a tabaco apagado. Alguien se agita allá abajo, en el pequeño circo central; veo saltar, por encima de los penachos y de los sombreros de papel, a una joven cabeza de bailarín, de cabellos lisos y mejillas teñidas de rosa.

Me parece que no tendré valor para marcharme. Me parece que nada sirve para humedecer mi seca garganta. Me ahogo... A tientas, busco bajo la cortina el pestillo de la ventana: una ráfaga vertical de aire fresco, húmedo, surge como una llama que trae el olor de la noche, de la fronda, de los abetos mojados: un jardín dormita allí, bajo la lluvia. Pegando mi frente al negro cristal, distingo laureles relucientes, pinos plateados y, más lejos, el oscuro balanceo de un bosquecillo desnudo.

¡Cuán familiar me resulta, de pronto, esta imagen nocturna! ¿Serán el vino y la fatiga los que inventan, para mí, a derecha e izquierda de ese jardín casi invisible, la terraza inclinada y la bamboleante gradería? Igual que ahora, apoyada la frente en los cristales, trataba antaño de sorprender, durante la Nochebuena, un jardín dormido bajo la nieve azulada, o bajo la lluvia, o todo blanco de hielo bajo las estrellas.

No me muevo, por temor de que se desvanezca detrás de mí el espejismo provinciano que surge de mi pasado: un salón marchito, donde el reloj de mármol blanco señala la medianoche, entre dos ramos de acebos. En la mesa grande han apartado simplemente un poco los libros de cantos dorados, el juego del chaquete y la caja de dominó, para colocar el pastel regado con ron y la botella de viejo y descolorido moscatel.

También está el té de China, que esta noche me permiten beber y que me mantiene despierta y hace que mi corazón lata deprisa hasta que despunta el día. Y está también la gata de tres colores, atareada, lanzando glotones maullidos y a la que llama la dulce voz de mi madre con un prolongado grito musical:

—*¡Mînne!*

Y hay en el suelo uno, dos, tres galgos corredores tumbados, casi confundidos con las alfombras. Por todas partes reina el cálido desorden de un hogar feliz, entregado a los niños y a los animales cariñosos.

Si me vuelvo, ¿veré de nuevo —en un instante, en un parpadeo de mis pestañas humedecidas—, veré de nuevo todo esto...? Una mano toca mi hombro; pero no quiero volverme... Y nada importa que alguien grite, entre risas, a mi oído:

—¿A quién se le ocurre abrir esa ventana?, ¿quieres pillar una pulmonía? ¡Ven, la gente se está largando!

... Palabras inútiles, porque oigo igualmente, como antaño, la joven voz de mi madre:

—¡Cariño mío...! ¡Mi sol...! ¡Mi encanto! Es tarde; vete a dormir enseguida.

Los zuecos

Le Matin, 28 de diciembre de 1911

No conocí en mi infancia los zuecos de Nochebuena. Hoy me causa un poco de pesar, pero en aquellos tiempos la cosa me tenía sin cuidado. Soy hija de un país muy «mal pensado», cuyos chiquillos, descreídos, le habrían dicho al Niño Jesús en persona si le hubiesen visto bajar, blanco y luminoso, por la chimenea:

—¡Ya verás la zurra que va a darte tu madre por salir sin más ropa que una camisola!

En Nochebuena, yo me quitaba los zuecos empapados de nieve, los llevaba, como las otras noches, a la cocina, y los colocaba sobre el hornillo tibio, donde se secaban hasta la mañana. Ahora, que estoy envejeciendo, siento una añoranza tardía, fuera de tiempo —flor romántica, ramillete sentimental y pasado de moda—, la añoranza de una fe que siempre me faltó...

No; no conocí los zuecos de Nochebuena. Por la mañana, transcurrida la noche milagrosa, me calzaba de nuevo los zuecos de nariz puntiaguda sobre los calcetines de lana, sin mirar si conservaban la huella dorada, la escarcha diamantina de un roce divino... Tenían aquella mañana el morro negro y lustroso, la nariz respingona de siempre... Como siempre, repicaban con mi paso vivo y autoritario, trotando en la nieve y resbalando sobre la pista de hielo a lo largo del muro de la escuela... Desde lejos anunciaban mi llegada, cuando volvía a casa al mediodía, saltando sobre las losas desiguales, sobre los cantos que hacen tan peligrosas las callejas de mi pequeña ciudad... Volvía amoratada de frío, jadeante después de mis peleas y de rodar por la nieve blanda, ladeada la capucha, rojas las manos bajo los guantes de lana.

—¡Colette, los zuecos!

La voz de mi madre me llamaba al orden en cuanto franqueaba el umbral del comedor. Dócil, entraba yo descalza, y, hasta el momento en que el atractivo de la nieve y la locura del juego me arrastraban de nuevo, los zuecos me esperaban en el pasillo, emparejados, puntiagudos, con el aire paciente de dos ratas negras atisbando con los hocicos juntos.

¡Cuántas veces me esperaron, zumbones, cómplices, hasta el momento del recreo prohibido...!

A las cinco, en diciembre y bajo un cielo casi negro, la nieve es azul. Detrás de la ventana, oculta por el visillo de muselina, yo observaba la calle. Sabía que en una plazuela apartada se reunía un grupo frenético de muchachas alocadas que se escapaban todas las tardes por el placer intenso de rodar por la nieve, de luchar sobre ella, de enterrarse en ella, para volver a casa a eso de las seis, mojadas, disimulando, expuestas a la zurra o al bofetón. Un diablillo nocturno me tiraba de la manga y yo no tardaba en seguirlo, llevando mis zuecos en la mano... Fuera, mis ojos, habituados a la noche, distinguían otras sombras infantiles, también con los zuecos en la mano, ligeras, demoníacas como jóvenes gatas de aquelarre, embriagadas por el cierzo y la nieve voladora.

Crepúsculos de invierno, lámpara roja en la noche, viento áspero que se levanta después de ponerse el sol: jardín adivinado en el aire negro, encogido, asfixiado por la nieve; abetos abrumados que, cada hora, sacudíais en aludes la carga de vuestras ramas;

aleteos de gorriones asustados, y sus juegos inquietos, y su manera de posarse sobre un polvo de cristal irisado como la bruma de un surtidor... ¡Que esta ensoñación navideña me devuelva el recuerdo de aquellos inviernos, de todas las Nochebuenas de mi infancia! ¡Que mis recuerdos, como blandos y silenciosos pétalos que caen, llenen uno a uno esa zapatilla estrecha, caída de mi pie desnudo, ante un fuego desgreñado en el que resucita y se consume la imagen de una criatura fresca y sana, de negro delantal, enrojecida de frío, tostada por el sol, de pies impacientes en sus zuecos de fresno ennegrecido, y que no conoció los zuecos de Nochebuena ...!

PRIMERO DE AÑO

Le Matin, 1 de enero de 1914

—¡*Madame,* un paquete!

La amiga en cuya casa estoy tomando el té deja su taza, palmotea y se levanta de un salto:

—¡Qué bien! ¡Otro paquete!

Corta las cuerdecitas, emplea un cortapapeles a guisa de tijeras para abrir la frágil cajita, desata unas cintas, aparta unas virutas de embalaje y descubre, al fin, un florero irisado.

—¡Mira! —exclama fríamente—. ¡Es un florero!

—¡Un florero muy lindo!

—Sí, muy lindo. María, pon esto sobre la consola... No, en mi habitación... En fin, en alguna parte, ¡donde tú quieras!

Vuelve a sentarse, coge su taza y hablamos. Pero casi no me escucha, porque tiene el oído atento a las llamadas de la campanilla.

Entre Navidad y primero de año, continuamente espera el otro paquete, el que no ha llegado aún y sobre el que se lanza cada vez con entusiasmo, porque es cada vez más bello, más cerrado, más protegido con cintas y envoltorios y triple cartón.

Yo creo que el gozo de las mujeres, cuando se acerca el primero de enero, se parece menos al del niño mimado que a la esperanza inquieta del prospector. Su corazón palpita ante la joya cerrada, la golosina o la chuchería misteriosa; pero esto se debe, sobre todo, al obstáculo. ¿Qué «sorpresa» podría asombrarlas? ¿Qué regalo puede superar su esperanza? Una orgullosa y mísera jovencita de París vio cerrarse un día alrededor de su lindo cuello, bajo la rala piel de conejo que le servía de *renard,* un hilo de perlas finas y supo replicar a las envidiosas camaradas que decían: «¡No sale de su asombro!».

—Es verdad..., ¡de no haberlo tenido antes!

Una réplica así revela, más que ambición, una familiaridad bohemia con la riqueza, con todas las potencias del mundo, y puedo imaginarme bien a la pobrecilla arrojando su collar al Sena, sólo para dejar pasmado al donante. Mañana, cuando el último mozo de uniforme azul haya recibido su postrera propina, mi amiga empezará a escoger entre sus presentes, y será una elección bastante secreta, en la que el esnobismo no contará para nada. Y tal vez elegirá precisamente, desafiando la bella copa de jade, esa sencilla burbuja de cristal en la que gira el arco de colores... Si le pregunto, no me dirá la razón; tal vez no querrá hacerlo, o quizá no podría, aunque quisiera. Reirá con aire un poco infantil, excusándose vagamente: «Pues, no sé... Me gusta... Me recuerda cosas pasadas, de cuando era pequeña ...».

No insistiré; soltaré un risita no menos tonta que la suya, pensando en la fuerza incomprensible de cierta tradiciones, de ciertos recuerdos infantiles. Recordaré una edad en que la sensación sutil carece de palabras, se asusta de su agudeza, se oculta. Jamás olvidaré la desilusión de mis padres cuando les pedí como regalo —tendría yo entonces ocho años— un viejo y pequeño volumen titulado *Los doce Césares,* un frasquito de mercurio y una manta de viaje atada con correas. ¿Cómo podía hacer comprender a unas personas sencillas y maduras que *Los doce Césares* no era un libro

aburrido, sino un pebetero cuyas picadas páginas olían a papel viejo, un poco a manzana, un poco a la madera de tuya del armario de puertas con cristales? El mercurio, frío y vivo en el hueco de la mano, como una menuda serpiente, era para tocarlo, para verlo desmenuzarse en mil bolitas grises cuando lo aplastaba con la punta del dedo. Y la manta de viaje, si me la hubiesen regalado, no se habría separado nunca de sus correas, pues era su doble cinturón de cuero lo único que significaba, para una niña que nunca había salido de su pueblo, viajes, aventuras, peligros y todos los países que están al otro lado del mundo.

No quisiera, efectivamente, que mi amiga se enterase de que ayer caí en la tentación de comprar, en honor de esas «cosas pasadas», y porque era la víspera del 1 de enero, una libra de golosinas baratas y media docena de canicas de cristal enormes, cuyo vidrio vulgar encierra una especie de confite verde y rosa con el que ya no me atrevo a jugar...

Francis Scott Fitzgerald

Francis Scott Fitzgerald nació en 1896 en la localidad estadounidense de Saint Paul, Minessotta. Su abuelo, un rico caballero sureño, financió su educación en la escuela secundaria, y luego en la Universidad de Princeton, donde el joven Francis demostró que la literatura le interesaba bastante más que los estudios superiores. Tenía veinte años cuando dejó la Universidad para ingresar en el ejército. Fue en ese período cuando empezó a escribir su primera novela, publicada en 1920 con el título *A este lado del paraíso,* que contó con la aprobación del público y de los críticos, que saludaron la llegada de una nueva voz a la narrativa americana.

A los veinticuatro años, Scott Fitzgerald se casó con Zelda Sayre, una bella muchacha de la alta sociedad americana. Los Fitzgerald pasaron largas temporadas en Europa, donde frecuentaron la compañía de quienes serían, junto al propio Francis Scott, representantes de la llamada «Generación Perdida»: Ernest Hemingway y John dos Passos.

En 1922 Scott Fitzgerald consiguió un nuevo éxito con su novela *Hermosos y malditos.* Pero el triunfo definitivo llegaría en 1925 con la publicación de *El Gran Gatsby.* A partir de entonces, Fitzgerald continuó su carrera y en 1934 publicó *Suave es la noche.* Los problemas económicos del autor estimularon sus colaboraciones en revistas de todo tipo, y también su carrera como guionista de cine en Hollywood. Precisamente de la simbiosis de una y otra actividad nació el personaje de Pat Hobby, un guionista de cine de desigual fortuna cuyas aventuras se publicaron por entregas en *Esquire* y que aparecieron finalmente reunidas en un libro titulado *Las aventuras de Pat Hobby,* al que pertenece el relato que reproducimos a continuación: «El deseo de Navidad de Pat Hobby».

En octubre de 1939, Scott Fitzgerald envió este cuento a la revista con una nota en la que, de muy malas maneras, exigía la cifra de 150 dólares en pago a su trabajo. Era una cantidad excesiva, incluso para un autor reputado como él, pero su situación económica era desesperada y muy probablemente necesitaba ese dinero de forma acuciante. Hubiese podido explicarlo y negociar un anticipo, pero siguiendo su modo habitual de hacer las cosas prefirió arreglar el asunto por las malas. Aquello estuvo a punto de quebrar definitivamente la relación entre el autor y los responsables de la publicación, que consideraban abusiva esa cantidad por un solo relato y así se lo comunicaron. Fitzgerald contestó con una carta larguísima. Esta vez, las líneas del escritor y el conocimiento de su desesperada situación personal tocaron la fibra sensible del poderoso Gringrich, que escribió a Francis Scott poniéndole de manifiesto su afecto por él y el aprecio que le merecía su trabajo. Fue el fin de las hostilidades.

Francis Scott Fitzgerald murió prematuramente en 1940. Un año después apareció su novela *El último magnate,* que contribuyó a afianzar a Scott Fitzgerald como una de las grandes figuras de la narrativa del siglo XX.

El deseo de Navidad de Pat Hobby

I

Eran las vísperas de Navidad en los estudios. Hacia las once de la mañana, Santa Claus había llegado trayendo regalos para toda aquella población agitada. A cada cual con arreglo a sus gustos y deseos.

Suntuosos presentes de los productores para las estrellas; de los agentes a los productores. Innumerables cajas y paquetes llegados a las oficinas y bungalows. Por todas partes uno podía oír, enterarse, de la generosidad de los actores hacia los directores, o de los regalos que los directores habían distribuido entre sus actores. El champagne había fluido, como un río, desde las oficinas de publicidad hacia las redacciones de la prensa. Aparte de todo esto, aguinaldos de cinco, diez o cincuenta dólares habían caído, como maná, entre las clases de cuello blanco y corbata.

En esta especie de transacción existían, sin embargo, algunas excepciones. Pat Hobby, por ejemplo —que conocía aquel bonito juego desde hacía veinte años—, había tenido la feliz idea de librarse de su secretaria el día anterior. Le iban a enviar una nueva en cualquier momento... Pero no podría esperar que le hiciesen un regalo el primer día.

A la espera de la empleada, salió al pasillo y dio una vuelta por el corredor, echando a hurtadillas un vistazo a los departamentos que estaban abiertos para tratar de descubrir algún indicio de vida. Por unos momentos se detuvo a charlar con Joe Hopper, del departamento de escenografía.

—Esto ya no es como antes —murmuró—; los viejos tiempos han pasado. Antes había una botella en cada mesa, ¿te acuerdas?

—Hay algunas botellas por ahí.

—Pero no muchas que digamos —suspiró Pat—. Y después de esto nos va a caer un trabajo extra, como si lo estuviera viendo.

—Sí, creo que están componiendo un guión con las sobras de todo lo podrido en las redacciones. ¡Es para partirse de risa!

—Yo me parto de risa con estas cosas, puedes creerme. Pero...

De pronto advirtió que una mujer entraba en su despacho con una carpeta en la mano. Se acordó de algo y se quejó amargamente:

—Este Gooddorf me va a hacer trabajar en día de fiesta. Lo estoy viendo.

—Pues yo no lo haría.

—Yo tampoco, pero mis cuatro semanas de vacaciones están programadas para el próximo viernes. Si me pongo tonto, me las pueden reventar.

Hopper sabía bien —viendo alejarse al hombre— que nada ni nadie sería capaz de «reventar» aquellas cuatro semanas. Estaba Pat contratado para trabajar en el *script* de una ópera al viejo estilo, y todos los muchachos que trabajaban en aquella producción murmuraban que aquello era un engendro maldito.

—Yo soy la señorita Kagle —dijo la nueva secretaria de Pat.

Tendría unos treinta y seis años y era guapa, gordita, con aire cansado, pero, al parecer, eficiente. La muchacha fue hacia la máquina de escribir, sin decir palabra, la examinó ligeramente y luego se sentó ante ella. Súbitamente, sin que nadie pudiera esperarlo, estalló en sollozos.

Pat se sobresaltó. La regla común allí era el propio control contra todos los vientos y sinsabores. ¿No era ya bastante malo aquello de tener que trabajar en vísperas de Navidad? Se fue hacia la puerta del despacho y la cerró... Si alguien pasaba por allí podría pensar que él la estaba insultando o abusando de ella de algún modo.

—Ánimo, ánimo señorita —le dijo—. ¡Que estamos en Navidad!

Ella se había serenado ya. Se irguió al tiempo que componía la figura y se enjugaba la mejilla y la nariz con un pañuelito.

—Las cosas no son tan malas como uno puede pensar en un principio —le dijo, aunque sin demasiado convencimiento interior, sólo para animarla—. ¿Qué es lo que le ocurre? ¿Es que la han despedido? —Ella movió la cabeza, negando. Dio un suspirito y abrió el bloc de notas—. Usted, ¿para quién trabajaba?

Ella contestó con los dientes apretados:

—Para Harry Gooddorf. —Pat abrió mucho los ojos, teñidos permanentemente de unas vetas sanguinolentas. Recordaba ahora haberla visto, efectivamente, en el antedespacho de Harry—. Desde 1921. Hace dieciocho años. Y ayer me mandó al departamento general. Dice que le causo «depresión». Pero no era así como hablaba, cayéndole la baba durante horas y horas, hace diez o doce años.

—Sí, sí, claro —comentó Pat—; en aquellos tiempos era un «castigador». Se las daba de hombre guapo.

—¡Bueno!, yo podía haberme aprovechado entonces. ¡Fui tonta y no lo hice!

Pat se sintió intrigado.

—¿Tal vez hubo compromiso incumplido…? —insinuó, y ella se encogió de hombros.

—Yo tenía algo más fuerte que eso. ¡Y aún lo tengo, no vaya a creer! Pero las cosas que pasan... Yo, tonta de mí, creí que estaba enamorada de ese hombre... —Se puso las manos en los ojos, como intentando concentrarse y serenarse definitivamente. Luego añadió—: Bien, ¿tiene algo que dictarme?

Pat se acordó de su trabajo, fue a la mesa y cogió el bloque de holandesas encuadernadas.

—Sí, una inserción —empezó—: Escena 114 A. —Pat empezó a dar paseos por el despacho—. Adición. Una toma prolongada de segundos planos —decretó—: Buck y los mexicanos aproximándose a la hacienda.

—¿Adónde?

—A la hacienda..., el rancho —se quedó mirándola por un instante con ojos de reproche—. Ahora, 114 B: dos tomas. Buck y Pedro. Buck dice: «¡Ese hijo de perra... Le comería las tripas!

La señorita Kagle levantó la vista, desconcertada.

—¿De veras quiere que ponga eso?

—¡Claro que sí!

—No creo que vaya bien...

—Soy yo quien escribe, señorita. Ya sé que es fuerte. Pero si ponemos otra cosa la escena pierde garra. Se queda sin fuerza...

—¿Y no tendrán que cambiar la expresión..., digo yo…, más tarde?

Volvió a mirarla con severidad. No le gustaba estar cambiando de secretaria todos los días.

—No se preocupe. El señor Harry Gooddorf no va a alterarse por esto.

—¿Es para el señor Gooddorf para quien trabaja? —preguntó la señorita Kagle con tono de alarma.

—Sí, hasta que me despida.

—¡Oh, yo no debía haber dicho nada...!

—No se preocupe —contestó, queriendo tranquilizarla—. No es amigo mío. Me paga cincuenta y tres a la semana cuando debería pagarme doscientos...

Volvió a los paseos. Repitió las dos inserciones, como recreándose en ellas. Y ahora parecía como si no se estuviera refiriendo a los personajes de la función, sino al propio señor Gooddorf. Repentinamente enmudeció, como absorto en extraños pensamientos.

—Dígame: ¿qué es lo que sabe usted de él? ¿Se portó mal con alguien? Es lo que suele hacer.

—Bueno, señor Hobby, yo siento haber hablado más de la cuenta…

—Llámeme Pat, por favor. ¿Cuál es su nombre de pila?

—Helen.

—¿Casada?

—Ahora no.

—Bien, escuche usted, Helen: ¿qué tal si cenamos juntos?

II

En vísperas de Navidad estaba aún intentando arrancarle a la muchacha su secreto. Tenían casi todo el estudio para ellos solos. Tan sólo unos cuantos técnicos andaban por allí, aunque no se hacían visibles. Habían intercambiado regalos de Navidad. Pat se gastó cinco dólares en chucherías y ella le había comprado una corbata blanca de seda. Y un pañuelo. Perfecto. Él se acordaba de los buenos tiempos, cuando recibía por docenas aquellos mismos obsequios.

El guión iba progresando a ritmo lento; pero la amistad entre ellos corría con velocidad supersónica. El secreto que ella guardaba era cosa que él valoraba en mucho. Aun a riesgo de equivocarse. Se decía, además, que muchas, muchísimas carreras se habían impulsado con resortes de aquella clase. Con secretos más o menos velados de los altos jerarcas. Alguien —estaba seguro de ello— los podría aprovechar. Y ya se relamía, perfilando el contenido de una imaginaria conversación con Harry Gooddorf...

—Mire lo que pasa, señor mío. Es esto: mi experiencia no está siendo aprovechada aquí en forma debida. Escriben los guiones unos indocumentados..., y las correcciones deberían hacerlas los redactores, no yo. Yo podría y debería hacer otras cosas...

—¿Por ejemplo?

—¡Otras cosas! —insistiría Pat con firmeza.

Estaba precisamente embebido en uno de estos sueños, cuando, inesperadamente, el señor Harry Gooddorf hizo su aparición.

—Felicidades, Pat —dijo con tono de jovialidad. Pero enseguida su sonrisa se apagó al ver allí a la señorita Helen—. ¡Hola, Helen! —dijo—. No sabía que usted y el señor Pat trabajaban juntos... Le envié mis recuerdos y mi felicitación al departamento de guiones...

—No debió hacer eso, señor...

Harry se volvió rápidamente hacia Pat.

—Me están atosigando los de arriba, muchacho —comentó—. ¡Tengo que entregar ese guión el jueves!

—Muy bien. Para eso estoy yo aquí —contestó Pat—. Estará listo para el jueves. ¿Le he fallado alguna vez?

—Muchas veces —dijo Harry—. ¡Sí, muchas veces...!

Parecía que iba a agregar algo más, cuando un botones entró con un sobre que alargó a la señorita Kagle. Harry, repentinamente, dio media vuelta y salió del despacho sin más comentarios.

—¡Mejor que se haya ido! —bufó la secretaria con los labios apretados, mientras desgarraba el sobre. ¡Aquí está...! Diez «pavos»..., una miseria de diez pavos, nada menos que de un ejecutivo. ¡Y esto, después de dieciocho años!

Pat creyó que era su momento. Sentado al otro lado de la mesa, empezó a esbozar a la muchacha las líneas principales de su plan.

—Esto va a ser muy fácil para nosotros... —le dijo—. Tú vas a ser, sin duda alguna (ya hacía tiempo que habían decidido tutearse), el jefe nato del departamento de guiones. Y yo, un productor asociado. ¡Ya lo verás! No vamos a estar mendigando toda la vida haciendo correcciones y arreglando las barbaridades de los niños bonitos y estirados. Nosotros..., si las cosas van bien, quiero decir..., ¡nosotros podríamos pensar incluso en casarnos!

Ella se quedó dudando por un largo tiempo. Al fin tomó una cuartilla nueva para ponerla en la máquina y Pat sintió que su castillo de naipes se le venía abajo. Pensó que todo su plan había fracasado..., pero ella dijo:

—Puedo escribirla casi de memoria... Es una carta que él mismo escribió el 3 de febrero de 1921. La firmó y me la dio para que la pusiera en el correo. Pero había cierta rubia en la que el hombre andaba muy interesado, y a mí me escamó aquel secreto.

Helen, mientras hablaba, estuvo tecleando en la máquina, y ahora la nota estaba terminada y se la alargaba a Pat:

> Willy Bronson.
> First National Studios.
> Personal.
>
> Querido Bill:
> Hemos matado a Taylor. Creo que deberíamos haberlo hecho antes. Pero ahora, por favor, mantén la boca cerrada. Tuyo, Harry.

Pat se quedó mudo por el asombro y miró fijamente a Helen.

—¿Te das cuenta? —preguntó Helen—. El uno de febrero de 1921, alguien asesinó a William Desmond Taylor, nuestro director. ¡Y nunca se supo quién lo hizo!

III

Durante dieciocho años ella había guardado la nota original, con sobre y todo. A Bronsan le había enviado tan sólo una copia, calcando al pie la firma de Harry Gooddorf.

—Escucha, cariño —dijo Pat entonces—: ya sabes que siempre pensé que eso era cosa de una mujer... Sí, fue una muchacha, sin duda, quien acabó con Taylor.

Distraído, abrió el cajón para sacar una botella de whisky. Luego añadió, como dando forma a un pensamiento íntimo:

—¿Está eso en lugar seguro?

—Apuesta lo que quieras a que lo está. Nadie podría adivinar dónde.

—Sólo nosotros lo sabemos...

Ante los ojos de Pat se desarrollaba una cinta multicolor en la que no faltaban los coches, las piscinas, los dólares y las mujeres bonitas.

Dobló la nota, se la metió en el bolsillo, echó un trago de whisky y enseguida alargó la mano hacia la percha para tomar su sombrero.

—¿Es que vas a verle ahora? —preguntó Helen alarmada—. ¡Espera un poco hasta que yo me aclare! No tengo ganas de morir yo también asesinada.

—No te preocupes. Nos encontraremos dentro de una hora en The Muncherie, ¿de acuerdo?

Mientras se dirigía al despacho de Gooddorf, tomó la decisión firme de no mencionar hechos ni nombres dentro de los muros del estudio. En tiempos mejores, cuando estaba al frente del departamento de escenarios, Pat había concebido la feliz idea de colocar un dictáfono en todos los despachos de los guionistas y redactores. De este modo, su lealtad hacia los ejecutivos del estudio quedaba bien probada.

La idea fue tomada a broma. Pero más tarde, cuando él mismo se vio rebajado de categoría y vuelto a su condición de redactor, secretamente se preguntó más de una vez si no habrían seguido adelante con aquella desdichada sugerencia suya. Quién sabe si alguna indiscreción suya no había sido el motivo fundamental para que le arrojaran de nuevo a una de aquellas perreras en la que llevaba ya diez años consecutivos. A pesar de todo, la idea de aquellos dictáfonos no se le iba de la cabeza. Dictáfonos que se accionarían, discretamente, con cualquier palanquita oculta o pedal en el momento preciso. Invadido por aquellos tristes pensamientos, entró por fin en el despacho de Gooddorf.

—Harry —preguntó, procurando elegir con cuidado sus palabras—: ¿te acuerdas bien de la noche del 1 de febrero de 1921?

Con ademán de aparente sorpresa, Gooddorf se echó hacia atrás en su sillón giratorio.

—¿Cómo dices?

—Intenta recordar, por favor. Es importante para ti.

La expresión de Pat, vigilando atentamente las reacciones de su interlocutor, era expectante y ansiosa.

—Febrero... de 1921... —musitó Gooddorf—. ¡No! ¿Cómo puedo recordar eso? ¿Es que piensas que llevo un diario? Ni siquiera sé dónde estaba aquella noche.

—Pues estabas aquí, en Hollywood.

—Probablemente. Si tú lo sabes, dímelo.

—Deberías recordarlo tú mismo.

—Vamos a ver... Yo me fui a la costa en el dieciséis, y estuve con aquello de las biografías hasta 1920. Luego empecé con las comedias, ¿no es eso? ¡Eso es! Yo estaba haciendo una pieza... Creo que era la que lleva el título de *Knucleduster*, y yo estaba rodando los exteriores...

—No siempre. Tú estabas en la ciudad el día 1 de febrero del año 1921...

—¿Qué es esto? —preguntó Gooddorf alarmado—, ¿un interrogatorio de tercer grado?

—No; es sólo que tengo cierta información... Información sobre tus movimientos en esa fecha crítica.

El rostro de Gooddorf enrojeció por unos segundos. Dio la impresión de que iba a coger a Pat por las solapas y lo iba a arrojar violentamente del despacho. Pero no lo hizo. Por el contrario, se moderó, humedeció los labios con la lengua y bajó la vista hacia la mesa del despacho.

—Bien —dijo—, sigo sin comprender qué es lo que pretendes y qué negocio te traes entre manos al venir aquí.

—Es un negocio decente, de hombre honrado, quiero decir.

—¿Y cuándo te has convertido tú en... un hombre decente?

—Toda mi vida lo he sido —replicó Pat sin inmutarse—. Y aunque no fuera así, jamás he llagado a esos extremos. Nunca hice algo semejante.

—¡Santo Dios! —Exclamó Harry, desdeñoso—. Tú dándome lecciones de moral y buenas maneras. ¿Y de qué se trata? ¿Tienes alguna confesión mía por escrito? Esa fecha está más que olvidada.

—No en la memoria de un hombre honrado y decente. Y en cuanto a lo de la confesión escrita... ¡Sí, la tengo!

—Lo dudo mucho, muchacho. A ti te han dado una falsa información. Te han metido en un mal asunto, puedes creerme.

—He visto las pruebas. Con mis ojos —aseguró Pat, lleno de confianza—. ¡Una prueba suficiente como para colgarte!

—Escucha, amigo. No quiero ningún escándalo, ni deseo la menor publicidad. Estoy dispuesto a arrojarte de la ciudad si es preciso.

—De modo que sí... Me vas a arrojar de la ciudad, ¿no es así?

—Vuelvo a repetir que no quiero la menor publicidad.

—En ese caso, será mejor que vengas conmigo.

—¿Adónde?

—Un bar, por ejemplo. Donde podamos estar solos.

The Muncherie, efectivamente, estaba desierto. Solamente Helen Kagle, que esperaba en una mesita y que dio un respingo de susto cuando los vio entrar. Al verla, el semblante de Gooddorf se encendió, con expresión de reproche.

—¡Vaya unas Navidades gloriosas! —exclamó—. Y la familia, que hace una hora que me aguarda. Vamos a ver cuál es vuestro plan. Decís que tenéis algo de mi puño y letra, ¿no es eso?

—Sí, aquí tienes una copia. No trates de quedarte con ella o comértela, porque es una copia, lo repito...

Pat se había sacado el papelito del bolsillo de la chaqueta y leyó la fecha en voz alta. Luego levantó la vista. Conocía al dedillo la técnica realizadora de aquellas escenas. Al pasar de moda los *westerns*, había trabajado bastante en obras de crimen y misterio. Leyó: «A William Bronson... Querido Bill: Hemos matado a Taylor. Creo que deberíamos haberlo hecho antes. Pero ahora, por favor, mantén la boca cerrada. Tuyo, Harry».

Pat hizo una pausa.

—¡Tú escribiste esto en febrero, el día 3, en 1921!

Se hizo un silencio. Gooddorf se volvió hacia Helen Kagle.

—¿Hizo usted... *eso?* ¿Le dicté yo, alguna vez, una cosa semejante?

—No —admitió ella con un tono apagado de voz—, eso lo escribió usted mismo. Yo abrí la carta.

—Comprendo. Y bien, ¿qué es lo que pretenden?

—¡Mucho! —respondió Pat, que se sintió muy complacido con la rotundidad de su respuesta.

—¿El qué exactamente?

Pat empezó a explicar. Empezó a explicar los detalles de una carrera brillante, apropiada para un escritor de cuarenta y nueve años. Se bebió, mientras hablaba, tres whiskys seguidos. No cesó de insistir en lo mismo una y otra vez: ¡quería ser un productor, pero mañana mismo!

—¿Por qué mañana? —preguntó Gooddorf—. ¿Eso no puede esperar?

En los ojos de Pat había humedad. Casi, casi, lágrimas reales.

—Estamos en Navidad —dijo—. Se trata de un deseo de Navidad, un deseo que he alimentado durante mucho tiempo. Entiéndelo... ¡Ya he esperado demasiado!

Gooddorf se puso en pie súbitamente.

—¡Jamás! —dijo—. ¡Nunca haré de ti un productor...! No podría hacerle esa faena a la compañía. Llegaremos hasta donde sea preciso. ¡Denúnciame si quieres!

Pat abrió la boca, asombrado:

—¿Qué estás diciendo?

—Lo que has oído. Y no hay otra alternativa.

Alzó orgullosamente la cabeza y se volvió, comenzando a dirigirse hacia la puerta.

—¡Perfecto! —le gritó Pat—: Tú verás lo que haces, porque es tu última oportunidad.

De pronto se sorprendió al ver que Helen se levantaba y echaba a correr detrás de Gooddorf, al que intentó detener, echándole los brazos al cuello.

—¡No tienes que preocuparte por nada, Harry! —le gritó—. Yo lo destruiré... ¡Todo ha sido una broma!

Su voz sonaba frenética, mientras Gooddorf movía la cabeza y sonreía. De pronto, la muchacha reaccionó y su rostro se ensombreció. Siguió argumentando ante Harry.

—¿Es que no lo has creído? ¿No crees que yo tenga esa carta?

—¡Oh, sí, claro que la tienes, monada...! Pero no es nada de lo que te imaginas —volvió con ella a la mesa en que estaba Pat y se sentó de nuevo. Se encaró con Pat—. ¿Sabes lo que pensé en un principio? Creí que se trataba simplemente de la fecha en que ésta y yo tuvimos una aventura. Eso es lo que creí, y creí que ahora trataba de armar jaleo por aquello. Tendría que estar loca, claro está, porque desde entonces se ha casado dos veces. Lo mismo que yo.

—La nota no tiene nada que ver con eso —replicó Pat, con tono adusto—. Tú mataste a Taylor, y lo admites allí, en esa nota.

Gooddorf asintió con la cabeza.

—Debemos admitir que lo matamos entre todos —dijo—. Éramos una masa sin orden... Taylor, Bronson, yo, y todos los demás, tirándonos a degüello por el dinero. Tuvimos que hacer un pacto, o como quieras llamarle. Un acuerdo para ir despacio. El país estaba esperando que uno de nosotros fuera colgado... Le advertimos a Taylor que fuera cauto y midiera sus pasos, pero no supo o no quiso hacerlo. No quiso oír nuestros consejos y le dejamos ir. Alguna rata lo mató, disparando sobre él... ¡Pero nunca hemos sabido quién fue! —Se levantó de nuevo—. Como alguien debería haber hecho contigo, Pat. Pero tú eras en aquel tiempo un muchacho divertido. Aparte de que todos andábamos muy ocupados.

Pat carraspeó.

—En cierto modo, también a mí me asesinaron —se quejó—. ¡Y a mansalva!

—Demasiado tarde ya —contestó Gooddorf—. Tú has llegado hasta esta Navidad con tus grandes deseos. Yo voy a concederte uno de ellos, pero no te diré nada hoy. No esta tarde.

Cuando hubo desaparecido, Pat y Helen se miraron en silencio. Con decisión, Pat sacó otra vez la nota de su bolsillo y volvió a examinarla. Leyó en voz alta: «Pero ahora, por favor, mantén la boca cerrada...».

Helen suspiró.

—Eso es —dijo—: «Mantener la boca cerrada». ¿Por qué no?

Pat se encogió de hombros, decepcionado.

JAROSLAV SEIFERT

Jaroslav Seifert nació en la ciudad checa de Praga en 1901. Era muy joven cuando empezó a publicar sus primeros poemas, integrado en el grupo de vanguardia Devetsil. También en esos años comenzó sus colaboraciones en prensa, llegando a ser director de la revista *Rovnost*.

Desde el punto de vista político, Seifert fue un hombre comprometido con el pensamiento de izquierdas, llegando a ser miembro fundador del Partido Comunista checo. Más adelante, y durante el período en que Checoslovaquia fue invadida por las tropas nazis, escribió distintos textos que alentaban a la resistencia contra la ocupación.

En 1984, Seifert recibió en Estocolmo el premio Nobel de Literatura. Dos años después, en 1986, moría en la misma ciudad que le había visto nacer ochenta y siete años antes.

Jaroslav Seifert mantuvo siempre una intensa relación sentimental con la ciudad de Praga, sus barrios, sus monumentos, sus tipos, sus cafés y sus cervecerías. La capital de la República Checa es la gran protagonista del volumen de prosa poética aparecido en España bajo el título *Toda la belleza del mundo,* que puede considerarse una autobiografía del autor. De este libro hemos extraído el texto que viene a continuación.

EL MERCADO DE LA PLAZA STAROMÉSTSKÉ

Durante varios años, siempre a principios de diciembre, me escribí con el poeta Géza Vcelicka, gravemente enfermo. Eran unas cartas llenas de recuerdos nostálgicos y alegres.

Hace tiempo, por esas fechas, en la plaza Staroméstské se instalaba un mercado, primero el de San Nicolás, y casi enseguida el de Navidad. Y los dos, unos niños que, naturalmente, no se conocían, estuvimos allí perdidos entre la muchedumbre, con los bolsillos vacíos, pero con el corazón lleno de anhelo, mirando los puestecillos y los tenderetes. Sin descanso y casi a diario. La plaza estaba llena de puestos y de tiendas. El monumento a Jan Hus todavía no estaba allí y la pobre Virgen María, cuyos escalones también servían para poner tiendas, miraba aquel hormigueo desde su alta columna, entre cuatro ángeles.

Hoy ya es difícil evocar con la mente la atmósfera única de aquel mercado. El aire olía a naranjas y el ambiente estaba impregnado con la fragancia de las lámparas de carbón encendidas y de los fogones. ¡Cuántos perfumes había allí! Era embriagador, y yo nunca me pude saciar de aquel formidable espectáculo. Erraba por aquellos lugares hasta avanzadas horas de la noche.

La feria de San Mateo, a finales de febrero o a principios de marzo, solía ser alegre, llena de regocijo porque la primavera se acercaba. El mercado de Navidad era más solemne y tranquilo. Había incluso una cierta santidad en aquel hormigueo en el que muchas cuerdas vocales hacían un esfuerzo para que el dinero se mudara de un bolsillo a otro.

El mercado de San Nicolás solía estar bajo el signo de miles de ramas doradas con lazos de papel y rosas rojas. A veces, la nieve volaba por el aire y los copos se quedaban pegados al cabello y a las pieles, junto a pequeñas partículas de polvo dorado que caían de las ramas de San Nicolás; las madres, con oro en el pelo, sonreían felizmente.

Después de San Nicolás, por la noche, desaparecían del mercado las ramas, los muñecos de papel de San Nicolás y de los demonios. Y en las paradas surgía un sinfín de figuritas de gente que caminaba hacia lo que en el futuro sería el belén. Las solía mirar durante mucho tiempo lleno de emoción. En las partes más altas de los escaparates había castillos con torres y murallas, con almenas y casitas minúsculas. Aquello tenía que ser el orgulloso Jerusalén. Lo fabricaban los pobres de las montañas Orlické y de Príbram. Era barato, valía pocas coronas, pero aun así resultaba inaccesible para un niño que apretaba en la mano unas moneditas, y a veces, ni eso.

Pero no tenéis que compadecerle. Era feliz.

Con indiferencia, pasaba de largo ante las tiendas llenas juguetes de madera y de hojalata, y volvía una y otra vez a las figurillas del belén, que olían a cola y pintura barata. Totalmente hechizado, contemplaba sus posturas fijas, preparadas para ver el ángel o la estrella. Iba corriendo al mercado varias veces por semana, durante casi un mes, hasta los días de fiesta, siempre que tenía un rato libre. Cuando más me gustaba era a última hora de la tarde; entonces solía haber compradores, y los vendedores no tenían tiempo para apartar a aquel que solamente miraba, que no

parecía querer comprar nada y que no hacía más que molestar delante de los puestos.

Siempre emocionado y siempre esperando nuevos milagros, erraba por el mercado, hasta que me paraba delante del teatro de títeres de Hubicka. De él estaban hablando no sólo a Géza Vcelicka, sino también la señora Maryna Alsová. Y allá, al final, gastaba mis moneditas, sin pensarlo y sin ocupación. Cuando se acababa el espectáculo, que por gracia no era demasiado largo, me quedaba todavía un ratito detrás del teatro y escuchaba a través de la fina tela ruidosos diálogos y el castañeteo de los brazos y las piernas del conjunto teatral de Hubicka.

El pintor Mikulas Ales, que también venía al teatro con niños, dejaba caer, con magnanimidad y generosidad, una gran moneda de plata sobre la fuente de hojalata que vigilaba atentamente a la entrada la señora Hubiková.

Imaginaos una ocasional tempestad de nieve y viento que sopla con fuerza, como si se quisiera llevar a la gente y las telas de las tiendecitas. Cuando las lonas de los techos cedían bajo el peso de la nieve, los vendedores la echaban sobre las cabezas de los transeúntes. Pero no parecía molestarles. ¡Y qué! Caminábamos en la nieve, la gente sonreía. Las fiestas más bonitas del año empezaban dentro de pocos días. ¿Habéis visto alguna vez un montón de naranjas cubiertas de nieve?

Debajo de las torres de la catedral de Tyn, más o menos en el lugar sobre el que se muestra uno de los guerreros husitas del monumento, se hallaban siempre las paradas con mercancía de papel. Allá podríais encontrar rollos de papel de seda y de crespón de todos los colores, pantallas para lámparas, reproducciones de santos para enmarcar, postales y papel de cartas.

Yo no buscaba ninguna de estas cosas; a mí me interesaban las hojas recortables con figuritas de belén en color. Estaban mal impresas, los colores a veces se salían fuera de las formas, pero yo no veía nada de esto. La fea palabra *Krippen* en la cabecera indicaba de dónde provenían. Pero eran baratísimas. También tenían hojas más pequeñas, con figuras impresas en cartulinas con hermosos colores, y su superficie brillante permitía no solamente un resplandor deslumbrante de los hábitos de los reyes, sino hasta que la pobreza y la sencillez de los trajes de los pastores pareciese más espectacular. A estas figuras no había que pegarles nada detrás. Bastaba con separarlas, encolar abajo un trocito fino de madera y pincharlas dentro del musgo blando. Aquellas hojas que me podía permitir comprar por poco dinero se tenían que pegar primero sobre un papel duro, y sólo entonces se podían recortar con mucho cuidado. Era demasiado trabajo, pero se hacía con gusto.

Montar un bonito Belén era el deseo de muchos niños, aunque, según recuerdo, no les inspiraba un sentimiento religioso; aquellos belenes eran más bien testigos de un idilio y un anhelo románticos. Era el tiempo de los juegos y de las fiestas que se acercaban. Yo me olvidaba del tema central de la leyenda navideña, del establo con Jesucristo acabado de nacer, y prestaba mucha más atención al castillo pagano, y al palacio del rey Herodes, y a los palacios de Jerusalén. ¡Qué bonita y qué misteriosa era aquella ciudad medieval, o quizá posterior, que se veía sobre el establo del Belén! Ningún color fue nunca tan jubiloso, ninguna almena tan dentada, ni ningún palacio tan dorado y vistoso. Muchas ventanas se podían recortar, pegar en ellas papel transparente rojo, y detrás de él, encender una vela. Yo, con paciencia, recortaba una ovejita tras otra y, con ellas, los dos pastores que dormían en el suelo entre el rebaño. Porque un rebaño de ovejas es una parte importante dentro de la belleza de un Belén. Lo más difícil era recortar el largo palo pastor que se alzaba por encima de su amplio sombrero. ¡Cuántos había estropeado! A veces se me iba la mano con las tijeras; otras veces el palo se encorvaba tanto que ya no parecía un palo. Hasta que alguien me aconsejó que pusiera a los pastores en la mano un trocito de madera largo y fino. Esto me salió bien y, al final, la caja estaba llena de figuras pobres y primitivas, pero sagradas y hechizadas.

Todavía hoy veo el grandioso elefante con un baldaquín rojo y con flecos y borlas dorados, el camello con un tapiz de colores entre las jorobas, y también el esbelto caballo blanco, con la cabeza levantada y un precioso gorro rojo. Las tres majestades se pararon cerca del establo del Belén. El elefante era conducido por un negrito con turbante blanco; el camello por un árabe con una lanza, y el caballo por un chacho con un fez turco y un sable encorvado en la cintura, mientras que sus reales amos estaban humildemente arrodillados en el musgo, delante del pesebre. Sólo el rey negro estaba un poco perplejo, algo más atrás, para que se cumpliesen las palabras de una antigua canción navideña.

El placer más grande consistía en agrupar el hermoso rebaño de ovejas, con el perro que corría alrededor, sobre una roca de papel. Algunos pastores estaban durmiendo, otros daban de beber a las ovejas. En el fondo del Belén había un cielo azul con estrellas doradas: éstas también se podían comprar bajo las torres del Tyn, en la plaza Staroméstské, en pequeñas hojas de papel, y separarlas fácilmente una de otra. Por último, hubo que poner la estrella de Navidad sobre un alambre para que temblara cuando la tocaran y pareciera viva. El Belén estaba listo. Sólo faltaba una cosa: espolvorearlo todo con nieve artificial, sin tener en cuenta que los pastores iban descalzos, que de las palmeras colgaban los enormes racimos de dátiles y que había otras llenas de flores de un rojo vivo.

Karel Capek decía que la gente quiere los belenes porque les hacen ver el mundo más humano e idílico. Pero yo los adoraba porque estaban inseparablemente unidos a la época de fiestas hermosas, cuando todo estaba perfumado y la gente era distinta. Mi padre, mi madre y todos los demás. Parecían más felices, sonreían y eran más amables. Toda la casa respiraba bienestar. Yo deseaba que aquel tiempo tan feliz transcurriera muy despacito. No quiero jactarme de ello, pero nosotros éramos pobres de verdad. Sin embargo, lo que pudo hacer mi madre con lo poco que poseíamos parecía un milagro. Nos sentíamos sumergidos sin interrupción en un permanente bienestar festivo. Y cada rincón de la calle, incluso el más vulgar, parecía vestido de fiesta en aquella época navideña. Todo era distinto, más gracioso, más hermoso.

Eso sucede cuando se tiene el espíritu festivo en el corazón y no solamente escrito con letras rojas en el calendario.

ANTÓN CHÉJOV

Antón Chéjov nació en 1860 en la ciudad portuaria de Tangarong, en la región soviética de Rostov. Su padre era un humilde comerciante, hijo de siervos campesinos, y mantenía a duras penas un pequeño negocio de alimentos en el cual colaboraba el pequeño Antón, al mismo tiempo que cursaba sus estudios secundarios en un instituto de Tangarong. Era sólo un adolescente cuando su padre, acosado por las deudas, huyó a Moscú con toda la familia. Antón decidió quedarse para acabar su bachillerato. En ese tiempo costeó sus estudios dando clases particulares a sus compañeros y trabajando como recadero.

En 1879, una vez terminados los cursos del instituto, Chéjov se trasladó a Moscú con su familia. Allí se matriculó en la Facultad de Medicina, y en 1884 obtuvo su título de médico. Durante aquellos años, simultaneó sus estudios con una vocación literaria que nació precisamente de la necesidad de ganar algún dinero para no ser una carga para su padre. Empezó así a colaborar con algunas revistas humorísticas, y el éxito de los textos que publicaba le hicieron acercarse más hacia el ejercicio de las letras en detrimento de la medicina, de la que nunca se alejó del todo. Fue también en esta época cuando empezó a notar los primeros síntomas de la tuberculosis, enfermedad que acabaría con su vida a los cuarenta y cuatro años.

Chéjov escribió decenas de cuentos donde se revela ya su extraordinaria habilidad como narrador, su sentido del humor, su capacidad para la compasión y la ternura y, por ello, su afán de hacer de sus relatos un medio de denuncia social. Su intenso compromiso con los menos favorecidos se puso de manifiesto en muchas ocasiones, como cuando, siendo ya un autor reconocido, se desplazó a la isla de Sajalín para atender a una colonia de presidiarios que vivían en condiciones infrahumanas, y denunciar su situación en un libro titulado *Viaje a Sajalín*. Desde el principio, sus escritos gozaron del favor de la crítica y el público, y también de otros escritores contemporáneos, como León Tolstoi, con quien mantuvo una estrecha amistad.

Animado por su éxito como narrador, Chéjov se inició pronto en la producción teatral, escribiendo algunos vodeviles. No sería hasta 1896 cuando produjese su primera obra maestra en el género del teatro: el drama *La Gaviota*. Vendrían después éxitos como *Tío Vania, Las tres hermanas* o *El jardín de los cerezos*. Su actividad como autor de teatro trajo también consigo un cambio en la vida del escritor, que en 1901 se casó con la actriz Olga Knipper. Un año antes, Chéjov había sido elegido miembro de la Academia Rusa de las Ciencias.

El empeoramiento de la salud de Chéjov obligó al matrimonio a dejar Moscú y trasladarse a la ciudad de Yalta, en la península de Crimea. Más adelante, los médicos aconsejaron al autor una cura de reposo en el balneario de Badenweiler, en la Selva Negra, donde murió en 1904.

Los muchachos

En el patio se oyó una voz:

—¡Ha venido Volodia!

—¡Volodichka ya está aquí —gritó Natalia, irrumpiendo en el comedor como una exhalación—. ¡Ah, Dios mío!

La familia entera de los Koroleff, que esperaba la llegada de su Volodia en cualquier momento, se precipitó hacia las ventanas.

Delante de la entrada principal del edificio había un amplio trineo. Un vapor espeso se levantaba del coche de blancos caballos. No había nadie en el trineo porque Volodia ya se hallaba en el vestíbulo, desatándose la capucha con sus dedos enrojecidos por el frío. Llevaba el capote estudiantil, la gorra y los chanclos. La escarcha cubría sus cabellos, de las sienes y de su cuerpo se desprendía un olor a helada tan agradable que, al mirarle, producía el deseo de helarse uno también y exclamar: ¡Brrr, brrr...!

La madre y la tía se apresuraron a besarlo y abrazarle; Natalia se arrojó a sus pies para quitarle las altas botas de cuero, las hermanas expresaron ruidosamente su alegría, se oyó un chirriar de puertas y el padre de Volodia, en chaleco y con unas tijeras en la mano, entró corriendo en la antesala y gritó como asustado:

—¡Nosotros creíamos que llegabas ayer! ¿Qué tal ha ido el viaje? ¿Sin novedad? ¡Dios mío! ¡Dejadle que salude a su padre! ¿Acaso no soy su padre?

—¡Guau... Guau...! —ladraba con voz de bajo *Milord*, un enorme perro de color negro, dando con el rabo en las paredes y en los muebles.

Todo se mezcló en un único alboroto alegre que duró unos dos minutos. Una vez pasado el primer arrebato de júbilo, los Koroleff se dieron cuenta de que, además de Volodia, había en la antesala otro hombrecito, arrebujado en pañuelos, chales y capuchas, y cubierto de escarcha. Permanecía de pie e inmóvil en un rincón, embutido en un grueso gabán de pieles.

—Volodichka, ¿quién es éste? —le preguntó su madre en voz baja.

—¡Ah! —exclamó Volodia acordándose de él—. Tengo el honor de presentaros a mi camarada Chechevitsen, alumno de segundo año de Bachillerato... Le he traído para que pase unos días en nuestra compañía.

—¡Encantado, tenga la bondad...! —dijo jovialmente el padre de Volodia—. Le suplico que me disculpe, pero como estoy en casa, no me pongo la levita... ¡Natalia, ayuda a quitarse la ropa al señor Chechevitsen! ¡Dios mío!, ¿no hay alguien que eche a este perro? ¡Es un castigo!

Momentos después, Volodia y su amigo Chechevitsen, aturdidos por tan ruidosa recepción y con las mejillas aún arreboladas por el frío, se hallaban sentados a la mesa tomando el té. El sol invernal, atravesando la ventana y los dibujos helados que se formaban en ella, tembleteaba sobre el samovar y bañaba sus puros rayos en el tazón del agua. En la estancia reinaba una temperatura tibia, y los muchachos sentían cómo en sus cuerpos ateridos, no queriendo ceder el uno al otro, se cosquilleaban el frío y el calor.

—¡Bien, muchachos, la Navidad ya está muy cerca! —decía casi canturreando el padre, mientras liaba un cigarrillo con un tabaco marrón—. Hace cuatro días nos encontrábamos en verano y tu madre lloraba despidiéndose de ti; y ya estás de vuelta otra vez... El tiempo, amigo, corre rápidamente. Apenas se da uno cuenta de la vida y ya llega uno a viejo... Señor Chibisoff... Coma usted, no se ande usted con reparos... Nosotros no gastamos cumplidos.

Las tres hermanas de Volodia, Katia, Sonia y Macha, la mayor de las cuales tenía once años, estaban sentadas junto a la mesa, con los ojos clavados en el nuevo conocido. Chechevitsen era de la misma estatura que Volodia, pero no tan regordete y de tez blanca y fina como él, sino delgaducho, moreno y cubierto de pecas. Sus cabellos eran cerdosos, los ojos estrechos, los labios abultados; en general era bastante mal parecido y, a no ser por la guerrera de estudiante que llevaba, su aspecto exterior hubiera podido confundirle por el hijo de la cocinera. Su aspecto era lúgubre y pensativo y no sonreía nunca. Las niñas, mirándole, pronto creyeron que debía de ser un hombre muy inteligente e instruido. Durante todo el tiempo estaba pensando en algo, y parecía tan sumergido en sus pensamientos que cuando le preguntaban algo tenía un sobresalto, sacudía la cabeza y rogaba que le repitieran la pregunta. Las niñas notaron que también Volodia, siempre alegre y comunicativo antes, esta vez hablaba poco, no sonreía en absoluto y hasta parecía que había regresado al hogar en contra de su voluntad. Mientras tomaban el té, tan sólo en una ocasión se dirigió a sus hermanas y también con palabras extrañas. Indicó con el dedo el samovar y dijo:

—En California, en lugar de té toman ginebra.

También él estaba sumido, al parecer, en extraños pensamientos y, a juzgar por las miradas que de cuando en cuando intercambiaba con su amigo Chechevitsen, los pensamientos de ambos muchachos eran los mismos.

Después del té se trasladaron todos a la habitación de los niños. El padre y las niñas se sentaron junto a la mesa y reanudaron el trabajo que la llegada de los chicos había interrumpido. Con papel de diversos colores estaban haciendo flores y franjas para el árbol de Navidad. Era un trabajo entretenido que movía gran algazara. Cada flor que se hacía era recibida por las niñas con gritos de entusiasmo, como si hubiera caído del cielo; el padre también se enardecía y de vez en cuando tiraba las tijeras al suelo, expresando su descontento porque no estaban afiladas. La madre entró en la habitación de los niños, con rostro preocupado y preguntó:

—¿Quién ha cogido mis tijeras? ¿Otra vez las has cogido tú, Iván Nikolaich?

—¡Dios santo, ni siquiera me dejan las tijeras! —respondió con voz plañidera Iván Nikolaich y, reclinándose sobre el respaldo de la silla, adoptó la postura del hombre ofendido; pero al cabo de un minuto volvió a sentirse entusiasmado.

En sus anteriores visitas, Volodia tomaba parte también de los preparativos para el árbol de Navidad, o corría al patio a ver cómo el cochero y el pastor hacían una montaña de nieve. Pero esta vez ni él ni Chechevitsen se interesaron en absoluto por el papel de colores y ni una sola vez fueron a ver a los caballos en la caballeriza, sino que se sentaron junto a la ventana y empezaron a hablar en voz baja. Después, ambos abrieron el atlas geográfico y se enfrascaron en la contemplación de un mapa.

—Primero Perm... —decía quedamente Chechevitsen—. De allí a Tiumeñ... Luego Tomsk. Después..., después... a Kamehatka... De aquí cruzaremos en lanchas el estrecho de Bering. Los samoredos nos ayudarán. Y de aquí a América... En América hay muchos animales peludos.

—¿Y California? —inquirió Volodia.

—California está más al sur... Una vez llegados a América, no nos será difícil caer en California. Comeremos de lo que nos dé la caza y el saqueo.

Durante todo el día, Chechevitsen rechazó el trato de las niñas, mirándolas de reojo. Después del té de la tarde quedó solo con ellas, casualmente, unos minutos. Permanecer callado habría resultado quizá un poco violento. Tosió severamente, se frotó las manos, lanzó una mirada tétrica sobre Katia y preguntó:

—¿Ha leído usted a Mayne-Reid?

—No, no lo he leído... Pero, oiga, ¿sabe usted patinar?

Sumergido en sus pensamientos, Chechevitsen no respondió a esta pregunta, y únicamente infló los carrillos y dio un resoplido como si el calor le ahogara.

—Cuando un rebaño de bisontes corre por las pampas, la tierra tiembla, y entonces los mustangos dan coces y relinchan. —Chechevitsen esbozó una triste sonrisa y continuó—: También los indios asaltan el tren. Pero lo peor de todo son los mosquitos y los comejenes.

—¿Y eso qué es?

—Son como hormigas, pero tienen alas. Sus picaduras son horribles. ¿Saben ustedes quién soy yo?

—El señor Chechevitsen.

—No. Yo soy Montingomo, *Uña de Buitre,* el jefe de los invencibles.

Macha, la menor de las hermanas, miró a Chechevitsen, luego a la ventana, detrás de la cual se veía llegar la noche, y dijo pensativamente:

—Anoche guisaban lentejas.

Las palabras, completamente incomprensibles, de Chechevitsen, la enigmática conversación que mantenía con Volodia incansablemente, el ver que éste, en vez de jugar, adoptaba una actitud extrañamente pensativa, todo eso era desconcertante y misterioso. Las dos niñas mayores, Katia y Sonia, comenzaron a vigilar mucho a los chicos. Por la noche, cuando éstos se acostaron, las niñas se acercaron furtivamente a la puerta y prestaron oídos a la conversación. ¡Oh, qué de cosas oyeron! Los chicos se preparaban a huir para alguna parte de América, en busca de oro; ya lo tenían todo dispuesto para la marcha: una pistola, dos cuchillos, pan seco, una lente de aumento para encender fuego, un compás y cuatro rublos. Se enteraron de que los chicos tendrían que recorrer a pie unos cuantos miles de *verstas* y luchar por el camino con los tigres y los salvajes; después habrían de partir en busca del oro y el marfil y dar muerte a los enemigos que les saliesen al encuentro; tendrían que convertirse en piratas marinos, beber gin y, por último, casarse con beldades rubias y labrar las plantaciones. Volodia y Chechevitsen se entusiasmaban hablando y se interrumpían continuamente el uno al otro. Chechevitsen se hacía llamar Montigomo, *Uña de Buitre,* y Volodia, *Hermano Cara Pálida.*

—Oye, tú, ten cuidado, no se lo digas a mamá —dijo Katia a Sonia cuando se metieron en la cama—. Volodia nos traerá oro y marfil de América, y si se lo cuentas a mamá no le dejarán irse.

El día de Nochebuena, Chechevitsen estudió durante el día el mapa de Asia y tomó varias anotaciones. Volodia, triste y con rostro abotargado, como si le hubiera picado una avispa, anduvo lúgubremente por las habitaciones y no probó bocado. Hasta se detuvo una vez delante del icono, en la habitación de los niños, se santiguó y dijo:

—¡Señor, perdona a este miserable pecador! ¡Señor, concede largos años de vida a mi pobre y desdichada madre!

Hacia la noche no pudo reprimir sus deseos de llorar. Cuando iba a acostarse dio un fuerte abrazo a su padre, a su madre y a sus hermanas. Katia y Sonia lo comprendían todo. La menor, Macha, que no sabía lo que pasaba, únicamente al mirar a Chechevitsen se quedaba pensativa y decía suspirando:

—Cuando hay ayuno, dice el ama que hay que comer guisantes y lentejas.

La mañana de las vísperas, a hora temprana, Katia y Sonia saltaron silenciosamente de sus camas y se fueron a atisbar la marcha de los dos muchachos a América. A paso furtivo se acercaron a la puerta.

—¿Conque no vienes? —preguntaba Chechevitsen irritado—. Di, ¿no vienes?

—¡Señor! —exclamaba Volodia llorando quedamente—. ¿Cómo voy a ir? Siento mucha lástima por mamá.

—Hermano Cara Pálida, te suplico que nos vayamos. Tú me has asegurado siempre que vendrías. Me has engañado. Ha llegado la hora de la marcha y te acobardas.

—Yo... Yo no me acobardo... Me... me da lástima mi madre.

—Di, ¿vendrás o no?

—Iré, pero... Espera... Quiero vivir un poquito...

—¡En ese caso, me iré yo solo! —decidió Chechevitsen—. Me las arreglaré sin ti. ¡Y todavía quería cazar y luchar con los tigres! ¡Si eso es así, devuélveme los pistones!

Volodia empezó a llorar tan amargamente que las hermanas no pudieron contenerse y a su vez comenzaron a llorar quedamente.

Hubo un rato de silencio.

—¿De modo que no vendrás? —insistió Chechevitsen.

—Sí... Iré.

—¡Entonces, vístete!

Chechevitsen, para convencer a Volodia, se deshacía en elogios sobre América, rugía como un tigre, imitaba a un barco, prodigaba insultos y prometía ceder a Volodia todo el marfil y todas las pieles de leones y tigres.

Y aquel chico moreno y esmirriado, con sus cabellos cerdosos y cubierto de pecas, les parecía a las niñas un héroe de leyenda. Era un hombre decidido y valiente, y rugía de tal manera que, estando detrás de la puerta, se podía pensar que se trataba realmente de un león o un tigre.

Cuando las niñas volvieron a su habitación y comenzaron a vestirse, Katia dijo con los ojos llenos de lágrimas:

—¡Ah, qué miedo tengo!

A las dos de la tarde se sentaron a comer. Hasta aquel momento todo estuvo tranquilo, pero durante la comida se dieron cuenta, de pronto, de que los chicos no estaban en casa.

Los fueron a buscar al cuarto de los criados, a la cuadra, al pabellón del administrador, pero no se hallaban por ningún lado. Fueron en busca suya a la aldea, pero tampoco estaban allí. El té se tomó sin haber dado con su paradero. Al llegar la hora de cenar, la madre comenzó a inquietarse, e incluso se echó a llorar. Por la noche volvieron de nuevo a la aldea, anduvieron buscándolos con faroles por el río. ¡Dios santo, qué alarma reinó en toda la casa!

Al día siguiente llegó el jefe de policía local y escribieron en el comedor no sabemos qué papel. La madre todavía no había cesado de llorar.

Al poco se detuvo un trineo frente a la entrada principal. Del coche de caballos blancos se desprendía vapor.

—¡Ya está aquí Volodia! —gritó alguien en el patio.

—¡Ha llegado Volodichka! —chilló Natalia, precipitándose como una flecha en el comedor.

Milord comenzó a ladrar con su voz de bajo:¡ guau, guau, guau!

Lo que pasó fue que a los chicos los habían detenido en la ciudad, en un hotel, a donde habían llegado preguntando dónde se podía comprar pólvora. En cuanto entró en la antesala, Volodia se echó a llorar y se lanzó en brazos de su madre. Las niñas, asustadas y temblorosas, pensaban en lo que iba a ocurrir; vieron que papá se llevaba a Volodia y a Chechevitsen a su despacho, donde permanecieron largo rato hablando; y mamá también hablaba y lloraba.

—Vamos a ver, ¿cómo es posible que hicierais eso? —les decía papá—. Quiera Dios que no se enteren en el instituto, porque os expulsarían inmediatamente. Y a usted le debería dar vergüenza, señor Chechevitsen. Usted se ha portado muy mal. Usted es el inductor, y espero que sus padres le castiguen. ¿Acaso se puede hacer esta diablura? ¿Dónde pasasteis la noche?

—En la estación —repuso Chechevitsen en tono altanero.

Después de lo sucedido, Volodia tuvo que meterse en la cama y le pusieron en la cabeza paños empapados en vinagre. Mandaron un telegrama a no sé qué lugar, y al día siguiente llegó una señora, la madre de Chechevitsen, y se llevó a su hijo.

Al marcharse, Chechevitsen mostraba un aspecto severo y arrogante, y, cuando se despidió de las niñas, no pronunció palabra alguna; sólo cogió el cuaderno de Katia y escribió en él como recuerdo:

«Montingomo, *Uña de Buitre*».

Vanka

Vanka Zhukov, un muchacho de nueve años, que había entrado hacía tres meses como aprendiz en casa del zapatero Aliajin, no se acostó la noche de Navidad.

Cuando, cerca de las doce, los amos y los oficiales se fueron a la iglesia para asistir a la Misa del Gallo, cogió del armario un frasquito de tinta y una pluma con la punta cubierta de herrumbre y, colocando ante él una hoja muy arrugada de papel, se dispuso a escribir.

Antes de empezar, dirigió a la puerta una mirada en la que se dibujaba el temor de ser sorprendido; miró al icono oscuro del rincón y dejó escapar un largo suspiro.

El papel se hallaba sobre un banco, ante el cual estaba él de rodillas.

«Querido abuelo Konstantín Makárich —escribió—. Soy yo quien te escribe. Te felicito con motivo de la Navidad y le pido a Dios que te colme de venturas. No tengo ni padre ni madre; sólo te tengo a ti...»

Vanka miró a la oscura ventana, en la que parpadeaba el reflejo de una vela, y se imaginó a su abuelo Konstantín Makárich, empleado como guardia nocturno en casa de los señores Zhivárev. Era un viejecillo enjuto y vivo, siempre risueño y con mirada de borracho. Tenía sesenta y cinco años. Durante el día dormía en la cocina o bromeaba con los cocineros, y por la noche paseaba, envuelto en una amplia zamarra, alrededor de la finca, y golpeaba de vez en cuando con un bastoncillo una pequeña plancha cuadrada, para dar fe de que no dormía y atemorizar a los ladrones. Le acompañaban dos perros: *Canelo* y *Serpiente*. Este último se merecía su nombre: era largo de cuerpo y muy astuto, y siempre parecía ocultar malas intenciones. Aunque miraba a todo el mundo con ojos acariciadores, a nadie le inspiraban confianza. Se adivinaba, bajo aquella máscara de cariño, la mayor de las perfidias.

Le gustaba acercarse a la gente con suavidad, sin ser notado, y morderla en las pantorrillas. Con frecuencia robaba pollos de las casas de los campesinos. Le pegaban grandes palizas; dos veces había estado a punto de morir ahorcado, pero siempre salía con vida de los más apurados trances y resucitaba cuando le daban ya por muerto.

En aquel momento, el abuelo de Vanka estaría, seguramente, ante la puerta y, mirando las ventanas iluminadas de la iglesia, haría reír a los cocineros y a las criadas, y se frotaría las manos para calentarse. Dejando escapar una risita de viejo pellizcaría a la doncella y a la cocinera.

—¿Un poco de rapé? —les preguntaría, acercándoles la tabaquera a la nariz.

Las mujeres estornudarían. El viejo, alegre, prorrumpiría en carcajadas y se apretaría con ambas manos los ijares.

Luego les daría a oler a los perros. El *Canelo* estornudaría, sacudiría la cabeza y, con el gesto huraño de un señor ofendido en su dignidad, se marcharía. El *Serpiente*, hipócrita, ocultando siempre sus verdaderos sentimientos, no estornudaría y menearía el rabo.

El tiempo sería magnífico. Habría una gran calma en la atmósfera, límpida y fresca. A pesar de la oscuridad de la noche, se vería toda la aldea con sus tejados blancos, el humo de las chimeneas, los árboles plateados por la escarcha, los montones de nieve.

En el cielo, miles de estrellas parecerían hacerle alegres guiños a la Tierra. La Vía Láctea se distinguiría perfectamente, como si con motivo de la fiesta la hubieran lavado y frotado con nieve...

Vanka, imaginándose todo esto, suspiraba.

Tomó de nuevo la pluma y continuó escribiendo:

«Ayer me pegaron. El maestro me cogió por los pelos y me dio unos cuantos correazos por haberme dormido arrullando a su nene. El otro día la maestra me mandó destripar a una sardina, y yo, en vez de empezar por la cabeza, empecé por la cola; entonces, la maestra cogió la sardina y me dio en la cara con ella. Los otros aprendices, como son mayores que yo, me mortifican, me mandan a por vodka a la taberna y me hacen robar los pepinos del patrón que, cuando se entera, me pega con lo primero que encuentra. Casi siempre tengo hambre. Por la mañana dan un mendrugo de pan, a mediodía una papilla de avena y para cenar, otro mendrugo de pan. Nunca me dan otra cosa, ni siquiera una taza de té. Duermo en el portal y paso mucho frío; además, tengo que arrullar al nene, que no me deja dormir con sus gritos... Abuelito, sé bueno, sácame de aquí, que no puedo soportar esta vida. Te saludo con mucho respeto y te prometo pedirle siempre a Dios por ti. Si no me sacas de aquí, me moriré.»

Vanka hizo un puchero, se frotó los ojos con el puño y no pudo reprimir un sollozo.

«Te picaré el tabaco —continuó momentos después—, rogaré a Dios por ti y si no estás contento conmigo puedes pegarme todo lo que quieras. Buscaré trabajo, guardaré el rebaño. Abuelito, te ruego que me saques de aquí si no quieres que me muera. Yo escaparía y me iría a la aldea contigo, pero no tengo botas y hace demasiado frío para ir descalzo. Cuando sea mayor te mantendré con mi trabajo y no permitiré que nadie te ofenda. Y cuando te mueras, le rogaré a Dios por el descanso de tu alma, como le ruego ahora por el alma de mi madre. Moscú es una ciudad muy grande. Hay muchos palacios, muchos caballos, pero ni una oveja. También hay perros, pero no son como los de la aldea: no muerden y casi no ladran. He visto en una tienda una caña de

pescar con un anzuelo tan hermoso que se podrían pescar con ella los peces más grandes. Se venden también en las tiendas escopetas de primera, como la de tu señor. Deben de costar muy caras, lo menos cien rublos cada una. En las carnicerías venden perdices, liebres, conejos, y no se sabe dónde los cazan.

»Abuelito, cuando enciendan en casa de los señores el árbol de Navidad, coge para mí una nuez dorada y escóndela bien. Luego, cuando yo vaya, me la darás. Pídesela a la señorita Olga Ignatievna; dile que es para mí. Verás cómo te la da.»

Vanka suspira otra vez y se queda mirando a la ventana. Recuerda que todos los años, en vísperas de la fiesta, cuando había que buscar un árbol de Navidad para los señores, iba él al bosque con su abuelo. ¡Dios mío, qué placer! El frío le ponía rojas las mejillas, pero a él no le importaba. El abuelo, antes de derribar el árbol escogido, encendía la pipa y bromeaba sobre la nariz helada de Vanka. Inmóviles, los jóvenes abetos cubiertos de escarcha parecían esperar el hachazo que sobre uno de ellos debía descargar la mano del abuelo. De pronto, saltando por encima de los montones de nieve, aparecía una liebre en precipitada carrera. El abuelo, al verla, gritaba:

—¡Cógela, cógela! ¡Ah, diablos...!

Luego el abuelo derribaba un abeto y entre los dos lo trasladaban a la casa señorial. Allí el árbol se preparaba para la fiesta. La señorita Olga Ignatievna ponía más entusiasmo que nadie en ese trabajo. Vanka la quería mucho. Cuando aún vivía su madre y servía en casa de los señores, Olga Ignatievna le daba bombones y le enseñaba a leer, a escribir, a contar de uno a cien, e incluso a bailar. Pero muerta su madre, el huérfano Vanka pasó a la servidumbre de la cocina, junto a su abuelo, y después fue enviado a Moscú, a casa del zapatero Aliajin, para que aprendiese el oficio...

«¡Ven, abuelito, ven! —continuó escribiendo, tras una corta reflexión, el muchacho—. En nombre de Nuestro Señor, te suplico que me saques de aquí. Ten piedad del pobrecito huérfano. Todo el mundo me pega, se burla de mí, me insulta. Y, además, siempre tengo hambre. Y me aburro atrozmente y no hago más que llorar.

Anteayer, el ama me dio un bofetón tan fuerte que me caí y estuve un rato sin poder levantarme. Esto no es vivir. Los perros viven mejor que yo... Recuerdos a la cocinera Alena, al tuerto Yegorka y al cochero, y no le des a nadie mi acordeón. Sin más, sabes que te quiere, tu nieto Vanka Zhukov.

»Querido abuelo, ven pronto.»

Vanka dobló en cuatro partes la hoja de papel y la metió en un sobre que había comprado el día anterior. Después meditó un poco y escribió en el sobre la siguiente dirección: «Para el abuelo, que está en la aldea».

Tras rascarse la cabeza, reflexionó nuevamente y añadió: «Konstantín Makárich».

Satisfecho por haber podido escribir la carta sin que nadie le molestase, se puso la gorra y, sin más abrigo, corrió a la calle.

El dependiente de la carnicería, a quien aquella tarde le había preguntado, le había dicho que las cartas debían echarse a los buzones, de donde las recogían para llevarlas en coches de correos a través del mundo entero.

Vanka echó su preciada epístola en el buzón más próximo...

Una hora después dormía, mecido por dulces esperanzas.

En sueños vio la cálida estufa aldeana. Sentado ante ella, su abuelo les leía a las cocineras la carta de Vanka. El perro *Serpiente* se paseaba alrededor de la estufa y meneaba el rabo...

Rubén Darío

Nacido en Nicaragua en 1867, Rubén Darío fue un precoz lector y escritor que a los veintiún años ya había publicado su primer libro de poemas, *Azul,* claramente marcado por la estética del modernismo hispano de la que Darío es considerado el principal exponente. Su siguiente poemario, *Prosas profanas,* está considerado la esencia del modernismo en lengua española, y fue definitivo para consolidar su popularidad dentro y fuera del continente americano. Movido siempre por el afán de encontrar la belleza formal en sus composiciones, la obra de Rubén Darío evolucionó desde sus primeros textos hasta llegar al momento de mayor esplendor de su poesía, con la publicación, en 1905, del poemario *Cantos de vida y esperanza.* La literatura de Darío obtuvo siempre el favor de críticos y estudiosos, así como el fervor del público lector, y en su país se le consideró siempre una gloria viva de las letras.

Viajero incansable y de vocación cosmopolita, Rubén Darío vivió en distintos países europeos y americanos. Su primer viaje a España tuvo lugar en 1892, cuando se le nombró secretario de la delegación nicaragüense que viajó a Madrid con motivo de las celebraciones del IV Centenario del Descubrimiento de América. Ese viaje a España sirvió al autor para tomar contacto con otros autores contemporáneos como Juan Valera, Menéndez Pelayo o Emilia Pardo Bazán. Más adelante, en 1911, se instaló en Madrid durante una larga temporada al ser nombrado ministro de Nicaragua en España, y pasó también algunos meses en Barcelona, desde donde expuso claramente su ideario pacifista en pleno estallido de la primera guerra mundial.

Además de su abundante producción en verso, Rubén Darío fue también autor de prosas poéticas, ensayos, crónicas de viajes (recogidas en el volumen *Impresiones)* y, por supuesto, algunos relatos. El que aquí recogemos, «Cuento de Noche Buena» fue publicado por primera vez en 1893 en el periódico *La Tribuna* de Buenos Aires, y E. K. Mapes lo recuperó en una antología del autor.

Presintiendo su muerte en el transcurso de un viaje, regresó a Nicaragua, donde moriría en 1916. Su país vivió su fallecimiento como un acontecimiento luctuoso a nivel nacional, y en su entierro se le tributaron honores oficiales por decisión del Gobierno nicaragüense.

Cuento de Noche Buena

El hermano Longinos de Santa María era la perla del convento. Perla es decir poco para el caso; era un estuche, una riqueza, un algo incomparable e inencontrable: lo mismo ayudaba al docto fray Benito en sus copias, distinguiéndose en ornar de mayúsculas los manuscritos, como en la cocina hacía exhalar suaves olores a la fritanga permitida después del tiempo de ayuno; así servía de sacristán, como cultivaba las legumbres del huerto; y en maitines o vísperas, su hermosa voz de sochantre resonaba armoniosamente bajo la techumbre de la capilla. Mas su mayor mérito consistía en su maravilloso don musical; en sus manos, en sus ilustres manos de organista. Ninguno entre toda la comunidad conocía como él aquel sonoro instrumento del cual hacía brotar las notas como bandadas de aves melodiosas; ninguno como él acompañaba, como poseído por un celestial espíritu, las prosas y los himnos y las voces sagradas del canto llano. Su eminencia el cardenal —que había visitado el convento en un día inolvidable— había bendecido al hermano, primero, abrazándole enseguida y por último diciéndole una elogiosa frase latina después de oírle tocar. Todo lo que en el hermano Longinos resaltaba estaba iluminado por la más amable sencillez y por la más inocente alegría. Cuando estaba en alguna labor, tenía siempre un himno en los labios, como sus hermanos los pajaritos de Dios. Y cuando volvía, con su alforja llena de limosnas, taloneando a la borrica, sudoroso bajo el sol, en su cara se veía un tan dulce resplandor de jovialidad, que los campesinos salían a las puertas de sus casas, saludándole, llamándole hacia ellos: «¡Eh!, venid acá, hermano Longinos, y tornaréis un buen vaso...». Su cara la podéis ver en una tabla que se conserva en la abadía; bajo una frente noble de ojos humildes y oscuros, la nariz un tantico levantada, en una ingenua expresión de picardía infantil, y en la boca entreabierta, la más bondadosa de las sonrisas.

Avino, pues, que un día de Navidad, Longinos fuese a la próxima aldea...; pero ¿no os he dicho nada del convento? El cual estaba situado cerca de una aldea de labradores, no muy distante de una vasta floresta, en donde, antes de la fundación del monasterio, había cenáculos de hechiceros, reuniones de hadas, y de silfos, y de otras tantas cosas que favorece el poder del Bajísimo, de quien Dios nos guarde. Los vientos del cielo llevaban desde el santo edificio monacal, en la quietud de las noches o en los serenos crepúsculos, ecos misteriosos, grandes temblores sonoros... Era el órgano de Longinos que, acompañando la voz de sus hermanos en Cristo, lanzaba sus clamores benditos. Fue, pues, en un día de Navidad, y en la aldea, cuando el buen hermano se dio una palmada en la frente y exclamó, lleno de susto, impulsando a su caballería paciente y filosófica:

—¡Desgraciado de mí! ¡Si mereceré triplicar los cilicios y ponerme por toda la vida a pan y agua! ¡Cómo estarán aguardándome en el monasterio!

Era ya entrada la noche, y el religioso, después de santiguarse, se encaminó por la vía de su convento. Las sombras invadieron la tierra. No se veía ya el villorrio y la montaña, negra en medio de la noche, se veía semejante a una titánica fortaleza en que habitasen gigantes y demonios.

Y fue el caso que Longinos, anda que te anda, pater y ave tras pater y ave, advirtió con sorpresa que la senda que seguía la pollina no era la misma de siempre. Con lágrimas en los ojos alzó éstos al cielo, pidiéndole misericordia al Todopoderoso, cuando percibió en la oscuridad del firmamento una hermosa estrella, una hermosa estrella de color de oro que caminaba junto con él, enviando a la tierra un delicado chorro de luz que servía de guía y de antorcha. Diole gracias al Señor por aquella maravilla y, a poco trecho, como en otro tiempo la del profeta Balaam, su cabalgadura se resistió a seguir adelante, y le dijo con clara voz de hombre mortal:

—Considérate feliz, hermano Longinos, pues por tus virtudes has sido señalado para un premio portentoso.

No bien había acabado de oír esto, cuando sintió un ruido y una oleada de exquisitos aromas. Y vio venir por el mismo camino que él seguía, y guiados por la estrella que él acababa de admirar, a tres señores espléndidamente ataviados. Los tres tenían porte e insignias reales. El delantero era rubio como el ángel Azrael; su cabellera larga se esparcía sobre sus hombros bajo una mitra de oro constelada de piedras preciosas; su barba, entretejida con perlas e hilos de oro, resplandecía sobre su pecho; iba cubierto con un manto en donde estaban bordados, de riquísima manera, aves peregrinas y signos del zodíaco. Era el rey Gaspar, caballero en un bello caballo blanco. El otro, de cabellera negra, ojos también negros y profundamente brillantes, rostro semejante a los que se ven en los bajos relieves asirios, ceñía su frente con una magnífica diadema, vestía vestidos de incalculable precio, era un tanto viejo, y hubiérase dicho de él con sólo mirarle, ser el monarca de un país misterioso y opulento del centro de la tierra de Asia. Era el rey Baltasar y llevaba un collar de gemas cabalístico que terminaba en un sol de fuegos de diamantes. Iba sobre un camello caparazonado y adornado al modo de Oriente. El tercero era de rostro negro y miraba con singular aire de majestad; formábanle un resplandor los rubíes y esmeraldas de su turbante. Como el más soberbio príncipe de un cuento, iba en una labrada silla de marfil y oro sobre un elefante. Era el rey Melchor. Pasaron sus majestades y, tras el elefante del rey Melchor, con un no usado trotecito, la borrica del hermano Longinos, quien, lleno de mística complacencia, desgranaba las cuentas de su largo rosario.

Y sucedió que —tal como en los días del cruel Herodes— los tres coronados magos, guiados por la estrella divina, llegaron a un pesebre, en donde, como lo pintan los pintores, estaba la reina María, el santo señor José y el Dios recién nacido. Y cerca, la mula y el buey, que entibian con el calor sano de su aliento el aire frío de la noche. Baltasar, postrado, descorrió junto al niño un saco de perlas y de piedras preciosas y de polvo de oro; Gaspar, en jarras doradas, ofreció los más raros ungüentos; Melchor hizo su ofrenda de incienso, de marfiles y de diamantes...

Entonces, desde el fondo de su corazón, Longinos, el buen hermano Longinos, dijo al niño que sonreía:

—Señor, yo soy un pobre siervo tuyo que en su convento te sirve como puede. ¿Qué te voy a ofrecer yo, triste de mí? ¿Qué riquezas tengo, qué perfumes, qué perlas y qué diamantes? Toma, señor, mis lágrimas y mis oraciones, que es todo lo que puedo ofrendarte.

Y he aquí que los reyes de Oriente vieron brotar de los labios de Longinos las rosas de sus oraciones, cuyo olor superaba a todos los ungüentos y resinas; y caer de sus ojos copiosísimas lágrimas que se convertían en los más radiosos diamantes por obra de la superior magia del amor y de la fe; todo esto en tanto que se oía el eco de un coro de pastores en la tierra y la melodía de un coro de ángeles sobre el techo del pesebre.

Entre tanto, en el convento había la mayor desolación. Era llegada la hora del oficio. La nave de la capilla estaba iluminada por las llamas de los cirios. El abad estaba en su sitial, afligido, con su capa de ceremonia. Los frailes, la comunidad entera, se miraban con sorprendida tristeza. ¿Qué desgracia habrá acontecido al buen hermano? ¿Por qué no ha vuelto de la aldea? Y es ya la hora del oficio, y todos están en su puesto, menos quien es gloria de su monasterio, el sencillo y sublime organista... ¿Quién se atreve a ocupar su lugar? Nadie. Ninguno sabe los secretos del teclado, ninguno tiene el don armonioso de Longinos. Y como ordena el prior que se proceda a la ceremonia, sin música, todos empiezan el canto dirigiéndose a Dios llenos de una vaga tristeza... De repente, en los momentos del himno, en que el órgano debía resonar..., resonó, resonó como nunca; sus bajos eran sagrados truenos; sus trompetas excelsas voces; sus tubos todos estaban como animados por una vida incomprensible y celestial. Los monjes cantaron, cantaron, llenos del fuego del milagro; y aquella Noche Buena, los campesinos oyeron que el viento llevaba desconocidas armonías del órgano conventual, de aquel órgano que parecía tocado por manos angélicas como las delicadas y puras de la gloriosa Cecilia...

El hermano Longinos de Santa María entregó su alma a Dios poco tiempo después; murió en olor de santidad. Su cuerpo se conserva aún incorrupto, enterrado en el coro de la capilla, en una tumba especial labrada en mármol.

FRÉDÉRIC MISTRAL

Nacido en 1830 en Bouches du Rhone, una localidad de la Provenza francesa, Frédéric Mistral creció en una familia de terratenientes modestos. Tras estudiar el bachillerato en un colegio de Avignon, consiguió la licenciatura de Derecho por la Universidad de Aix. Fue precisamente en su época de estudiante donde demostró su interés por la lengua provenzal. Ya licenciado, en 1854 fundó junto a un grupo de intelectuales contemporáneos una escuela literaria (que bautizaron como *Felibridge)* dedicada a la recuperación de la lengua de la Provenza, cuya aportación más importante es la publicación en 1878 de un diccionario provenzal-francés. En 1891, el propio Mistral fundó el periódico provenzal *Aioli*, que apareció de forma irregular durante siete años.

Ya antes, Frédéric Mistral había dado a conocer sus composiciones poéticas. La epopeya *Mireia* fue alabada por Lamartine, y supuso un impulso para futuras publicaciones como *Calendal* o *Las islas de oro Nerte*. Alentado por la crítica y los intelectuales, su producción poética fue siempre bien acogida y le hizo acreedor de numerosos premios y distinciones.

En 1906, recibió el premio Nobel de Literatura *ex aequo* con el español José Echegaray. Ese mismo año había publicado el libro *Recuerdos y narraciones,* escrito íntegramente en provenzal y a cuyas páginas pertenecen los textos que a continuación publicamos. Como se verá, son un fiel retrato de las costumbres y tradiciones de la Navidad en los pueblos de la Provenza.

Frédéric Mistral pasó su vejez en su casa de Saint-Remy, donde solía recibir a admiradores, amigos y estudiosos de su obra. Murió en 1914, víctima de un enfriamiento tras asistir a un acto público al que había sido invitado.

Diario

Mi padre

Fiel a las antiguas costumbres, la mayor fiesta para mi padre era la Nochebuena. Aquel día los labradores desenganchaban antes que de ordinario. A cada uno, envuelta en una servilleta, le entregaba mi madre una buena torta frita en aceite, una rosca de almendrado, un puñado de higos secos, un queso de nuestros rebaños, una ensalada de apio y una botella de vino hervido. Y todos se dispersaban para poner el «leño al fuego» en sus respectivos hogares. En el caserío no permanecían más que algunos desamparados que no tenían familia. Y alguna vez se daba el caso que algún pariente, algún solterón casi siempre, comparecía al caer la tarde y nos decía:

—¡Felices Pascuas, primos! ¡Vengo a poner el leño al fuego con vosotros!

Todos juntos andábamos alegremente a buscar el leño de Navidad, que había de ser de árbol frutal. Lo llevábamos al caserío, todos en fila, el mayor de nosotros delante, y detrás el más pequeño. Le hacíamos dar tres vueltas a la cocina, y en la última, al llegar frente a las losas del hogar, mi padre vertía encima del leño, con toda solemnidad, un vaso de vino hervido, exclamando:

¡Alegría, alegría!
¡Hijos míos, que Dios nos colme de alegría!
Con la Nochebuena llega todo bien.
Dios nos permita ver el año venidero.
Y, si no somos más, ojalá no seamos menos.

Y todos los demás gritábamos: «¡Alegría, alegría!», y poníamos el leño en los morillos del hogar, y al chisporrotear la primera llama, decía mi padre persignándose:

—*¡Brote el fuego, arda el leño!*

¡Oh, mesa imponente, verdaderamente santa, con toda la familia completa, sin faltar uno en derredor! Familia pacífica, dichosa. En lugar del candil suspendido de una caña que nos iluminaba durante todo el año, brillaban aquella noche sobre la mesa tres velas: y si el pabilo se inclinaba hacia alguno de los presentes, era tenido por mal augurio. A cada extremo de la mesa, verdeaba en un plato un poco de trigo que se había puesto a germinar en agua por Santa Bárbara. Sobre la blancura del triple mantel iban apareciendo, uno tras otro, los platos consagrados para tales ocasiones: los caracoles, que cada comensal sacaba de la concha con un alfiler, el bacalao frito, el cuenco con las aceitunas, el cardo, el apio con pimienta, seguidos de una cantidad de requisitos propia de aquel día: tortas fritas con aceite, pasas, almendrados, compota de manzanas, y, por encima de todo, el gran pan navideño, que no se empleaba sin antes haber entregado la cuarta parte, con unción religiosa, al primer pobre que pasaba.

La velada, en espera de la misa del Gallo, se nos hacía larga aquel día. En torno al fuego, se departía extensamente sobre los antepasados y sus proezas. Pero, poco a poco, mi buen señor padre volvía siempre a España, y a sus recuerdos del sitio de Figueras.

Hans Dahl

—Si os dijese —comenzaba—que, estando en Cataluña y formando parte del ejército, en plena Revolución, hallé manera, a despecho de la guerra y a despecho de todo, de venir de España para celebrar la Nochebuena con mi gente. Oíd, por mi fe en Dios, cómo pasaron las cosas:

»Al pie del Canigó, que es una gran montaña entre Perpiñán y Figueras, dábamos vueltas y más vueltas, luchando aquí y allá contra las tropas españolas. ¡Ay, qué mortandad, cuántos heridos, cuánta miseria y sufrimientos! Es menester haberlo visto para comprenderlo. Además, era en diciembre y en el campo faltaba todo: las mulas y los caballos, a falta de pienso, llegaban a roer las ruedas de las piezas y de los furgones.

»Cuando he aquí que un día, rondando por el fondo de una hondonada, hacia el lado del mar, descubrí un naranjo con unas naranjas rubias como el oro.

»—¡Ah! —le dije al propietario—. Valgan lo que valgan es necesario que me las vendáis. —Y después de haberlas comprado, me dirigí al campamento y con mi cesta me fui derecho a la tienda del capitán Perrin (que era de Cabano), y le dije:

»—Capitán, os traigo unas naranjas.

»—Pero, ¿de dónde las has sacado? ¡Ah, qué ladronazo eres! Nada podría gustarme tanto. En cuanto a ti, pídeme lo que quieras, que si no te lo concedo es porque es absolutamente imposible.

»—Pues mi mayor gusto —le dije entonces— sería que, antes que una granada me parta en dos como a tantos y tantos, pudiese celebrar el leño de Navidad en Provenza con mi gente.

»—Nada más fácil —me contestó—. Pasa al despacho.

»Y el bueno del capitán Perrin (hombre excelente, que Dios lo tenga en el Paraíso), sobre un papel que conservo aún, garabateó lo que voy a deciros:

> Ejército de los Pirineos Orientales.
>
> Nosotros, Perrin, capitán de transportes militares, concedemos licencia al ciudadano Francisco Mistral, bravo soldado republicano, de veintidós años de edad, estatura de cinco pies, seis pul-

gadas, cejas y cabello castaños, nariz regular, boca ídem, barbilla redondeada, frente mediana, rostro ovalado, para que pueda dirigirse a su país, a toda la República y al diablo, si se le antoja.

»Y he aquí, camaradas, que llego a Mallana la mismísima noche de Navidad... Ya podéis imaginar el estupor de todos, los abrazos y las fiestas. Pero al día siguiente, el alcalde (y no quiero deciros el nombre de aquel fanfarrón entrometido, porque sus hijos viven aún), me hizo comparecer en la alcaldía, y me dijo:

»—En nombre de la Ley, ¿cómo es que has abandonado el Ejército?

»—Pues, nada —le respondí—, me entró el capricho de poner este año el leño en Mallana.

»—¿Ah, sí? En ese caso, ciudadano, te presentarás a explicarle eso al tribunal del distrito, en Tarascón.

»Y tal como os lo digo, me hizo conducir por una pareja de guardias nacionales ante los jueces del distrito. Éstos, tres caras rojas y congestionadas, con sus gorros también rojos y unas barbas hasta aquí, me dijeron, mirándome con ojos feroces:

»—Ciudadano, ¿por qué has desertado?

»En ese momento saqué mi pasaporte del bolsillo.

»—¡Tened! —les dije—. ¡Leed!

»¡Ah, queridos amigos! Una vez leído el pasaporte, levantáronse alargándome las manos.

»—¡Buen ciudadano, buen ciudadano! —me gritaron—. ¡Con unos papeles como éstos ya puedes enviar a paseo al alcalde de Mallana!

»Podía haberme quedado hasta pasado el día de Año Nuevo. Pero me era forzoso cumplir con mi deber, y me incorporé inmediatamente.»

Ahí tienes, lector, al natural, los retratos de mi familia, de interior patriarcal, lleno de nobleza y de simplicidad, que me proponía mostrarte.

El día de Año Nuevo —y terminaremos con este otro recuerdo—, un enjambre de niños, de ancianos, de mujeres y de muchachas, venían a primera hora de la mañana y nos saludaban así:

Buenos días, a todos deseamos un buen año,
al amo y al ama, acompañados
de cuantos Dios quiera.

—Pues también os deseamos un buen año —respondían mi padre y mi madre dando a cada uno un par de hogazas de las largas y otras dos redondas.

Tradicionalmente, se repartía así en mi casa a los pobres, para Año Nuevo, dos hornadas de pan. Lo mismo se hacía en otras varias casas.

Si vivo cien años, cien, años coceré pan,
Y cien años lo daré a los pobres.

Esta fórmula aparecía todas las noches en las plegarias que mi padre hacía antes de acostarse. Y en su entierro, decían los pobres con harta razón, lamentando su muerte:

Tantos panes como nos dio, tantos ángeles le acompañen en el Cielo. ¡Amén!

Al encuentro de los Reyes Magos

Mañana es la fiesta de Reyes. Si queréis verlos llegar, aprisa, pequeños, salid a su encuentro y traed vuestras ofrendas.

He aquí lo que nos decían nuestras madres la víspera de Reyes: «¡En marcha!». Toda la chiquillería, los pequeños de la población, salíamos al encuentro de los Reyes Magos, que llegaban a Mallana con sus pajes, sus camellos, y todo su séquito, para adorar al Niño Jesús.

—¿Dónde vais, pequeños?

—Vamos a recibir a los Reyes.

Y así, todos juntos, mozuelos de pelo encrespado y mocitas rubias, con gorros y pequeños zuecos, salíamos por el camino de Arlés, con el corazón transido de júbilo y los ojos llenos de visiones. Y llevábamos en nuestras manos, según se nos recomendara, pasteles para los Reyes, higos secos para los criados y heno para los camellos.

Días que crecen.
Días que pican.

Soplaba el viento, lo cual quiere decir que hacía frío. El sol descendía, pálido, hacia el Ródano. Estaba seca la hierba de las riberas. Los sauces, deshojados, extendían sus ramas rojizas. El petirrojo y el aguzanieve saltaban, familiares en aquel mundo, de rama en rama. Nadie se veía por los campos, a no ser alguna pobre viuda que se cargaba a la cabeza su delantal, al que había llenado de leña seca, o algún viejo desarrapado que buscaba caracoles al pie de algún seto muerto.

—¿Adónde vais tan tarde, pequeños?

—¡Vamos a recibir a los Reyes!

Y con la cabeza alta, orgullosos como gallos jóvenes, riendo, cantando, corriendo a la pata coja y dando algún tumbo, avanzábamos por el camino blanquecino y barrido por el viento.

El día declinaba. El campanario de Mallana desaparecía detrás de los grandes árboles, detrás de los cipreses puntiagudos que se iban oscureciendo. Los campos, vastos y desnudos, se perdían en la lejanía. Mirábamos a lo lejos, lo más lejos que podíamos, pero en vano. No distinguíamos sino algunas zarzas que el viento arrastraba entre los campos. En el invernal anochecer de enero todo estaba triste, callado, como sufriendo.

Algunas veces, no obstante, encontrábamos algún pastor que, envuelto en su capa, regresaba de apacentar sus ovejas.

—¿Adónde vais, pequeños, tan tarde?

—Vamos a recibir a los Reyes. ¿No podría usted decirnos si están aún muy lejos?

—Ah, sí, los Reyes, claro... Están allí detrás. No tardaréis en verles.

Y allá íbamos corriendo como locos al encuentro de los Reyes, con nuestros pasteles, nuestras galletas y el heno para los camellos.

El sol palidecía, tapado por una gran nube y se iba desvaneciendo poco a poco. Las charlas alegres amainaban un tanto. La brisa era cada vez más helada, y hasta los más valientes caminaban con tiento.

De pronto:

—¡Allí están!

Un grito de júbilo alocado brotaba de todas las bocas... y la magnificencia de la pompa real nos deslumbraba. Volvía a surgir la luz. Un triunfo de colores espléndidos, fastuosos, inflamados, encendía las regiones de Poniente. Flameaban grandes desgarrones de púrpura y una corona de oro y rubíes lanzaba sus rayos hacia el cielo, iluminando el horizonte.

—¡Los Reyes, los Reyes! ¡Mirad su corona y sus mantos! ¡Fijaos en sus estandartes! ¡Mirad cómo se acercan su caballería y sus camellos!

Y nos quedábamos estupefactos. Pero pronto aquel esplendor, pronto toda aquella gloria —últimos resplandores del sol— se fundían, se apagaban poco a poco en las nubes. Y apesadumbrados, boquiabiertos, nos hallábamos solos en la oscuridad de los campos.

—¿Por dónde han pasado los Reyes?

—Por detrás del cerro.

La lechuza maullaba. Nos asaltaba el miedo y regresábamos con el crepúsculo, confusos, mordisqueando los pasteles, las galletas y los higos que llevábamos para los Reyes Magos.

Y cuando llegábamos después a nuestras casas, nos preguntaban nuestras madres:

—¿Habéis visto a los Reyes?

—No, han pasado un poco más lejos, por el otro lado del cerro.

—Pero, ¿qué camino habéis tomado?

—El camino de Arlés...

—¡Ay, pobres corderitos! Los Reyes no vienen por ese lado. Vienen de Levante. La verdad es que teníais que tomar el camino de Roma. ¡Qué lástima, era tan bonito! ¡Si los hubieseis visto, si hubieseis visto su entrada en Mallana! ¡Los tambores, las trompetas, los pajes, los camellos...!, ¡qué bullicio, Dios mío! Ahora están en la iglesia para la adoración. Después de cenar podréis ir a verlos.

Cenábamos a toda prisa. Yo me marchaba a casa de mi abuela Nanoun, y luego a la iglesia. Y no hacíamos más que penetrar en ésta cuando empezaba a sonar el órgano acompañando el canto de todo el pueblo que preludiaba lentamente al principio y desplegaba luego en toda su fuerza, el magnífico coral de Navidad:

> Esta mañana
> encontré el séquito
> de tres grandes Reyes que iban de viaje;
> Esta mañana
> encontré el séquito,
> De tres grandes Reyes en el camino real.

Nosotros, excitadísimos, nos escurríamos entre las faldas de las mujeres, hasta la capilla de la Natividad. ¡Y allí, suspendida sobre el altar, veíamos la rutilante Estrella! Veíamos a los tres Reyes Magos —con sus mantos rojos, amarillos y azules—, que saludaban al Niño Jesús: el Rey Gaspar con su cofrecito de oro, el Rey Melchor, con su incensario, y el Rey Baltasar, con su vaso de mirra. Admirábamos los bellos pajes que sostenían la cola de sus mantos; luego los camellos jorobados que levantaban sus cabezas por encima del asno y del buey; la Virgen, san José y, alrededor de todo ello, en un pequeño monte de papel pintado, los pastores que llevaban hogazas, cestos con huevos, pañales... el molinero cargado con un saco de harina, la buena vieja que hilaba, el babieca que se embabiecaba, el afilador que afilaba, el hostelero desconcertado abriendo la ventana de la hostería. En suma, todos los personajes del Belén. Pero era al Rey Moro al que más mirábamos.

Desde entonces, más de una vez se me ocurrió la tarde de Reyes el pasearme al anochecer por el camino de Arlés. El petirrojo y el aguzanieves revolotean como siempre en los matorrales; como antaño doy con algún pobre viejo que busca los caracoles en la hierba, y la lechuza maúlla como entonces. Pero en las nubes del Poniente ya no vislumbro la gloria ni la corona de los viejos Reyes...

> ¿Por dónde han pasado los Reyes?
> Por detrás del cerro.

¡Ah, melancolía, tristeza de las cosas vistas antaño, en la juventud! ¡Por muy grande, por muy bello que sea un paisaje conocido, cuando queremos verlo de nuevo, cuando volvemos a él siempre falta alguien o algo!

VALLE-INCLÁN

Ramón María del Valle Peña (apellido que él mismo cambió por el de Valle-Inclán) nació en 1866 en la localidad pontevedresa de Villanueva de Arosa. Tras cursar estudios de bachillerato en Pontevedra, empezó la carrera de Derecho en Santiago de Compostela. Tras la muerte de su padre, abandonó sus estudios universitarios y se trasladó a Madrid, donde empezó a publicar artículos de prensa y a escribir sus primeros cuentos. Vino después una etapa en México y Cuba, según el autor marcada por acontecimientos extraordinarios que eran, a buen seguro, fruto de su imaginación prodigiosa. Al regreso de América se instaló en Madrid, donde en 1895 publicó su primer libro: una serie de relatos bajo el título *Femeninas*. En esa época don Ramón se había convertido en una figura esencial de la bohemia de la época. Su figura de larga barba, su brazo lisiado a consecuencia de una pelea y su figura embozada se hicieron pronto bien conocidos para los asistentes a las tertulias literarias, los fisgones de mala muerte y los cafés del Madrid finisecular.

La obra literaria de Valle ha dejado exponentes esenciales tanto en el movimiento modernista como en el noventayochista. Si las *Sonatas*, publicadas a partir de 1902, supusieron la consagración de Valle como escritor, la inmortal *Luces de Bohemia* expuso las bases de la estética del esperpento.

La serie *Comedias bárbaras*, la trilogía de La Guerra Carlista, la novela *Flor de Santidad* o la tragicomedia *Divinas palabras* son buenas muestras de la extraordinaria producción en distintos géneros que dejó Valle antes de su muerte, ocurrida en Santiago de Compostela en 1836.

El relato «La adoración de los Reyes», que reproducimos a continuación, está incluido en el volumen *Jardín umbrío*. Escrito bajo la influencia del modernismo, el cuento empieza y acaba con unas estrofas escritas en gallego popular que parecen sacadas de los tradicionales «Cantos de Reis» interpretados en las vísperas de la Epifanía.

LA ADORACIÓN DE LOS REYES

Vinde, vinde, Santos Reyes
Vereil, a joya millor,
Un meniño
Como un brinquiño,
Tan bunitiño,
Qu´á o nacer nublou o sol.

Desde la puesta del sol se alzaba el cántico de los pastores en torno de las hogueras, y desde la puesta del sol, guiados por aquella otra luz que apareció inmóvil sobre una colina, caminaban los tres Santos Reyes. Jinetes en camellos blancos, iban los tres en la frescura apacible de la noche atravesando el desierto. Las estrellas fulguraban en el cielo, y la pedrería de las coronas reales fulguraba en sus frentes. Una brisa suave hacía flamear los recamados mantos. El de Gaspar era de púrpura de Corinto. El de Melchor era de púrpura de Tiro. El de Baltasar era de púrpura de Menfis. Esclavos negros, que caminaban a pie enterrando sus sandalias en la arena, guiaban los camellos con una mano puesta en el cabezal de cuero escarlata. Ondulaban sueltos los corvos rendajes y entre sus flecos de seda temblaban cascabeles de oro. Los tres Reyes Magos cabalgaban en fila. Baltasar el Egipcio iba delante, y su barba luenga, que descendía sobre el pecho, era a veces esparcida sobre los hombros... Cuando estuvieron a las puertas de la ciudad arrodilláronse los camellos, y los tres Reyes se apearon y despojándose de las coronas hicieron oración sobre las arenas.

Y Baltasar dijo:

—¡Es llegado el término de nuestra jornada!...

Y Melchor dijo:

—¡Adoremos al que nació Rey de Israel!...

Y Gaspar dijo:

—¡Los ojos le verán y todo será purificado en nosotros!...

Entonces volvieron a montar en sus camellos y entraron en la ciudad por la Puerta Romana, y guiados por la estrella llegaron al establo donde había nacido el Niño. Allí los esclavos negros, como eran idólatras y nada comprendían, llamaron con rudas voces.

—¡Abrid!... ¡Abrid la puerta a nuestros señores!

Entonces los tres Reyes se inclinaron sobre los arzones y hablaron a sus esclavos. Y sucedió que los tres Reyes les decían en voz baja:

—¡Cuidad de no despertar al Niño!

Y aquellos esclavos, llenos de temeroso respeto, quedaron mudos, y los camellos, que permanecían inmóviles ante la puerta, llamaron blandamente con la pezuña, y casi al mismo tiempo aquella puerta de viejo y oloroso cedro se abrió sin ruido. Un anciano de calva sien y nevada barba asomó en el umbral: Sobre el armiño de su cabellera luenga y nazarena temblaba el arco de una aureola: Su túnica era azul y bordada de estrellas como el cielo de Arabia en las noches serenas, y el manto era rojo, como el mar de Egipto, y el báculo en que se apoyaba era de oro, florecido en lo alto con tres lirios blancos de plata. Al verse en su presencia los tres Reyes se inclinaron. El anciano sonrió con el candor de un niño y franqueándoles la entrada dijo con santa alegría:

—¡Pasad!

Y aquellos tres Reyes, que llegaban de Oriente en sus camellos blancos, volvieron a inclinar las frentes coronadas, y arrastrando sus mantos de púrpura y cruzadas las manos sobre el pecho, penetraron en el establo. Sus sandalias bordadas de oro producían un armonioso rumor. El Niño, que dormía en el pesebre sobre rubia paja centena, sonrió en sueños. A su lado hallábase la Madre, que le contemplaba de rodillas con las manos juntas: Su ropaje parecía de nubes, sus arracadas parecían de fuego, y como en el lago azul de Genezaret rielaban en el manto los luceros de la aureola. Un ángel tendía sobre la cuna sus alas de luz, y las pestañas del Niño temblaban como mariposas rubias, y los tres Reyes se postraron para adorarle, y luego besaron los pies del Niño. Para que no se despertase, con las manos apartaban las luengas barbas que eran graves y solemnes como oraciones. Después se levantaron, y volviéndose a sus camellos le trajeron sus dones: Oro, Incienso, Mirra.

Y Gaspar dijo al ofrecerle el Oro:

—Para adorarte venimos de Oriente.

Y Melchor dijo al ofrecerle el Incienso:

—¡Hemos encontrado al Salvador!

Y Baltasar dijo al ofrecerle la Mirra:

—¡Bienaventurados podemos llamarnos entre todos los nacidos!

Y los tres Reyes Magos despojándose de sus coronas las dejaron en el pesebre a los pies del Niño. Entonces sus frentes tostadas por el sol y los vientos del desierto se cubrieron de luz, y la huella que había dejado el cerco bordado de pedrería era una corona más bella que sus coronas labradas en Oriente... Y los tres Reyes Magos repitieron como un cántico:

—¡Éste es!... ¡Nosotros hemos visto su estrella!

Después se levantaron para irse, porque ya rayaba el alba. La campiña de Belén, verde y húmeda, sonreía en la paz de la mañana con el caserío de sus aldeas disperso, y los molinos lejanos desapareciendo bajo el emparrado de las puertas, y las montañas azules y la nieve en las cumbres. Bajo aquel sol amable que lucía sobre los montes iba por los caminos la gente de las aldeas: Un pastor guiaba sus carneros hacia las praderas de Gamalea; mujeres cantando volvían del pozo de Efraín con las ánforas llenas; un viejo cansado picaba la yunta de sus vacas, que se detenían mordisqueando en los vallados, y el humo blanco parecía salir de entre las higueras... Los esclavos negros hicieron arrodillar a los camellos y cabalgaron los tres Reyes Magos. Ajenos a todo temor se tornaban a sus tierras, cuando fueron advertidos por el cántico lejano de una vieja y una niña que, sentadas a la puerta de un molino, estaban desgranando espigas de maíz. Y era éste el cantar remoto de las dos voces:

Camiñade Santos Reyes
Por camiños desviados,
Que pol´os camíños reas
Herodes mandou soldados.

Nota bibliográfica

O'Henry, «Cumplidos pascuales» y «Un regalo navideño en el chaparral», *Cuentos de O'Henry,* Planeta, Barcelona, 1973, vol. II. Traducción de Juan Luaces [© De la traducción: Planeta, 1973].

Charles Dickens, «El sepulturero y los duendes», *Los papeles póstumos del Club Pickwick,* Espasa Calpe, Madrid, 1997. Traducción de Manuel Ortega y Gasset.

Charles Dickens, «Los siete viajeros pobres», *Cuentos de Navidad,* Espasa Calpe, Madrid, 1947. Traducción de C. Axenfeld.

Alphonse Daudet, «Las tres misas rezadas», *Cartas desde mi molino,* Espasa Calpe, Madrid, 1931. Traducción de Eduardo M. del Palacio.

Alphonse Daudet, «Nochebuena en el Marais», *Cuentos del lunes,* Espasa Calpe, Madrid, 1966. Traducción de Fernando G. Vela.

Leopoldo Alas «Clarín», «El rey Baltasar», *El gallo de Sócrates y otros cuentos,* Espasa Calpe, Madrid, 1973.

Fiodor Dostoievski, «Un árbol de Navidad y una boda», *Apuntes del subsuelo,* Bruguera, Barcelona, 1981. Traducción de Lidia Kúper de Velasco.

Grazia Deledda, «El regalo de Navidad», *Doce cuentos de Cerdeña,* Labor, Barcelona, 1988. Traducción de Enrique Messaguer.

Guy de Maupassant, «Nochebuena», *Obras completas,* Aguilar, Madrid, 1970, vol. II. Traducción de Luis de Contreras. [© De la traducción: Aguilar, 1970].

Guy de Maupassant, «El pecio», *Cuentos escogidos,* Philippe Renouard, 1908. Traducción de Carlos Batlle.

Jacinto Benavente, «Nochebuena aristocrática», en *La Novela del Sábado* (1953).

Georges Lenôtre, «El árbol de Navidad del señor de Auvrigny», Mateu, 1951. Traducción de Victor Scholz.

Emilia Pardo Bazán, «Lo que los Reyes traían» y «Nochebuena del jugador», *Cuentos de Navidad, Año Nuevo y Reyes,* Editorial Compostela, Santiago de Compostela, 1991.

Gabrielle Sidonie «Colette», «¿Hay que decirlo», «Réveillons», «Los zuecos» y «Primero de año», *Cuentos de las mil y una mañanas,* Plaza y Janés, Barcelona, 1976 [© Flammarion, París, 1970]. Traducción de J. Ferrer Aleu.

Francis Scott Fitzgerald, «El deseo de Navidad de Pat Hobby», *Historias de Pat Hobby,* Caralt Editores, Barcelona, 1975. [© 1939, 1940, 1941 by Frances S. F. Lanahan. Copyright renowed 1967, 1968, 1969 by Frances Scott Fitzgerald Lanahan]. Traducción de Alberto Luis Pérez [© De la traducción: Noguer y Caralt, 1975].

Jaroslav Seifert, «El mercado de la plaza Starométské», *Toda la belleza del mundo,* Seix Barral, Barcelona, 1995. Traducción de Monika Zgustova [© Seix Barral, 1995].

Antón Chéjov, «Los muchachos», *Las mejores narraciones de A. Chéjov*, Taber, Barcelona, 1969. Traducción de Carmen Rius.

Antón Chéjov, «Vanka», *Los campesinos y otros cuentos*, Espasa Calpe, Madrid, 1967. Traducción de N. Tasin.

Rubén Darío, «Cuento de Noche Buena», *La Tribuna*, Buenos Aires, 1893.

Frédéric Mistral, «Diario», *Recuerdos y narraciones*, Destino, Barcelona, 1952. Traducción de Jaime Franco.

Ramón del Valle-Inclán, «La adoración de los Reyes», *Jardín umbrío, Obras completas*, Espasa Calpe, Madrid, 2002.